文庫

〈グレアム・グリーン・セレクション〉

見えない日本の紳士たち

グレアム・グリーン
高橋和久・他訳

epi

早川書房

7177

THE INVISIBLE JAPANESE GENTLEMEN
AND OTHER STORIES

by

Graham Greene

Translated by
Kazuhisa Takahashi and others
First published 2013 in Japan by
HAYAKAWA PUBLISHING, INC.
This book is published in Japan by
arrangement with
VERDANT S. A.
c/o DAVID HIGHAM ASSOCIATES LTD.
through TUTTLE-MORI AGENCY, INC., TOKYO.

目次

見えない日本の紳士たち

ご主人を拝借

May We Borrow Your Husband?

桃尾美佳訳

一九六七年出版の短篇集 *May We Borrow Your Husband?* の表題作となった一篇。グリーン自身を思わせる語り手の作家が、盛りを過ぎた季節の保養地で、プーピイと呼ばれる世間知らずの新妻が巻き込まれる色事の顚末を語る。手垢のついた儀礼的表現のごとき表題は、当然セクシャルな二重性を帯びているのだが、欲望の的となるのは新妻本人にあらず、さて誰なのかは読んでのお楽しみ。語り手を筆頭に、登場人物はみな自分本位で読者の共感を呼ぶような人間的魅力に欠けているけれども、それなのに全篇に奇妙な可笑しみと哀感が漂う味わい深い短篇である。最も読者の印象に残るのはやはり愚かで可憐なプーピイだろうが、結局明かされないままの彼女の本名は何だったのか。Pで始まる女性の名はいくらもあるが、訳者は貞淑の妻の代表格 Penelope あたりかと想像している。いかがだろうか。

（訳者）

1

彼女がプーピイというより他の名前で呼ばれるのを、私はついに聞かなかった。彼女の夫も、夫婦の友人になった二人の男たちも、いつでもその名で呼んでいた。たぶん私は（こんな歳では莫迦げた話にきこえるだろうが）彼女にいささか熱を上げていたのだろう。この名前に腹が立つのは、そういうことだったのだろうと思う。あんなに若くて、あんなにあけっぴろげな――あまりにもあけっぴろげな者には、そぐわない名前だった。私が冷笑の年齢に属しているのと同じように、彼女の方は信頼の年齢に属していた。「大好きなプーピイおばちゃん」――あの室内装飾家《インテリア・デコレーター》たちの年嵩《としかさ》の方が、そんな呼び方をするのさえ聞いた覚えがある（奴は私と同じころに彼女と知り合ったにすぎないというのに、である）。こんなあだ名は、悪事の目くらましに都合よくひっぱりまわせるような、うすぼんやりして酒に目がないどこぞの薄汚い中年女にだったら、確かに似合いだったかもしれない。実際、あの二人はそういう目くらましを必要としていた。一度、本当の名前はなんというのか彼女に尋ねてみたのだが、彼女は「私のことはみんなプーピイと呼ぶの」と言ったきり、この話はそれでおしまいといった風だったので、さらに重ねて聞いたりしたらあんまり鹿爪らしいと——いかにも中年男らしいとも思われそうで、だからこの名を記すのも嫌な気持ちがするけれども、やっぱりプーピイと書くしかない。それより他の名前を私は知らないから。

私は本の執筆のためにアンティーブに逗留していた。十七世紀の詩人ロチェスター伯爵の伝記を書くためで、プーピイとその夫が到着したときにはすでにひと月以上を過ごしていた。混雑する時期が終わってすぐ、城壁にほど近い小さな汚いホテルに宿をとったので、ルクレール将軍通りに落ち葉が散りしきるのと一緒に、盛りの季節が過ぎて行くのを見守ることができた。まずは木々が葉を落としだすよりも先に、外国から来た車が家路を指して引き揚げて行った。数週間前には、毎日海辺からイギリスの新聞を買いに行くド・ゴール広場までの間に、モロッコ、トルコ、スウェーデン、それにルクセンブルクなど、十四もの国から来た車が並んでいたのである。それが今や外国のナンバープレートをつけた車はみんな帰ってしまって、せいぜいベルギーとドイツ、そしてたまにイギリスの車を見かける程度だった。もちろん、モナコ公国のナンバープレートは相変わらずそこらじゅうにあった。冷え込む季節の訪れが早く、またアンティーブでは朝方にしか日が射さないため、朝食をテラスでとるのは良いが、昼食のころには屋内へ引っ込むのが無難というもので、さもないとコーヒーも日蔭の餌食となった。テラスにはいつも冷やかなアルジェリア人の一人客がいて、城壁の上に身を乗り出し、何かを、おそらく安全を、探し求める風情だった。

私はこの季節が一年で一番好きだった。ジュアン・レ・パンが閉業した後の遊園地《ファンフェア》のようにうら寂れて、ルナ・パークの周囲に板塀が張り巡らされ、パム・パムやマキシムの店の外に「本年の営業は終了しました」の札が下げられる。ヴュー・コロンビエ劇場の〈国際アマチュア・ストリップティーズ・コンクール〉も、次のシーズンまでお預けとなる。これでようやくアンティーブは元の小さな田舎町の姿に返る。オーベルジュ・ド・プロヴァンスに地元の人がたむろし、ド・ゴール広場のアイスクリーム店の中では老人たちがビールやパスティスを啜るのだ。城壁の上をぐるりと巡っている小さな庭園では、背の低いずんぐりしたシュロが茶色の葉を垂らして侘しげな趣となる。朝方の陽光からはきらきらした輝きが薄れ、まばゆさを失った海面をわずかばかりの白帆がしずかに漂ってゆく。

イギリス人というのは、いつでも他の国の者よりも長く、秋口まで逗留するものと思ってよい。我々は南方の太陽に対して盲目的な信頼を寄せていて、地中海を吹く風が氷のように冷たいと仰天するのである。それからホテルの支配人との間で四階に暖房を入れる件について熾烈な論争が勃発し、足の下のタイルがひどく冷たくなってゆく。うまい葡萄酒とうまいチーズ、それに少しばかりの仕事があれば、他になんにもいらないという年齢にさしかかった男にとって、これは最良の季節といえる。それが自分以外の外国人はみな帰ったものと思った矢先に例の室内装飾家たちが到着したので、私はうんざりしたのである。渡り鳥であってくれ、と願ったものだ。彼らは昼時前に真っ赤なスプライトでやってきた。彼らの歳には少々若すぎる車だった。着こんでいた服はエレガントなスポーツ・ウェアで、〈岬〉ではどちらかというと春先に向くような格好だった。年嵩の男の方は五十がらみで、耳の上でウェーブしている髪の毛が、とても本物には見えない程むらのない灰色をしていた。若い方は三十過ぎと見え、こちらの髪は相方の灰色に負けず劣らず真っ黒だった。フロントに到着するよりも先に、二人の名前がスティーヴンとトニーだということがわかった。よく通るはっきりした声をしていたせいだが、声にしても目つきにしても、上辺を取り繕うようなところがあった。二人はその目つきで、テラスでリカールをやっていた私をすばやく見てとり、自分たちにとって何ら面白味のない相手と判断して、さっさと通り過ぎた。傲慢というのではなかった。たんに、二人とも私よりもお互いの方により関心があっただけで、そうはいってもちょうど結婚後数年を経た夫婦のように、その関心ももう大して深くはない、という雰囲気だった。

彼らについてはすぐにいろいろなことがわかってきた。私と同じ廊下に並びの部屋をとっていたが、二つとも使っていたのかどうかは疑わしく思われた。というのも大抵の晩、ベッドに入る時分になると、どちらか一方の部屋からだけ話し声が聞こえてくるのだ。他人のことに興味を持ちすぎのように思われるだろうか。だが弁解させてもらえるなら、私がこの悲しい小喜劇に関心を持つにいたったのは、その登場人物全員から強いられたからだと言えぬこともないのである。私が毎朝ロチェスターの伝記を執筆しているバルコニーは室内装飾家たちがコーヒーをとるテラスの上に張り出していて、彼らが視界に入っていないときでも、そのはっきりした弁士のような声がこちらに聞こえてきた。別にそれを聞きたかったわけではない。仕事に専念したかった。その頃私はロチェスターと女優バリー夫人の関係に関心を持っていた。しかし、異国で自分の母国語に耳を貸さないようにするのは、ほとんど不可能というものである。フランス語だったら一種のバックグラウンドの騒音として聞き流すことができただろうけれども、英語についてそれは無理であった。

「おいおい、この手紙は誰が寄こしたと思う？」

「アレックかい？」

「いいや、クラレンティ夫人だよ」

「あの婆さんが何だって？」

「寝室の壁飾りが気に食わないんだとさ」

「だけどスティーヴン、あれは素敵だったじゃないか？　アレックの仕事では最高の出来だよ。あの死んだ牧羊神ね……」

「たぶん、もっと色気があって、死体趣味でないものがいいんだろうよ」

「助平婆め」

二人はいかにも逞しげだった。毎朝十一時ごろになると、ホテルの向かいにある岩だらけの半島に海水浴に行くのだ。秋の地中海を見渡すかぎり我が物にするのである。二人が洒落たビキニ姿で元気よく歩きながらホテルに戻ってくるのを見ると、時には暖をとるために小走りになったりもしていたが、愉しみのためというより運動のために海水浴をしているという印象を受けた。私の理解を越えたエトルリア的娯楽のために、すらりと伸びた足や平らかな腹、ひきしまった尻を保存したかったのだろう。

この二人は怠けものということもなかった。カーニュ、ヴァンス、サン・ポールなど、骨董屋を漁れる村であれば、彼らはどこにでもスプライトで乗りつけて、オリーブ材のオブジェやら、偽物の古いランタン、彩色された聖人像などを買いこんできた。私の目には、店先に並んだこの手の品は醜悪で陳腐なものに見えたけれども、彼らの頭にある平凡の対極をゆくような装飾案の中には、すでにぴったり嵌まりどころがある様子だった。といっても、仕事一辺倒でかりかりしていたわけではない。のんびりしたものだった。

ある晩、ニースの古い港にある船乗りの集う小さなバーで、彼らに出くわした。この時は好奇心が勝って首をつっこむ形になった。例の真っ赤なスプライトがバーの外に止めてあるのを見つけたのだ。二人は十八かそこらの少年に奢っているところだった。服装から見て、ちょうど波止場に着いていたコルシカ行きの船の水夫であろうと想像した。私が入ってゆくと、二人はそろってひどく鋭い目つきでこちらを見た。「おや、こいつを見損なっていたのかな」といった目つきである。私はビールを一杯飲んで退散したが、テーブルの傍を通り過ぎるとき、若い方が「今晩は」と言った。それ以降、私たちは毎日ホテルで挨拶を交わすようになった。なんとなく、これを機会に昵懇《じっこん》になったような按配だった。

数日の間、私にとってもロチェスター卿にとっても、進展がないままの時が流れた。ロチェスター卿はレザー・レインにあるフォアカード夫人の湯治場に逗留して梅毒の水銀治療を受けているところで、私はと言えばうかつにも必要なメモを丸まるロンドンにおいてきてしまい、到着を待っているところだった。メモが届くまではロチェスター卿を解放するわけにもゆかず、その間気散じにできるのは例の二人ばかりだった。彼らが午後や夕方にスプライトに乗り込んで出かける折には、服装からその日の遠出がどういう性質のものか想像して興がった。二人はいつでもエレガントな身なりのくせに、トリコット一つを取り換えるだけで、その日の気分をうまく醸し出していた。船乗りたちのバーではいつものように洒落た格好のくせに普段より少しばかり飾り気が少ない出で立ちにし、サン・ポールで骨董を商っているレズビアンと取引するときにはハンカチに男性的な色合いを加える、といった具合である。一度、一週間ばかり姿を見せなかった時には、一番年季の入っているらしい服を着て行った。戻って来た時には年嵩の男の方が右頰に打ち身の傷を負っていた。コルシカへ行って来たのだ、と彼らは私に言った。お楽しみでしたか、と私は尋ねた。

「えらく荒っぽいところでしたよ」と若いトニーが答えたけれども、褒め言葉らしくは聞こえなかった。

私がスティーヴンの頰を見つめているのに気づくと、彼は急いで付け加えた。「山の中で事故に遭いましてね」

プーピイが夫と共に現れたのは、それから二日後の日暮れ時であった。私はロチェスターの仕事に戻っており、外套を着こんでバルコニーに座っていた。そこへタクシーがやってきた――いつもニース空港からやってくる運転手であることが見てとれた。まず最初は、乗客がまだ中にいたので、荷物に目が止まった。鮮やかな青で、驚くほど真新しかったのである。頭文字さえ――なんだか馬鹿げた感じのするPTという頭文字――鋳造したばかりのコインのようにぴかぴかだった。大きなスーツケース一つ、小さなスーツケース一つ、それと帽子箱、全て紺青色のものが出てきた後に、空の旅には全く向かない立派な古い革鞄が運び出されたが、これは父親から相続でもしたような代物で、シェパーズ・ホテルやら王家の谷やらの古いラベルがまだ半分残っているように見えた。それから乗客が出てきて、私は初めてプーピイの姿を目にしたのであった。下のテラスでは室内装飾家たちも、デュボネを飲みながらこの光景を眺めていた。

彼女はとても背が高かった。おそらく五フィート九インチくらいはあっただろう、とてもほっそりとして、とても若く、栃の実のような色の髪をした娘で、服は鞄と同じように真新しかった。平凡きわまりないホテルの正面玄関を眺めて、「ああ、やっと《フィナルモン》」と言ったが、その顔はうっとりと喜びに溢れていた。いや、そう見えたのは単に彼女の眼の形のせいであったかもしれない。若い男の姿を見て、私は二人が新婚であることを確信した。服の縫い目から紙吹雪がこぼれおちても驚きはしなかったと思う。二人は《タトラー》誌の口絵写真みたいだった。お互いに向かってカメラを意識した頬笑みを浮かべていたが、その下には緊張が窺えた。きちんとした教会で結婚式を挙げた後、洒落た披露宴をやって、そのあとまっすぐここへ来たのに違いない、と私は思った。

受付へ向かう階段を上がる前に二人は一瞬ためらう風情だったが、その様子はいかにも似合いの美しいカップルであった。ガループ灯台の長い光線が彼らの背後の海面を刷き、ホテルの外の投光照明がぱっと灯った。まるで支配人が二人の到着を待って点灯したかのようだった。二人の装飾家はグラスに口をつけずに座っていたが、私は年嵩の方が頬の打ち身をえらくきれいな白いハンカチで覆ったことに気がついた。二人が見つめているのは無論、娘ではなくて、青年の方だった。六フィートを超える背の高さで、娘とおなじくらいほっそりとし、コインに彫りこまれていてもおかしくないような、完璧に美しく、完全に生気のない顔をしていた。いや、これはおそらく緊張のせいであったろう。彼の着ている服もまた、この機会のために買ったばかりのものと思われた。両側にスリットの入ったスポーツジャケットに、長い足を誇示するために少し細めに仕立てた灰色のズボン。私の眼には、彼らは二人とも、結婚するには若すぎるように見えた——二人の歳を合わせても四十五歳になったかどうか——私はバルコニーから身を乗り出して、こう警告してやりたいような激しい衝動に襲われた。「このホテルはいけない。ここ以外ならどこでもいいから」暖房が効かないとか、お湯の出が悪いとか、食べ物が最悪だとか、まあイギリス人はあまり食べ物のことは気にしないが、そんなことを言ってやることもできただろう。しかしもちろん、彼らが聞く耳を持つはずもなかった。どう見ても「予約済み」の様子であったし、私はいかれた年寄りとしか見てもらえなかっただろう（「外国住まいのイギリス人にありがちな変わり者の一人」——家に書き送る手紙の文句が目に見えるようだった）。これが彼らに干渉したいと思った最初の機会だが、この時はまだ二人のことを全く知らなかった。そして二度目が来た時にはすでに手遅れであった。あのとき、激情のままに声を上げなかったことを、私はこの先もずっと悔やみ続けるだろう……

　下の二人が沈黙を守って注視していることに、私はぞっとした。それにあの、恥ずべき傷を隠している真っ白なハンカチ。このとき初めて、私はあの嫌な名前を耳にしたのである。「部屋を見るかい、プーピイ、それとも先に一杯やる?」

二人は部屋を見ることに決め、デュボネの二つのグラスがチンと音を立てて、ふたたび動き出した。

彼女の方は、青年よりもハネムーンの過ごし方を心得ていたのだろうと思う。その晩二人はそれきり姿を現さなかったから。

2

テラスで朝食をとるには遅い時間になったのに、スティーヴンとトニーがいつもよりも長くその場に残っていることに私は気づいた。どうやらようやく、海水浴には寒すぎるという結論に達したものらしい。しかし私には、二人が待ち伏せをしているような気がした。彼らがこれまでにないほど私に対して親しげに振る舞ったので、自分のみじめなほど普通な風采を、何かの隠れ蓑にする気ではなかろうかと勘繰った。どういうわけか、その日私のテーブルの場所が移されて日陰になっていたので、スティーヴンが自分たちのテーブルに来るようにと誘ってきた。僕らはあと一杯だけコーヒーを飲んで、すぐにお暇しますから……打ち身はもうだいぶ目立たなくなっていたけれども、白粉をつけていたのではないかと思う。

「こちらには長くおいでで？」と尋ねながら、彼らの気軽なお喋りと比べると、自分の話しぶりは随分ぎこちない、と感じずにはいられなかった。

「明日には発《た》とうと思っていたんですよ」スティーヴンが言った。「でもゆうべ気が変わりましてね」

「ゆうべ？」

「だってずいぶんいい天気でしたからね。〝なあ〟とトニーに言ったんです、〝暗くてつまらんロンドンなんか、もうしばらく放ったらかしてもいいんじゃないかな〟まったく、ロンドンなぞいくら放ったらかしたところで変わりゃしませんからね――保ちのいいことといったら、駅売りのサンドウィッチと一緒でね」

「得意先の人たちはそんなに気長に待ってくれるんですか」

「得意先、ねえ。ぼくらがブロンプトン・スクエアあたりで受けるような残虐非道の仕打ちは、あなたには一生ご縁のないものでしょうよ。どこでだって同じことでね、他人に金を払って装飾をしてもらおうなんて輩の趣味ときたらろくなもんじゃないですからね」

「あなたのおかげで世の中がだいぶ助かっているわけですな。お二人がいなけりゃ我々はだいぶ苦労をするというものでしょう。ブロンプトン・スクエアあたりではね」

トニーがくつくつ笑った。「内輪でちょっとした悪ふざけでもしないことには、とてもじゃないけど我慢しきれませんよ。たとえばね、クラレンティ夫人のところには、我々が〈ルクルスの手洗い〉と呼んでいる物を据え付けてやったんです」

「ご夫人は大いにご満悦でしたよ」スティーヴンが言った。

「最高に猥褻な野菜の形でね。収穫祭を思い出すような代物でした」

突然、二人は押し黙って凝視した。私の肩越しに誰かを見つけたのである。私は振り返った。プーピイが、たったひとりでそこにいた。青年がやってきて、座るべきテーブルを示してくれるのを、まだ規則を知らない新入生の少女のように、待っているのだ。格好までも学校の制服めいていた。くるぶしにスリットの入った、ずいぶんぴったりしたズボンを穿いて――夏学期がとうに終わったのにそれもわかっていないままの少女。そんな服装《なり》をしていたのは、おそらく、あまり人目を引きたくなくて、身を隠すためだったのだろうが、テラスには他に二人しか女性はいなかったし、どちらも分別あるツイードのスカートという出で立ちだった。ウェイターに案内されながら、私たちのテーブルを過ぎて海の近くの席に向かうとき、彼女は懐かしげなまなざしで女たちを眺めた。長い脚はズボンの中でもむきだしのように感じられるのかもじもじと動いていた。

「お若い花嫁さんですね」トニーが言った。

「もう放ったらかしにされているとはね」スティーヴンが満足げに言った。

「プーピイ・トラヴィスという名ですとさ」

「随分な名前を選んだものだ。まさか洗礼名じゃあるまいね、よっぽど進歩的な牧師でもなけりゃ」

「男の方はピーターって呼ばれてますね。職業は不詳。軍人じゃないと思いますが、どうでしょうね」

「いやあ、軍人じゃないだろう。農地でも持ってるんじゃないかな、感じのいい草の香りがするようじゃないか」

「知れるだけのことは何もかも知っているようなお話しぶりですね」と私は言った。

「夕飯の前に、警察に出す通行許可証を見たんですよ」

「なんだか」トニーが言った。「PTにはゆうべの一戦の気配がほとんど残ってないように見えますね」テーブル越しに娘を眺めながら、異様なほど憎しみに似た表情を浮かべていた。

「我々は二人とも」スティーヴンが言った。「あの夫婦の無邪気な様子に惹きつけられましてね。男の方なんか馬のことしか知らなそうな感じに見えませんか」

「乗り手の内股が求めているものを大いに誤解しているんじゃないですかね」

ひょっとすると、二人は私にショックを与えようとしていたのかもしれないけれど、たぶんそうではなかったのだろう。極度の性的興奮状態にあったに違いない。ゆうべのテラスで、雷に打たれたように「一目ぼれ」してしまったので、自分たちの感情を取り繕うことができなかったのだと思う。私の存在を会話の口実にして、自分たちの欲望の対象に思いを巡らせていたのである。あの船乗りの少年は間に合わせのつまみ食いにすぎず、こんどのこそが本物だった。私はちょっと面白くなってきた。この珍妙な二人組が、今あそこで辛抱強く夫を待っている娘と結婚したばかりの若い男から、いったい何を引き出せるつもりなのか、と思ったのである。彼女はまるで、着替え忘れた古いセーターのように、無造作に美しさを身にまとっていた。いや、こんな直喩はうまくない。あの娘は一人で娯楽室にでもいるのでないかぎり、古セーターなぞ着るのはごめんだと思うだろう。自分が服の流行なぞ無視してよい人種の一人であろうとは、夢にも思っていないのだ。彼女は私の視線に気づいて、私があまりにも歴然とイギリス人らしかったからだろう、おずおずと微かな頬笑みを見せた。もし三十も歳をとりすぎておらず、二度の結婚をした身でなかったら、私もやっぱり、一目ぼれの直撃を受けていたことと思う。

トニーが頬笑みに勘づいた。「隅におけませんね」と彼は言った。答える間もなく、私の朝食が、青年と一緒にやってきた。テーブルの脇を通り抜ける時、彼の緊張が私にも感じられた。

「キュイール・ドゥ・ルシーか」スティーヴンが鼻孔を震わせながら言った。「無経験からくる失敗だな」

若者は通りすがりざまにこの言葉を耳にし、誰が言ったのかと驚いた顔で振り返った。二人の男は、あたかも自分たちが彼を虜にする力を持っているのだと本当に信じているかのように、尊大な微笑を彼に向けた……

このとき初めて、私は胸騒ぎを覚えた。

3

何か問題が起きている、それは悲しくも明らかなことだった。娘はほとんど毎朝夫より先に朝食の席に下りてきた――思うに夫の方は風呂に入ったり髭を剃ったりキュイール・ドゥ・ルシーをつけるのに時間がかかったのだろう。娘の所へやってくると、彼は前の晩同じベッドで過ごしたとも思えないような、兄弟のように行儀の良いキスを彼女に与えた。娘は寝不足から来ると思われる隈を眼の下に蓄えはじめた――私の目には、この隈が「欲望が満たされた徴候《しるし》」（ウィリアム・ブレイクの詩「質問と回答」より）とはどうしても見えなかった。たまに私のバルコニーから、散歩から戻ってくる二人の姿が見えた。あれほど美しい見ものときたら、つがいの馬の他になかったろう。彼のやさしげな立ち居振る舞いは娘の母親を安心させそうだったが、男の目からすると、危険でもない道を渡るさいに彼女をエスコートする様子や、扉を押さえてやる様子や、姫君を妻にした夫のように一歩あとから彼女につき従う様子は、じれったいものだった。限界が来て苛立ちが爆発するのを待ち焦がれていたのだが、散歩から戻ってくる二人の間にはなんの会話もなく、食卓についているときには、一緒に食事をしている人間が礼儀正しく発するような言葉のほか何も耳にできなかった。それでも彼女が夫を愛していることは神に誓って明らかだった。彼の方を見まいとする態度からすらそれは察せられた。熱に浮かされたような様子や物欲しげな顔は一切なかったけれども、彼がまったく別の方に注意を向けているのが確実な時には、彼女はちらりと夫を盗み見るのだ。それはいかにも愛情に満ちた、おそらく不安も混じったまなざしであって、しかも見返りを求めないものであった。彼がその場にいない時に誰かに夫のことを尋ねられると、彼女は彼の名を口にする喜びに輝かんばかりだった。「ええ、ピーターは今朝寝過ごしましたの」「ピーターは切り傷をこしらえてしまって。今血を止めていますのよ」「ピーターはネクタイを失くしたんですの。二階の給仕が盗ったのじゃないかと申してますわ」確かに、彼女は夫を愛していた。夫の方がどう思っているかは、私にははるかに確信が持てなかった。

　思い描いていただきたい、この間ずっと、例の二人は接近を試みていたのである。まるで中世の城を落とそうとする試みのようだった。彼らは塹壕を掘り、土塁を築いた。城との違いは、攻められている側が、相手の狙いにいっこうに気づいていないと言う点であった――ともかく、娘は何も気づいていなかった。男の方がどうだったかはわからない。彼女に警告してやりたかったが、ショックを与えたり怒らせたりしないためには、いったい何と言えばよかったのだろうか。あの二人は砦に近づく役に立つなら、部屋の階だって変えていただろうと思う。この作戦についてはおそらく議論の末、あまりあからさまにすぎるというので却下したのだろう。

私が手を出せないのを彼らもわかっていて、私をまるで同盟軍のごとくみなしていた。いずれ、娘の注意をそらすのに役に立つかもしれない、というわけだ——そしてこの思惑はさほど外れてもいなかった。私の目つきから、私がどれほど彼女に興味を抱いているか、彼らにはわかっていたので、長い目で見れば私の興味は彼らの関心と一致しないものでもないと計算したのだろう。おそらく彼らの計算違いは、私が良心のためらいを持つ人間だったことだろう。本当に欲しいものがあったなら、ためらいなどと言うものは、彼らにとっては明らかに、場違いだったのだと思う。サン・ポールの骨董屋には鼈甲《べっこう》でできた星型の鏡があって、彼らは言い値の半分でそれを手に入れようと目論んでいた（女店主がその道の女性とナイトクラブに出かけているような折には、確か店主の母親の婆さんが店番をしていたのである）。こういう連中だったから、私が娘を見つめるのをしばしば目にして、自分たちの「理にかなった」計画には喜んで乗ってくると考えたのだ。

「私が娘を見つめるのを」——そういえば彼女をまだちゃんと描写していなかった。伝記を書くのなら、当然ながら、肖像画を一枚さしはさめば、それで事は足る。今私の前にはレディ・ロチェスターとバリー夫人の複製画がある。だがプロの小説家としては（伝記と回想録はどちらも私にはなじみの薄い形式である）、女性を描写する際には、色かたちの細かな点まで読者の目に見えるように書いたりはしない（ディケンズの微に入り細を穿つ人物描写など、しばしば挿絵画家へ出している指示のようで、完成版からは抜き出してもよさそうなものである）。目に見えるようにではなく、感情が伝わるように書くのである。人妻なり、愛人なり、あるいは通りすがりの女なりが、「かわいらしくて優しい」（詩人は描写にこれ以外の言葉を必要としない）と言う場合、読者に何らかの好みがあるのなら、それに合わせて好きなイメージをかたちづくればよいのである。あの娘を私が描写するとしたら（今この瞬間、あの憎むべき名前を記すのは御免である）、髪の色や口の形を伝えるのではなくて、彼女を思い出すたびに私が感じる喜びと苦痛を表現したい――私、というのを作家であろうと観察者であろうと物語のわき役であろうと、好きなように考えてくださってかまわない。だがこれらの気持ちを彼女に伝えようとしなかったことを思えば、「偽善者の読者」（ボードレール「悪の華」の一節）であるあなたがたに、わざわざ伝える意味などあるだろうか。

あの二人は実にすばやくトンネルを掘って道をつけた。到着から四日もしないうちに、朝食へ下りて行くと、連中が娘の隣のテーブルに席を移し、夫のいない間に彼女の相手をしているのが見えた。それはうまいものだった。彼女がくつろいで幸せそうにしているのを見るのは初めてだった。幸せ、というのも、ピーターのことを話していたからだ。ピーターはハンプシャーのどこだかで父親の代理人をしている——三千エーカーの土地を管理していますのよ、ええそう、あの人は乗馬好きで、私もそうなんです。あらゆる話が披露された——家に戻ったら持ちたいと思っている生活の、なにもかもが。スティーヴンはただ時折、いささか古風で慇懃《いんぎん》な興味を見せながら、相槌をうち、彼女にどんどん話を続けさせた。どうやら彼は、近隣の屋敷の装飾を手掛けたことがあったらしく、ピーターの知り合いの名をいくつか知っていた——ウィンスタンリー、だったかと思う——それで娘の方はすっかり信用してしまった。

「その方はピーターの一番のお友達のお一人ですわ」と彼女は言った。二人の男はトカゲが舌をちろりと出すような具合に目混ぜをした。

「こちらへおいでなさいよ、ウィリアム」スティーヴンが言いだしたが、これは私が話の聞ける距離にいると気づいてからのことだった。「トラヴィス夫人はご存じでしょう」

彼らのテーブルにつくことをどうして拒否できたろう？　だがそうすることで私は彼らの同盟者となったかたちだった。

「あのウィリアム・ハリスさんではありませんこと？」と娘が尋ねた。私の大嫌いな文句だったが、彼女の無邪気な風情で言われると、それすらも違って聞こえた。彼女は何もかも一新するような力を持っていた。アンティーブは新たな発見の場となり、我々はこの発見をもたらした最初の外国人となった。彼女が「もちろん、お恥ずかしいんですが、ご著書はどれもちゃんと読んだわけではありませんの」と言うと、耳にたこができるほど聞かされたこの言葉も初めてのように響いた。おまけにこれは彼女の正直さの証とも——もう少しで生娘らしき正直さ、と書くところであった——思われた。「世の中の人のことをものすごくいろいろ御存じなのでしょうねえ」と彼女が言った。私はふたたび、その言葉の陳腐な響きの中に、何か訴えの声が潜んでいるのを読みとったように感じた——誰かから助けてほしいという訴え、しかし誰かとは二人の男か、いましがたテラスに姿を現した夫か、どちらであったろう？　夫の方も彼女と同じように緊張の面持ちで、瞼の下に翳を刷いているのまで一緒だった。だから知らない人間から見たら、先に書いたように、兄妹に見間違われたかもしれない。夫は我々三人を目にすると一瞬躊躇したが、彼女が彼を呼ばわった。「あなた、いらっしゃいよ、素敵なみなさんをご紹介するから」嬉しそうな表情はいっこうに見せないまま、彼はむっつりと席につき、コーヒーはまだ温かいかと尋ねた。

「お代わりを注文するわね。この方たち、ウィンスタンリーさんたちを御存じなのよ。そしてこちらは、あのウィリアム・ハリスさんよ」

夫はぼんやりと私を眺めた。ツイードと何か関係があるのではとでも考えていたのだろう。

「お二人とも馬が好きですってね」スティーヴンが言いだした。「それで考えていたんだが、君と奥さんと、土曜日に僕らとカーニュに行って昼飯でもやりませんか。土曜と言うと、つまり明日のことですがね。あすこにはとってもいいレース場があるんですよ……」

「さあ、どうしましょう」夫は曖昧な口ぶりで、妻の顔色を窺った。

「だってあなた、もちろん行かなくっちゃ。きっと楽しいわよ」

彼の顔はたちまち明るくなった。社交上のためらいを感じて戸惑っていたのに違いない。果たしてハネムーンの最中に他人の招待を受けてよいものかどうか。「ご親切にどうも」と彼は言った。「お名前は……」

「お近づきになるんだから、最初から友達同士でいきましょう。僕はスティーヴン、こいつはトニーですよ」

「僕はピーターです」それから重々しい調子で付け加えた。「このひとはプーピイ」

「トニー、君はプーピイをスプライトに乗せてやりたまえ。ピーターと僕はバスで行くから」（スティーヴンが先取点を稼いだな、と私は感じた。トニーも同じように感じたと思う。)

「あなたもいらっしゃいますか、ハリスさん?」娘が尋ねた。名字で呼ぶことで、彼らと私の違いを際立たせたいような口ぶりだった。

「残念だが行かれませんな。時間に追われて仕事をしていますのでね」

翌日の晩、私はバルコニーに座って、彼らがカーニュから戻ってくる様子を目にした。みんなが一緒に笑っている声を聞きながら、私は思った。「敵は城内に入ったり、か。あとは時間の問題だ」時間はたっぷりあった。二人の男は極めて慎重に事を運んでいたのだから。コルシカで打ち身をつくったときにはきっと性急で強引なやり方をしたのだろうが、今度はその手でゆくつもりは、毛頭ないようだった。

4

朝食の席で、夫が下りてくるまでひとりぼっちの娘のお相手をつとめるのが毎日の習わしになった。私が彼らと同席することは二度となかったが、会話の切れ端は耳に届いた。娘があのときほど明るく振る舞うことはないように見えた。一新する力というのも消え去ってしまった。一度、彼女がこんな風に言うのが聞こえた。「ここではすることがほとんどないんですもの」ハネムーン中の花嫁にはまったくそぐわない言葉に私ははっとした。

そうしてある晩、私はグリマルディ美術館の外で、涙にくれている娘を見つけたのだった。資料を取りにでたついでに、いつもの習慣でナシオナール広場を一回りしてきたところだった。この広場には一八一九年に建てられた円柱がある。アンティーブの王権に対する忠誠と、その王権を再建しようと奮闘した〈外人部隊〉に対する抵抗を記念した——おどろくべきパラドックスというほかない——円柱である。それからいつも決めているとおり、市場と旧港と城壁の上のルー・ルーのレストランの横を通って、大聖堂と美術館を目指した。そこで、まだ街灯のともらない灰色の宵明りの中に、城《シャトー》の崖下で泣いている彼女を見出したのである。

彼女が何をしているのか気づくのが遅れて、私はうっかり「こんばんは、トラヴィスさん」と声をかけてしまった。彼女は小さく飛び上がってこちらを振り向き、ハンカチを落とした。それを拾ってやったとき、ハンカチが涙でぐしょぬれであることがわかった——まるでおぼれ死んだ小動物でも摑んだような感触だった。私は「すみません」と言った。驚かせてすまないというつもりだったのだが、彼女の方はまったく違う意味に受け取って、こう言った。「いいえ、私がおばかさんなだけですの。ちょっとそういう気分になってしまって。そういうこと誰にだってありますわね？」

「ピーターはどちらですす？」

「スティーヴンとトニーと一緒に美術館の中でピカソを見ておりますわ。私には何がいいのかチンプンカンプンで」

「なにも恥ずかしいことはありませんよ。わからない人は大勢います」

「ピーターだってチンプンカンプンだって、私わかっているんです。なのに関心があるようなふりをするんですの」

「ああ、なるほどね……」

「でも、そのせいじゃないんです。私だってスティーヴンを喜ばせようと思って、ちょっとわかるようなふりをしましたし。だけどピーターは、私から離れたくって、わかってるようなふりをしてるんです」

「それはあなたの気のせいですよ」

五時きっかりに灯台に灯が点った。だがあたりはまだ明るくて、光線は見えなかった。

私は言った。「美術館はじき閉まりますよ」

「一緒にホテルへ戻ってくださらない？」

「ピーターを待たなくていいのですか？」

「私、別に匂いはしないでしょう？」みじめな顔つきで彼女は尋ねた。

「ふむ、かすかにアルページュの香りがしますな。私の好みですよ、アルページュは」

「ああ、たいへん経験豊かでいらっしゃるようにきこえるわ」

「そういうわけでもありませんがね。最初の妻がアルページュを買いつけていたというだけのことです」私たちはホテルへ戻る道を歩き出した。北西風《ミストラル》が耳をさいなみ、彼女が泣きはらした赤い目の説明をするのに、格好の言い訳となった。

彼女は言った。「アンティーブはずいぶん寂しくて陰気なところだと思いますわ」

「お楽しみでいらっしゃると思っていたのですがね」

「ええ、一日か二日ばかりはそうでしたけれど」

「おうちへ戻ったらいかがですか？」

「だって、変に思われますわ、ハネムーンから早く戻ったりなんかしたら」

「それならローマへでも行くか――どこか他の所へいらしたらいい。ニースから大抵の所へ飛行機が出ていますよ」

「どこへ行ったって同じ事ですわ」彼女は言った。「場所じゃないんです。問題は、私なの」

「どういう意味ですかな」

「あの人、私と一緒では幸福じゃないんです。単にそれだけのことなんです」

彼女は城壁沿いの小さな岩づくりの家の一軒の向かいで足をとめた。坂の下の街路の上には洗濯物が干してあり、鳥かごの中に寒そうなカナリアがいた。

「ご自分でさっき……気分の問題だと言っておられたが……」

「あの人は悪くないんです」彼女は言った。「悪いのは私なの。あなたにはすごくばかばかしい話に聞こえると思うんですけど、私、結婚前には、誰ともしたこと、なかったんです」みじめな様子でカナリアを見つめて、嗚咽をこらえていた。

「ピーターの方は？」

「あのひと、すごく感受性が強いんです」彼女は言って、急いで付け加えた。「それって、いいことですわね。感受性が強い人でなかったら、私だって好きになんかならなかったと思いますもの」

「もし私があなたの立場でしたら、彼を家に連れもどしますね。できるだけ早く」不吉な言い方になるのを抑えられなかったが、彼女は私の言葉をほとんど聞いていなかった。城壁の下から近づいてくる声に聞き入っていたのだ。加えてスティーヴンの陽気な笑い声が上がった。「あの方たち、とっても親切ですのね」彼女は言った。「あの人にお友達ができてよかったわ」

あの連中はあなたの目の前でピーターを誘惑しているのですよなどと、どうして私に言えただろう？ それにどちらにしろ、彼女の過ちはすでに取り返しのつかないものではなかったか？ 午後の半ば、仕事が片付いてしまい昼食時に飲んだ葡萄酒の陽気な気分も薄らいだころ、そしてまだ晩の酒を飲みだすのは時刻が早すぎ、冬の暖房がいちばん弱まっているころ、孤独な男にとってなんとも遣る瀬無い気分になるこうした時間がくると、この二つの疑問がいつまでも私の脳裏につきまとって離れなかった。彼女は自分が結婚した相手がどういう性質《たち》の人間か、まったくわからなかったのだろうか？ 青年の方はどうなのか、彼女を自分の本性を隠す目くらましに使うためにつかまえたのだろうか。それとも、どうにかして正常な自分をとりとめるために、ぎりぎりのところで彼女にしがみつきたかったのか？ 私自身、そうとはとても信じられなかった。青年には何か無垢なところがあって、彼女が愛するのも無理はないと思えたのだ。彼はまだ未形成な若者で、本気で結婚したのであり、今度の事で初めて、これまでにない体験をする瀬戸際に立ったのだと考えたかった。けれどももしそうだとしたら、この喜劇はいっそう残酷な様相を帯びてくる。もし、星々の巡り合わせが違って、あの飢えた二人組の狩人と二人のハネムーンが交わることがなかったら、果たして何もかもが正常に運んで行ったのだろうか？

　私は事の次第を口に出したくてたまらなかった。そして結局、口に出すことになったのだが、成り行き上、彼女に対して暴露したのではなかった。自分の部屋に戻る途中、二人組の部屋の一つの扉が開いていて、スティーヴンの笑い声が聞こえてきた――意図しない皮肉によって伝染性と呼ばれるたぐいの笑い声であった。私はかっとした。扉を叩き、中へ入った。トニーはダブルベッドに身を伸ばし、スティーヴンは自分の髪を「整えて」いる最中で、両手にブラシを持ち両鬢の灰色のウェーブを仔細にいじっていた。化粧台には女のようにいくつもの壜が並んでいた。

「彼、ほんとに君にそんなこと言ったの？」トニーが言いさしたところだった。「おやこんにちは、ウィリアム？　中へどうぞ。僕らの若いお友達が、スティーヴンに打ち明け話をしたそうですよ。なんとも愉快な具合じゃありませんか」

「若い友達って、誰のことです」

「もちろんピーターに決まってるでしょう。他に誰がいるんです？　結婚生活の秘密ってやつですよ」

「あの船乗りのお友達のことかと思ったものでね」

「いやはや！」トニーは言った。「こりゃ一本とられましたね」

「ピーターのことは放っておいておやりなさい」

「そんなことをしたら本人が嫌がりますよ」スティーヴンが言った。「ごらんのとおり、あの子はこの手のハネムーンに大して関心がないんですからね」

「あなたは女性がお好きな方でしょう、ウィリアム」トニーが言った。「あの娘の方を心配してやったらどうですか？　こんな機会はありませんよ。僕が思うに、彼女は下世話でいうところの〝お情け〟を、いただいてないんですからね」二人のうち、トニーの方が残忍なのは明らかだった。打ちのめしてやりたかったが、そういうロマンティックな振る舞いが通用する時代ではなし、どのみち彼はすでにベッドの上で伸びきっていた。私は至極弱々しい声音で言った——あの二人と論争などしに飛び込んで行ったのはまことに無鉄砲なやり方であったと思う——「あの娘の方は彼を愛しているじゃありませんか」

「トニーの言うとおりだと思うな、彼女だってあなたの方にもっと満足するに決まってますよ、ウィリアム」右耳の上の髪に最後の手櫛を加えながら、スティーヴンが言った——あの打ち傷はもうほとんど消えていた。「ピーターが僕に打ち明けた話からして、そうすればあの二人ともに有難がられると思うなあ」

「ピーターの話をしてやったら、スティーヴン」

「彼が言うには、そもそもの最初から、あの娘はいかにも女っぽくがつがつしたところがあって、それがおっかなくて嫌だったそうなんです。かわいそうにね——結婚なんて面倒事に巻き込まれたのは罠に嵌められたようなものだったんです。父親が後継ぎを欲しがってね——これは馬の繁殖もやっている男で、それで彼女の母親というのがね——まあ、大きな金が動いた話らしいんです。思うにやっこさん、何にもわかっちゃいなかったんじゃないのかな——〈来るべき世界の姿〉（H・G・ウエルズの一九三三年の小説 *The Shape of Things to Come* より）がどんなものか、なんてね」スティーヴンは鏡に向かって身ぶるいしてから、自分の姿を満足げに眺めた。

　今になってみても、私は自分の心の平安を保つために、あの若者が本当にそんなひどいことを言ったわけではないと、信じずにはいられない。これらの言葉はあの狡猾な脚色家が彼の口に言わせせただけだと信じているし、そう願ってもいる。だがそう考えてみても大して慰めにはならない。スティーヴンの捏造は、いつでも人間の真実を言い当てているところがあったからだ。表面上は彼女に無関心な素振りをしてみせたのに、彼は私の本心を見通して、自分とトニーがやりすぎたことに気がついた。もし私が間違った行動に駆り立てられたり、彼らの下品な物言いにうんざりしてプーピイへの興味を失ったりしたら、彼らの目的にはおあつらえむきというものである。

「そりゃあもちろん」スティーヴンは言った。「今のは大げさな言い方ですがね。土壇場にくるまでは、彼だって多少はのぼせていたに決まっていますしね。お父さんという人はきっと、あの娘は元気のいい仔馬みたいだとかなんとか言ったんだろうな」

「ピーターをどうするつもりなんです」と私は尋ねた。「コインでも投げて決める気ですか、それとも一人が首側、一人が尻側をいただくという寸法ですかね？」

トニーが笑った。「いやだな、ウィリアムおじさんったら。実に冷静なものの見方をなさる」

「あるいは僕が」私は言った。「あの娘のところへいって今の会話をあたまから話して聞かせようかな」

「まあまあ、彼女はなんのことだかさっぱりわかりゃしませんよ。信じがたいほど初《う》心《ぶ》ですからね」

「彼の方は違うとでも？」

「さあ、どうでしょう——僕らの友人のコリン・ウィンスタンリーを知ってるぐらいですからね。もっともその点は議論の余地ありかな。まだそこまで気を許して何もかも曝け出したわけじゃないから」

「近いうちに試してみるつもりでいますがね」スティーヴンが言った。

「田舎へドライヴするんです」トニーが言った。「彼、緊張が続いて参っちゃってる様子なの、ご存じでしょう。お節介を焼かれるのが怖くて昼寝もできない有様ですから」

「君たちには情けというものがないのかね？」これはまた、すれっからしの二人に使うには、いかにも馬鹿げて大時代な科白だった。我ながらいかにも杓子定規な堅物という気がした。「あの娘の人生を台無しにするかもしれないんだぞ――君らのつまらん遊びのために」

「だからウィリアム、あなたにお願いしたいんじゃありませんか」トニーが言った。

「哀れな娘に慰めを与える仕事をさ」

スティーヴンが言った。「遊びなんかじゃありませんよ。わかってもらえないかな、僕らはあの青年を救おうとしているんだ。彼の人生がどうなるかだって考えてごらんなさい――女の体のやわやわした輪郭に抱きすくめられる一生ですよ」彼は付け加えた。「女ってやつを見ると、僕はいつもびしゃびしゃのサラダを連想するな。ほら、萎れた菜っ葉が泳いでいるような手合いのね」

「蓼食う虫も好き好きでしょ」トニーが言った。「だけどピーターは、そういう人生には向いてない。とっても感受性が強いからね」彼の言葉は娘が使ったのと同じだった。私はこれ以上何も、言うべきことを思いつかなかった。

5

読者はお気づきだろう、私はこの一篇の喜劇の中で、実に英雄らしくない役回りを務めている。思うに、娘のところへ出向いて、性生活の実態について、イギリスのパブリック・スクールの規則の話あたりからゆっくりと切り出して、ちょっとした講義をしてやることだってできたはずだ——そういえば青年は出身校の色のスカーフを身に着けていたが、ある日朝食の席でトニーが、暗褐色の縞模様は趣味がよろしくないと言ってからやめてしまった。あるいは青年の方に抗議することもできたかもしれない。だがもしスティーヴンの言うことが真実だとしたら、若者はひどい神経の緊張に苦しんでいたわけで、私の干渉はちっとも慰めにならなかっただろう。私には、どうしようもなかったのである。ただ座って、男たちが慎重に、そして虎視眈々と、クライマックスに向かって手ぐすね引いているのを、眺めているしかなかったのだ。

　クライマックスは三日後の朝食のときに訪れた。いつものように、娘だけが男たちのテーブルに加わり、夫の方は階上の部屋で化粧水を相手にしていた。男たちはこれまでにないほど魅力的に愛想を振りまいていた。私が自分の席についたとき、二人はある侯爵の未亡人に頼まれて装飾を施したケンジントンの屋敷について、たいそう面白おかしく話しているところだった。侯爵未亡人はナポレオン戦争に熱烈な関心を持っていて、確か馬の蹄からできた灰皿を持っている、という話だった。馬というのがウォータールーの戦いでウェリントンが乗りまわした葦毛だそうで――品物を売った商人の弁によれば――アプスレイ・ハウスの保証付きという品である。他にもアウステルリッツの戦場で見つかったという薬莢でこしらえた傘立てだとか、バダホズから持ってきた攻城梯子で作った火災用の避難梯子などがあった。娘はこういう話に聞き入って、緊張も半ば薄らぎ、ロールパンやコーヒーを口にするのも忘れていた。スティーヴンの話にすっかり夢中の体だった。彼女に言ってやりたかった。「そんなに目をまんまるにして、フクロウじゃあるまいし」もし言ったとしても侮辱にはあたらなかったろう。彼女は実際、かなり大きな目をしていたから。

　スティーヴンが本計画を持ちだしたのはこの時だった。彼の手がコーヒーカップの上で強張る様子を見て、いよいよだなと私にはわかった。トニーはといえば、視線を下ろして、クロワッサンを前に祈りをあげるような仕草をした。「僕たち考えていたんだけどね、プーピイ——君のご主人を僕たちでお借りしてもいいかな?」このセリフが、これほどまでに入念に無造作を装って口にされたのを、私は聞いたことがない。彼女は笑いだした。なんにも気づいていないのだ。「私の主人を、借りるですって?」

「モンテ・カルロの向こうの山に小さな村があってね、ペイユっていうんだが、まったくもって素敵きわまりない古い机《ビュロー》があるという噂を聞いたんだ。もちろん売りものじゃないんだが、僕とトニーには欲しいものを手に入れる必勝の作戦があるからね」

「ええ、それは気づいていたわ」彼女は言った。「私だって」

スティーヴンは一瞬まごついたが、彼女は他意があったわけではなく、せいぜいお世辞を言ったつもりだった。

「僕たち、ペイユで昼飯を食って、街道沿いに景色を見ながら一日過ごすつもりでいるんだよ。ただ問題があって、スプライトには三人分しか座席がない。だけどピーターがこの間、君が髪をセットに行く時間を欲しがってると話していたものだから、考えてみたんだが……」

　私の眼には、あまりべらべら喋りすぎて、かえって説得力を失っているように見えたけれども、彼には心配する必要は全くなかった。彼女は、全く何にも気づかなかったのである。「あら、それとってもいい思いつきだわ」そう言った。「あの人、私からちょっと離れて、お休みをとる必要がありますものね。結婚式で私が通路に現れてからこっち、自分だけの時間なんて、ちっともなかったんですから」彼女はおどろくほど物分かりが良く、そしてほっとしてさえいる様子だった。かわいそうに。彼女の方もまた、休日が必要だったのだろう。

「ひどく乗り心地の悪い状態になるだろうがね。トニーの膝の上に座らなきゃならんだろうから」

「あの人、そんなこと気にしませんわ」

「それにもちろん、道中の食べ物の質は保証できないしね」

　スティーヴンは馬鹿な奴だと、私は初めて思った。あんな喋り方で望みがあるとでも思っているのだろうか。

　結局、二人のうちで頭が切れるのは、残忍だとしても、トニーの方だった。スティーヴンが余計な口をきく暇をこれ以上与えずに、トニーはクロワッサンから目を上げて、断固とした調子で言ってのけた。「よし決まった。話はついたね。ご主人は夕食時までには無事送り届けますよ」

彼は挑戦的に私の方を見やった。「僕らだって、お昼にあなたをひとりぼっちにしておくのは嫌だけど、きっとウィリアムがお相手をしてくれるんじゃないかな」

「ウィリアムですって？」彼女はきいて、こちらを見た。まるで私がそこにいないかのような目つきが、憎らしかった。「ああ、ハリスさんのことおっしゃってるのね？」

私は旧港のルー・ルーの店で昼食を取ろうと彼女を誘った——それ以上の手を何も思いつかなかったのである——そのときちょうど、遅れたピーターがテラスに出てきた。彼女は慌てて言った。「お仕事の邪魔になったらいけないわ……」

「飢え死にするまで根つめて仕事をする主義じゃありませんよ」私は言った。「仕事中だってちゃんと食事はとらなければ」

ピーターは髭剃り中にまた顔を切ったとみえて、顎に大きな脱脂綿を貼りつけていた。私はそれを見てスティーヴンの打ち傷を思い出した。誰かが何か言いだすのを待って立ちつくしている彼の様子を見て、彼は今の会話について何もかも知っているのではないかと感じた。三人全員で入念なリハーサルをしてあったのではないのか、役割を分担して、前もって無頓着な素振りを練習して、食べ物のくだりまで何もかも……次の出るべき科白を誰かが言い忘れたとみて、私は口を切った。

「あなたの奥様をルー・ルーでの昼食にお誘いいたしましたよ」私は言った。「かまいませんね」

三人全員の顔にさっと安堵の色が浮かんだ。こんな状況で何かを面白がれるものであれば、さぞかし面白い眺めであったろうと思う。

6

「それで、その方とお別れしたあとには、ご結婚はなさらなかったんですの？」

「そのころにはもう結婚するには歳をとりすぎていましたのでね」

「ピカソはしましたわね」

「いやいや、ピカソほどの歳にはまだなっておりませんよ」

くだらない会話が続いていた。私たちの背後では、葡萄酒の瓶をデザインした壁紙の上に漁網がかかっている。またもや室内装飾というやつだ。時折私は、人間の顔に皺が寄るような具合に、自然に古びた部屋というものが恋しくなる。二人の間で魚のスープがにんにくの香りを漂わせながら湯気を上げていた。客は私たちだけだった。人気《ひとけ》のない寂しさのせいか、彼女の質問の率直さのせいか、あるいはただロゼを飲んだ勢いのせいだったのかもしれないが、突如として、自分たちはごく親しい間柄なのだという心地よい感覚が湧きあがってきた。「いつだって仕事と」と私は言った。「葡萄酒と、良いチーズがありましたしね」

「もしピーターを失ったりしたら、そんな風に達観した気持ちになれそうにありませんわ」

「だってそんなこと起こるわけがないでしょう」

「わたし、自分が死んでしまうような気がしますの」彼女は言った。「クリスティーナ・ロセッティの中に出てくる人みたいに」

「あなたの歳で彼女を読んでいる人がいるとは思わなかったな」

もし私が、あと二十も歳を食っていたら、こんな風に説明してやれたかもしれない。何もそんな風に悲観することはないのだと、いわゆる「性生活」の終わりに唯一残っている愛情というのは、何もかも、あらゆる失望を、失敗を、そして裏切りを受け入れてしまった愛情、結局最後には、共に仲良く過ごすという単純な欲望に勝るものなど何一つないのだという悲しい現実までも受け入れてしまった愛情なのだ、と。

彼女がそんな話を信じるはずもなかった。彼女は言った。「あの『去りゆくもの』の詩にでてくるようなことならなんでも、読むと涙が出たものですわ。あなたも悲しいことをお書きになる？」

「私が執筆中の伝記は申し分のないほど悲しい話ですよ。二人の人間が愛によって結ばれるのですが、一人は貞操を守れない性質《たち》だったのです。男は四十にもならないうちに、やつれ果てて老衰で死ぬのですが、臨終の床には巷で人気をとっていた牧師が、魂までもひったくってゆこうと待ち伏せしているような有様でした。死にかけた者にさえプライバシーなどなかったんです。その主教は自分で顚末を本にしましたよ」

旧港で荒物屋を営んでいるイギリス人がバーで話し込んでいた。店の家族の老女が二人、部屋の隅で編み物をしている。犬が一匹駆け込んできたが、私たちを見ると尻尾を巻いてまた出て行った。

「今のお話、どれくらい前のことですの？」

「だいたい三百年ほどですね」

「今起こってもおかしくなさそう。今だったら、主教じゃなくて、《ミラー》紙の編集者あたりでしょうけど」

「そうでしょう、だからこの話を書きたいんです。私は実のところ過去に興味があるわけではないのでね。時代劇は好みじゃない」

信頼を勝ち得るという行為は、男が女を口説きにかかるのとどこか似ている。本当の獲物をまずは遠巻きにして、相手の関心を引いたり愉しませたりした挙句、最後の最後に襲いかかるのだ。勘定を払おうと計算しているとき、その時がきた、と私は思ったが、これは間違いだった。彼女が言った。「ピーターはいまごろどこにいるかしら」それで私は急いで答えた。「あなたがたはどうしてしまったんです?」

彼女は言った。「出ましょう」

「釣銭を待たないと」

ルー・ルーの店では料理を頼むのは楽だが、勘定のほうはいささか面倒である。肝心の時にいつも、店の者がいないのだ。老女も(テーブルの上に編み物が置き去りだった)、給仕の手伝いに来ている叔母も、ルー・ルー本人も、青いセーターを着た彼女の夫も見当たらない。あの犬ももしまだ残っていたらこの時にはきっといなくなっていたのではないかと思う。

私は言った。「お忘れですか――彼が幸福でないと、ご自分でおっしゃったでしょう」

「お願い、お願いですから誰か見つけて、ここを出ましょう」

そこで私は厨房の暗がりからルー・ルーの叔母を引っ張り出して、勘定を払った。店を出たときには皆が、犬までも、戻ってきたらしかった。

店の外で、彼女にホテルへ戻りたいかと尋ねた。

「いいえ、まだいや——でもお仕事ができませんわね」

「酒をやったあとは仕事は決してやりません。早くから仕事にかかるのはそのためですよ。そうすれば最初の一杯も早く始められますからね」

彼女が、城壁と浜辺と灯台のほかはアンティーブの街をまだ何にも見ていないと言ったので、裏通りの狭い小路を見に連れて行ってやった。ナポリと同じように窓から物干しが差し出され、小さな部屋に子供やら孫やらがひしめいている様子が垣間見える。かつて貴族が住んでいた家々の古い戸口には唐草文様が石に彫りこまれていた。石畳の道は葡萄酒の樽でふさがれ、大通りはボール遊びをする子供たちにふさがれていた。一階の低い部屋に男が座って、瀬戸物にぞっとするような絵を描いていた。これらは後でヴァロリスに運ばれて、ピカソ行きつけだった店で観光客に売られるのだ。斑のあるピンクの蛙やら、藤色した魚やら、コインを入れる穴を開けた豚やらといった品々である。

彼女が言った。「海の方へ戻りましょう」そこで稜堡の上のあたたかい日向へ戻った。私はふたたび、自分が恐れていることについて彼女に話したいという気持ちに駆られたが、うつろな無知のまなざしで見つめられることを思うと、できなかった。彼女は城壁に腰を下ろすと、ぴったりした黒いズボンにつつまれた長い足をクリスマスの靴下のようにぶらんと投げだした。彼女は言った。「ピーターと結婚したこと、後悔していませんわ」その言い方はエディット・ピアフが良く歌っていた「後悔なんてしていない」という歌を思い起こさせた。この手の文句を歌ったり口にしたりするのは反抗的な気分のときと相場が決まっている。

私にはもう一度言うしかなかった。「彼を家へ連れて帰るべきです」もしもこんな風に言ったらどうなっていたことだろうか。「あなたが結婚した男は男を好きになる性質《たち》で、今現在も男友達と一緒にピクニックへ行っているんです。私はあなたより三十も年上だ。だが少なくとも私が好きになるのはいつも女性だし、今はあなたに恋をしている。私たちはまだ何年も一緒に愉しむことができるはずですよ、いずれあなたがもっと若い男のために私を捨てる日がくるにしても」実際に口に出せたのはこれだけだ。「御主人だってお国が恋しいでしょう——馬にだって乗りたいでしょうよ」

「あなたのおっしゃるとおりだったら、って私も思いますけど、もっと悪いことになっているんです」

とうとう彼女も、自分の抱えている問題の本質を理解したのだろうか？　どういう意味だか説明するのを私は待った。なんだか、喜劇になるべきか悲劇になるべきか、瀬戸際で決めかねている小説みたいだな、と私は思った。彼女が状況を理解したのなら、悲劇だ。していないなら、喜劇どころか笑劇《ファース》である――ことを理解するには無垢に過ぎる未成熟な娘と、ことを説明する勇気を出すには歳のゆき過ぎた男の織りなす場面。私の好みは悲劇である。悲劇であってほしい、と私は思った。

彼女は言った。「私たちね、ここへ来る前は、お互いのことをほんとうにはよく知りませんでしたの。おわかりでしょ、週末のパーティだの時々のお芝居だのばっかりで――それに、もちろん、馬に乗ったりして」

いったい何を言おうとしているのか、よくわからなかった。私は言った。「こういうところへやってくると、神経が緊張するものですよ。普段の生活から引っ張り出されて、手の込んだ式をやった後に、二人一緒に放り出されたわけですから――お互い見たこともなかった動物が二匹、一つの檻に閉じ込められたようなものですから」

「それで、あの人、私のことが好きじゃないって気づいたのね」

「それは大げさすぎますすな」

「いいえ」彼女は不安げに言い募った。「仰天されるかもしれないのですけれど、お話ししてもいいでしょうか。他にお喋りできる方が誰もいないんですもの」

「五十年も生きていれば衝撃には強くなりますよ」

「私たち、愛しあっていないんです——ここへ来てから一度も、ほんとうには」

「どういう意味ですかな、その——ほんとうには、というのは」

「あの人が始めますわね、でも、最後までいかないんです。何にも、起こらないんです」

私は困ってしまった。「ロチェスターもそういうことを書いています。『不完全な喜び』という詩ですが」なんでまたこんな胡散臭い文学的知識の断片を披露したものか。たぶん私は、精神分析医のようなつもりで、その問題に悩んでいるのは彼女だけでないと感じさせてやりたかったのだと思う。「誰にだって起こることなんですよ」

「でもあの人のせいじゃありませんわね」彼女は言った。「私が悪いんです。わかっているんです。私の体があの人の気にいらないだけなんですわ」

「やっとそこに気がついたというわけですか、いやまさか！」

「あの人、ここに来るまで私の裸を見たことがなかったんです」医者に向かって話すような娘らしい率直さだった——自分は彼女にとって、まさにそういう相手なのに違いない、と私は思った。

「初夜というのは誰だって緊張するものですよ。そして男というのは気にしはじめると（ああいうことがどれだけ男の自尊心を傷つけるのかわかってやらなくちゃいけません）、何日もそれから逃れられなくなるんです。時には何週間も」私は昔の愛人の話をすることにした。随分長いこと一緒に過ごした女だったが、最初の二週間、私は何もできなかったのである。「うまくやれるかどうか気にしすぎたのでね」

「それはまた別ですわ。その方の見た目はお嫌いじゃなかったのでしょ」

「あなたは気にしなくてよいことを気にしすぎですよ」

「だってあの人はするんですもの」急に女子中学生のような金切り声を上げてから、彼女はみじめな忍び笑いを漏らした。

「我々は一週間ばかり旅行へ出て、場所を変えてみたのです。そうしたら何もかもうまくいくようになった。十日間はめちゃくちゃだったが、その後の十年間は幸せに過ごしました。とても幸せにね。しかし、悩み事というのは一つの部屋やカーテンの色なんてものをきっかけにしても生まれるものです——外套掛けにひっかかっていることだってある。ペルノーの印の入った灰皿で燻っていることもある。ベッドを見やると、揃えた靴の爪先みたいに、下からひょっこり頭を出しているのが見えたりする」

私はふたたび、自分の考えつく唯一の呪文を繰り返した。「彼を連れて家に帰りなさい」

「帰ったところで何も変わりませんわ。あの人はがっかりした、それだけのことですもの」彼女は自分の黒く長い足に目を伏せた。私がその視線を追ったのは、もうどうしても彼女が欲しいという気になっていたからだった。彼女は心からの確信を込めて言った。「私、脱ぐと、あんまりきれいじゃないの」

「莫迦をいっちゃいけない。どれだけ莫迦なことを言っているか、おわかりでないですな」

「あら、莫迦なことなんかじゃありません。言ったでしょう、初めはちゃんと始まるんですの、それがあの人が私に触れると」――彼女は両手で胸を押さえた――「それで、何もかも駄目になってしまうんです。私、前からわかってたの、あんまりここがきれいじゃないって。学校にいたころ、寮の検査がありますでしょう――あれ、大嫌いでした。他の子はみんなここが大きくなるのに、私だけ駄目で。ジェーン・マンスフィールドなんかには程遠いの。わかってるんです」

ふたたび、うっそりした忍び笑い。「友達の女の子が、枕を乗っけて眠れって言いましたっけ。そうしたらはねのけようとして頑張るはずだ、そこにも運動が必要なんだって。もちろん効きやしませんわね。あんまり科学的だったとは言えないわ」彼女は付け加えた。「そうやって眠ると、ひどく暑かったのを思い出しますわ」

「私が見るに、ピーターは」私は用心深く言った。「ジェーン・マンスフィールドが好きなタイプとは思えませんが」

「だけど、おわかりになるでしょう、私のこと醜いって思っているんだとしたら、もう何もかもおしまい」

同意してやりたかった——彼女が思いついたこの理由は、真実よりはまだ辛くないし、そう遠くないうちに、彼女の疑惑を癒す者が現れるはずだ。かわいらしい女性ほど、自分の外見に自信がないという例がしばしばあることに、私は気づいていた。だが何にしても、彼女の考えを肯《うけが》うふりをするわけにはいかない。私は言った。「私を信じなさい。あなたには何の落ち度もありません。だからこそこうしてあなたに真面目にお話しししているじゃありませんか」

「おやさしいのね」彼女は言った。その眼は私を通り過ぎて彼方を見つめていた。ちょうど夜になると灯台が発し、グリマルディ美術館を通過し、ホテル前面の私たちの窓すべてに分け隔てなく触れてしばしの後にまた戻ってくるあの光のように。彼女は続けた。「あのひと、カクテルの時間までには戻るって言ってました」

「先にひと休みされたらどうです」――ほんのわずかの間、縮まっていた二人の距離は、ふたたび遠く離れはじめていた。もし今私が抱きしめたら、彼女はいずれは幸福になるだろう。こんな娘が今縛られているような関係に縛られたままでいることを、因習的道徳は求めるのだろうか？　この二人は教会で結婚したのである。この娘はきっと善良なクリスチャンだろう。私とて教会の規範は知っている。人生のこの瞬間、夫から解放されて結婚を無効にすることはできるだろうが、一日か二日もすれば、同じ規範がきっとこう告げるのだ、「彼はうまくやっている、お前は生涯結婚しているのだ」と。

だがやはり、抱きしめることなどできなかった。結局、私の憶測の度が過ぎただけなのかもしれないのだ。ただ単に初夜の緊張のせいだったのかもしれない、しばらくすればあの三人が恥ずかしげに押し黙って戻ってきて、今度はトニーの頬に打ち傷ができているかもしれない。それを見てやれたらどんなにか痛快だろう。自己中心主義《エゴティズム》はそれを生み出した情熱とともにいささか薄れていった。私はきっと彼女が幸福なのを見たら、それだけで満足という気持ちになっただろうと思う。

それで私たちはホテルに帰った。あまり口もきかず、彼女は彼女の、私は私の部屋へと戻った。こうして、終幕は悲劇ではなく喜劇、いやむしろ笑劇のうちに終わったのだった。この回想録に笑劇風のタイトルをつけたのはそのためである。

7

中年らしく昼寝をむさぼっていた私は、電話で起こされた。一瞬暗いことに吃驚《びっくり》して、電灯のスイッチを見つけられなかった。手探りで探すうちにベッド脇のスタンドを倒してしまった——電話は鳴り続けており、受話器を取ろうとした挙句、今度はウィスキーを入れておいた歯磨き用のコップをひっくりかえした。腕時計の小さな夜光式ダイヤルがほのかに明るんで、八時半をさしていた。電話はまだ鳴っている。受話器を外したと思ったら、今度は灰皿が床に落ちた。コードが足りなくて耳に届かなかったので、電話の方角に向かって「もしもし！」と怒鳴った。

床から小さな音がきこえてきた。どうやら「ウィリアムですか？」と言っているらしい。

私は怒鳴った。「切らないで」ようやくはっきり目が覚めてきて、電灯のスイッチは頭のすぐ上だとわかった（ロンドンだったらベッドのサイドテーブルにあるものと決まっている)。灯りをつけると、床からコオロギの鳴くような小さなキィキィ声が聞こえてきた。

「誰だ?」むかっ腹を立てながら聞いてから、トニーの声だとわかった。

「ウィリアム? いったいどうしました」

「どうもしやしない。どこにいるんだね」

「だってものすごい音が聞こえましたよ。鼓膜がどうかなったかも」

「灰皿だよ」

「灰皿を投げつける癖でもあるんですか?」

「眠っていたんだ」

「八時半ですよ? ウィリアム! ウィリアム!」

私は言った。「どこにいるんだね」

「クランティ夫人だったら〝モンティ〟とでも呼びそうなところにある小さなバーです」

「夕食までには戻ると約束したじゃないか」私は言った。

「だからあなたに電話してるんですよ。〝責任〟を果たしているってわけです、ウィリアム。プーピイに伝えてくれませんか、僕らちょっと遅くなるって。夕食を食わせてやってください。あなたの話術でお相手してやってね。十時には戻りますから」

「何か事故でもあったのか？」

電話越しに彼が含み笑いをするのが聞こえた。「いやあ、事故とはいえないんじゃないかなあ」

「どうしてピーターが自分で電話してやらないんだ？」

「そんな気になれないんですとさ」

「しかし、なんと伝えろと言うんだ」電話は切れた。

私はベッドから出て着替えをし、彼女の部屋に電話した。すぐに彼女が出た。きっと電話のそばにずっと座っていたのだろう。伝言を伝えて、バーで会えないかと聞いてから、何も聞かれないうちに急いで電話を切った。

しかし事態を隠蔽するのは私が恐れていたほどむずかしくなかった。とにかく電話があったことに彼女は心から安堵したのだった。七時半からずっと電話の傍に座って、グランド・コルニッシュの危険な曲がり角や峡谷のことばかり考えていたので、私が電話をかけた時にはひょっとして警察か病院じゃないかと怯えたのである。ドライマティーニを二杯やって、自分の心配ぶりをさんざん笑ってから、ようやく彼女は言った。「どうしてトニーはあなたに電話したのかしら、ピーターが私にかければすんだのに」

私は言った（この返答は準備済みであった）。「どうも急ぎの用事ができたようでしたよ――トイレにね」

この返事はまるで私がとんでもなく気のきいたことを言ったような効果をもたらした。

「みんなちょっと酔っ払っているんだとお思いになる？」

「まあ当然といったところでしょうね」

「私のピーター」彼女は言った。「一日お休みのご褒美くらいあげないとね」ご褒美に相当するようなどんな業績をピーターがあげたものか、私には甚だ疑問であった。

「マティーニをもう一杯おやりになりますか」

「やめておいた方がよさそう」彼女は言った。「おかげさまで私まで酔ってきましたもの」

自分も薄くて冷たいロゼに飲み飽きてきた頃合いだったので、夕食の席ではまともな葡萄酒を一本とった。彼女もたっぷり半分は飲んで、文学の話をした。ドーンフォード・イェイツが懐かしい様子で、学校は六年生を終わってヒュー・ウォルポールまで習ったのだと言った。そして今度はサー・チャールズ・スノウを尊敬する口ぶりであったが、彼もサー・ヒューのように文学の功績でナイトを授けられたのだと思い込んでいるのは明らかだった。私は相当彼女に惚れこんでいたに違いない。さもなくばあまりの無邪気ぶりにうんざりしたはずだ――あるいは私自身もだいぶ酔いがまわっていたのか。いずれにしても、彼女が文学批評的見解をとうとうと語るのを遮ろうとして、私は彼女に、本当の名前は何と云うのか尋ねたのである。彼女は答えた。「みんな私のことはプーピイと呼ぶの」そういえば彼女の鞄にはPTと刻印がしてあったが、その時思いついた名前はパトリシアかプルネラの二つだけだった。「それじゃあ私は、あなたのことを〝あなた〟とだけ呼ぶことにしよう」と私は言った。

　夕食が済むと、私はブランデーを飲み、彼女はキュンメル酒を飲んだ。十時半を回っていたが、三人はまだ帰らなかった。しかし彼女はもう彼らのことを気にする様子でなかった。私の隣でバーの床に座り込んでしまい、ウェイターがたびたび灯りを落としてもいいかどうか様子を見に来た。彼女は私の膝に手を置いてこちらにしなだれかかり、「作家になるって素敵でしょうね」などと喋っていた。ブランデーと恋心の熱に浮かされていた私は、何を言われようともちっとも気にならなかった。懲りもせずロチェスター伯爵の話をもう一度始めたくらいである。ドーンフォード・イェイツが、ヒュー・ウォルポールが、サー・チャールズ・スノウが何ほどのものか？　感極まった私は、絶望的なまでに場にそぐわない詩を暗唱しそうにまでなった。こんな詩句である。

されば語るなかれ、移り気や不実、
破られし誓いのことなど
この須臾《しゅゆ》の間を一代と思いなし
君に捧ぐわが誠こそ奇跡なれば
天もこれをほめたたえん

その時、音がした——なんともけたたましい音！——スプライトが近づいてきたのだ。私たちは思わず立ち上がった。「天もこれをほめたたえん」とはよく言ったもので、アンティーブのバーで過ごした時間はかくも短く終わったのである。トニーが歌っていた。ルクレール将軍通りを上がってくる間中、その歌が聞こえていた。スティーヴンは細心の注意を払って運転しているようで、ギヤはセカンドにほとんどいれっぱなしだった。テラスへ出ると、ピーターの姿が見えた。彼はトニーの膝に乗って——乗るというよりは、ぴったり抱きこまれていたのだが——リフレインが来ると声を合わせていた。聞き取れたのはこれだけだった。

冬のお月さん
丸くて白い
海軍の兵隊さんのあこがれよ

もし階段にいた私たちを見つけなかったら彼らはホテルに気づかずにそのまま通り過ぎてしまっただろう。

「あらほんとうに酔っ払ってる」彼女が楽しそうに言った。トニーが彼女に腕をまわして階段のてっぺんまで駆け上った。「気をつけて」彼女は言った。「ウィリアムのせいで酔っ払っちゃったの」

「ウィリアムおじさん、やるねえ」

スティーヴンが用心深く車から降りてくると、手近の椅子に倒れこんだ。

「みな無事かい？」自分でも何を言っているのかわからないまま、私は聞いた。

「若い連中は、そりゃあ楽しんでいましたよ」彼は言った。「それに、じつにまったく、羽根をのばしてましたね」

「トイレに行かなきゃ」ピーターが言って（このセリフは場面違いというものだった）階段を上ろうとした。娘が手を貸そうとすると、彼が言うのが聞こえた。「すばらしい一日だったよ。すばらしい景色、すばらしい……」彼女は階段のてっぺんで立ち止まり、私たちに頬笑みを投げてよこした。陽気な、心からの、幸福な頬笑みだった。彼らはそれきり下りてこなかった。カクテルを飲むのをためらったあの最初の晩のように。長い沈黙のあと、トニーがくっくと笑った。「すばらしい一日だったそうだね」と私は言った。

「ああウィリアム、僕らは実にいいことをしたんですよ。彼があんなに気を緩めた《デタンデュ》のは初めてですよ」

スティーヴンは座ったまま黙り込んでいた。彼の方はそこまでうまくいかなかったらしいと私は感じた。二人組で狩りをする場合、いつでも平等にうまくいくものだろうか、それともいつでもどちらかが割を食うのか？　あの余りにも灰色の濃い髪の毛はいつも通り一筋の乱れもなく、頬には打ち傷もなかった。だが未来への不安が早くも長い影を落としているように感じられた。

「つまり、だいぶ酔っ払わせたということかね」

「アルコールでじゃありませんがね」トニーが言った。「そんな野蛮な口説き方はしませんよ、ねえスティーヴン？」だがスティーヴンは返事をしなかった。

「それじゃあ、いいことをしたというのは？」

「あわれなピーター坊《ル・プーヴル・プティ・ピエール》や。あんな有様だったんだから。すっかり信じ込んでいたんですよ――たぶんあの娘に信じ込まされたんだろうけど――自分が不能《アンピュイッサン》だって」

「だいぶフランス語が上達なさったみたいだが」

「フランス語だとちょいと品が良くきこえますからね」

「それで、手を貸してそうではないことを教えてやったわけか？」

「童貞だけに最初はいくらかびくびくしていましたがね。いやほとんど童貞、というところかな。石頭のまんま学校を出たわけじゃなかったんだから。プーピイもかわいそうに。あの娘、どうすればうまくいくのか、やり方を知らなかったんですね。いやはや、彼は男として実に立派なもんですよ。どこに行くんだい、スティーヴン？」

「ぼくは寝る」スティーヴンはにべもなく言って、ひとり階段を上っていった。トニーは彼を眺めていた。その眼に、ある種の優しい悔恨、ごく軽いうわべだけの悲しみが宿っているように思った。「午後にリウマチがひどくなりましてね」彼は言った。

「かわいそうなスティーヴン」

そろそろ私もベッドへ行かないと、「かわいそうなウィリアム」呼ばわりが始まりそうだった。トニーの慈愛の心はその晩、皆に惜しみなく注がれたのである。

8

朝食をとりにテラスを出ても自分ひとりきりだったのは久しぶりのことだった。ツイードのスカートのご婦人方は何日か前に帰ってしまったし、あの「若い男たち」が不在だったことは一度もなかった。コーヒーを待ちながらそれらしい理由を忖度《そんたく》するのはたやすかった。たとえばリウマチが原因とか……とはいえ、あのトニーがベッドの傍らで世話を焼いている姿などとても想像できなかった。彼らがいささか恥ずかしさを覚えて犠牲者との対面を避けたいと考えている可能性も、わずかながらある。犠牲となった側についていえば、昨夜はきっと、どんなにか痛ましい事実が発覚したものかと思いを巡らして、私は悲しくなった。間に合うように話してやらなかったことで、これまで以上に自分を責めた。どう考えても、私から真実を聞かされる方が、ぐでんぐでんの夫がぶちまける白状より、よほど穏やかにすんだだろう。だがそれにしても——我々は情熱の虜となるとかくも身勝手になるもので——私はその朝その場に居合わせて……彼女の涙を拭いてやり……やさしく腕に抱いて慰めてやれると思うと嬉しかった……ああ、私はテラスでなんともロマンティックな白昼夢を見ていたのである。そこへ彼女が階段を下りてきた。慰め役などこれっぽっちも必要のない様子をしていた。

　彼女は最初の晩に見かけたときとそっくりだった。内気で、興奮して、明るくて、目の前に長く幸福な未来が待っていると信じて。「ウィリアム」彼女は言った。「そちらのテーブルに行ってもよろしくて？　かまいませんこと？」

「もちろんかまいませんとも」

「私がふさぎこんでいる間ずっと、辛抱してくださいましたわね。私、ずいぶんいろいろ莫迦なことをお話ししてしまって。莫迦なこと、って仰ったの、あの時はそう思えなかったけれど、でもやっぱりあなたの仰るとおりだったんですわ」

　話を遮ろうにもどうにも止まらなかった。彼女は泡立つ海を進む船の舳先のヴィーナスだった。彼女は言った。「なにもかも大丈夫になりましたの。なにもかもよ。ゆうべ――あのひと、あたしを愛してくれたんです、ウィリアム。ほんとよ。わたしにがっかりなんてしていなかったんですって。ただ疲れて、緊張して、それだけだったんですって。ひとりきりの休日が必要だったんです――気を緩める《デタンデュ》のに」トニーの使い古しのフランス語まで飛び出した。「もうなんにも心配なんかしないわ。なんにもよ。たった二日前まで、人生が真っ暗だと思っていたなんて、おかしいわ。私ほんとに、あなたがいらっしゃらなかったら、もう諦めてしまっていたと思いますの。あなたにお会いできてよかった。もちろん、あの二人にも。ピーターにはほんとにいいお友達ですもの。私たち来週みんなで国へ帰ることにしましたの——いっしょにそれは素敵な計画を立てたんです。私たちが戻ったらほとんどすぐにトニーがやって来て、家の装飾をやってくれるんです。昨日田舎をドライヴしながら、そのことですばらしい相談をしたんですって。きっと家をご覧になったら見違えてしまうわ——あらいけない、あなたはまだ家をご覧になったことありませんでしたわねえ。なにもかも済んだら、いらしてくださらなきゃ——スティーヴンといっしょに」

「スティーヴンは手伝わないんですか?」どうにかこれだけ口を挟んだ。

「ええ、今はとっても忙しすぎて。クラレンティ夫人のお仕事で、ってトニーが言っていますわ。あなた乗馬はお好き? トニーは好きだそうよ。馬が大好きだけれど、ロンドンでは乗る機会がほとんどないんですって。ピーターにとってはすばらしいことになるわ——ああいうお友達ができるなんて。だって、私はやっぱり、ピーターと一日中馬に乗るわけにいきませんものね、家の仕事がたくさんあるんでしょうから。

とくに今はまだ、慣れていませんしね。ピーターがひとりで寂しがらずにすむと思うと、ほんとうにすばらしいわ。浴室にはエトルリアの壁飾りを置くんですって――エトルリアってどんな風だかわかりませんけど。応接間は、基本的には薄黄色がかった緑にして、食堂の壁はポンペイ風の赤にするそうよ。あのひとたち、昨日の午後はほんとにずいぶんいろいろと仕事したみたい――頭を使って、という意味ですけれど。私たちはふさぎこんでいたというのにね。私ピーターに言いましたの。〝こんなに物事がうまくいきだしたから、子供部屋のことも考えたほうがいいんじゃないかしら〟って。でもピーターが言うには、トニーはその方面のことはすっかり私に任せるつもりなんですって。それから厩のことがあるわ、前は古い馬車小屋だったのですけど、トニーはその昔風の特徴をいろいろ再現できそうだって言ってますの、それにサン・ポールで買ったランプがちょうどしっくりきそうなんですって……やることがいっぱいありすぎてきりがないわ――たっぷり六カ月はかかるだろうって、トニーはそう言ってますわ、でも運のいいことにクラレンティ夫人の方はスティーヴンに任せてしまって、私たちの方にかかりきりになれるんですって。ピーターが庭のことも尋ねたんですけれど、庭は専門じゃないんだそうです。〝餅は餅屋だ〟って言って、もし私が誰か薔薇のことを何でも知っているような人を連れてこられたら、それで十分だって言うんです。

それにもちろん、トニーはコリン・ウィンスタンリーも知っているんですもの、お友達が大勢集まることになるわ。クリスマスにはまだ家の準備が済みそうにないのが残念ですけれど、ほんとに特別なツリーを立てる素敵なアイデアが出せるって、ピーターは自信満々で。ピーターの考えだと……」

こんな調子で彼女は喋り続けた。この期に及んでも、彼女を遮るべきだったかもしれない。そうして、彼女の夢想は長続きしないのだと、その理由を説明してやるべきだったのかもしれない。だが私は黙って座っていた。その後は部屋へ戻って荷造りをした――ジュアンの見捨てられた遊園地の中、マキシムの店と板囲いをしたストリップ小屋との間に、まだ一軒、空いているホテルがあった。

もし私があそこに残っていたら……次の晩も夫が演技を続けられたかどうか、誰が知ろう？　とはいうものの、彼女にしてみれば、私は夫とおなじくらい悪い男であったろう。夫の方がホルモンに問題があったとするなら、私の方は年齢に問題があった。ホテルを発つまで、誰とも会わなかった。彼女とピーターとトニーはスプライトに乗ってどこかへ出かけてしまい、スティーヴンは――これは受付係からきいたのである――リウマチでベッドから出てこなかった。

彼女に書き置きを残して、いささか弱気ながら、出立の説明をしようと考えた。だが書く段になって気がついた。私はいまだ、プーピイというよりほか、彼女を呼ぶ名前を知らないのだった。

ビューティ Beauty

桃尾美佳訳

人間心理の底を見通す作家の容赦のない視線は、時に動物の中にまである種の人間性を見出さずにおれないようである。本篇の表題「ビューティ」とは、派手な年増女に溺愛されているペキニーズ犬の名前。飼い主の前では唯々諾々と彼女に従い一切己の意思表示をしないこの犬が、夜の一人歩きでは実に意外な本性を見せる。彼の秘密の愉しみの一部始終が活写されるくだりは、やるせない嫌悪感と奇妙な爽快感を呼び覚まして圧巻である。犬に注がれていた冷徹な眼差しが再び人間に向けられる終幕も、切れ味鋭く本篇に鮮やかな彩を添えている。夜の虚空に響く呼び声を哀切と感じるか滑稽と断じるか、案外読者の人間性も試されているのかもしれない。

（訳者）

　その女はオレンジのスカーフを巻いていた。額の辺できつく捩じっているので、二〇年代のトーク（縁なしのぴったりした婦人帽）みたいに見えた。あらゆるものを薙ぎ払って響き渡るような声をしていた——連れの二人の言葉も、若いバイク乗りが外でかけているエンジンの音も、厨房でスープ皿がたてるかちゃかちゃいう音までも。アンティーブにもついに秋が訪れたので、小さなレストランはほとんどからっぽだった。女の顔には見覚えがあった。城壁の上に並ぶ修復された家の一つのバルコニーから見下ろしていたのを目にしたのだ。愛情こめて下にいる姿の見えぬ誰やらだか何やらだかを呼ばわっていた。だが夏の太陽が姿を消してからは見かけていなかったので、他の外国人たちと一緒にもう発《た》ったのだろうと思っていた。彼女は言っていた。「クリスマスにはウィーンに参りますの。あの街のクリスマスは大好き。素敵な白い馬がいて——小さな男の子たちがバッハを歌ったりして」

彼女の連れはイギリス人だった。男の方はこの期に及んで夏の観光客のいでたちを崩さぬようがんばっていたが、青い綿のスポーツシャツという姿でたびたびひそかに身震いしていた。彼は掠れた声で尋ねた。「それではロンドンではお目にかかれないのですね？」ほかの二人よりもだいぶ若い彼の妻も言った。「あら、そんな、ぜったい来ていただかなくっちゃ」

「いろいろと厄介なこと、多いのですもの」女は言った。「でも、あなた方お二人が春にヴェネツィアにいらっしゃるなら……」

「そんなお金はないんじゃないかしら、ねえあなた、でもロンドンをお見せしたいわ。そうじゃなくて、あなた？」

「ええもちろん」男は陰気な声で答えた。

「残念なのですけれど、それはとっても、とっても無理ですわ。だってほら、ビューティがおりますでしょ」

ビューティは実におとなしくしていたので、その時まで私は彼に気づいていなかった。窓辺に長々と寝そべって、陳列棚に置かれたシュークリームのように微動だにしなかった。思うに、彼は私が今まで見た中で最も完璧なペキニーズである——といっても犬の審査をする者がどんな点に目を配るかなんて知ったかぶりもできやしないのだが。ほとんどミルクのような純白に、ほんのひとたらしコーヒーが混じったような色味だったが、珠に瑕というにもあたらないだろう——むしろそのために美しさがひきたっていた。私の座っているところからだと、その目は花芯のような深い黒に見えた。それは思考と言うものに全く煩わされない目だった。「ネズミ」という言葉に反応したり、散歩をほのめかされて潑剌とした興奮を見せるような犬ではなかった。鏡に映る自分自身の姿以上に、ちらりとでも彼の興味を喚起するようなものはなかろうと私は想像した。餌はたっぷりと与えられていると見えて、他の客が残した食事には目もくれなかった。もっとも伊勢海老《ラングスト》なんぞよりもっと贅沢な物を食べつけているだけかもしれない。

「どなたかお友達にお預けになることはできませんの？」若い妻が尋ねた。

「ビューティを預けるですって？」答えるまでもない質問。女は指を伸ばしてカフェ・オ・レ色の長い毛並みを撫でた。普通の犬なら尻尾を振る所だが、彼はぴくりとも動かず、クラブの老人が給仕に苛立ってたてるような、一種のうなり声を発した。

「検疫の規則というのがいろいろございますでしょ——どうしてお国の議員《コングレスマン》のみ

なさんがなんとかしないのかしら？」

「我々は代議士《MP》と呼ぶんです」男の声音には嫌悪の念が隠れているように思われた。

「なんと呼ぼうとかまいはしませんことよ。中世に生きているような連中だわ。わたくし、パリにも、ウィーンにも、ヴェネツィアにも行けますけど——行きたいと思ったらモスクワにだって参れますわね、だけどロンドンへ行こうと思ったらビューティを恐ろしい牢獄に置いておかなけりゃならないんですもの。それもあらゆる種類の不愉快な犬といっしょくたにして」

「きっと、持たせてもらえるんじゃないかな」そこで男がためらったのは、称賛すべきイギリスの礼儀正しさのためだろう。適切なことばかどうか天秤で量るようにして——独房といってよいものか、犬小屋というべきか？——「自分だけの場所を」

「もらってくるかもしれない病気のことを考えますとね」女は毛皮のストールでも持ちあげるように軽々と窓辺から犬を抱き上げて、左の胸にしっかと抱きしめた。犬は唸り声もあげなかった。まったく完全に所有されたもの、という感じを受けた。子供だったら少なくとももじたばたくらいはするだろう……しばらくの間だけでも。子供は可哀そうだ。どういうわけか、犬は哀れと思えなかった。おそらく、あまりに美しすぎたからだろう。

彼女は言った。「かわいそうにビューティ、おのどが渇いたのね」

「水を持って来てやりましょう」男が言った。

「よろしければ、エヴィアンの小瓶をお願いしますわ。水道水は信用できませんから」

　そこで私は席を立った。ド・ゴール広場の映画が九時に始まるのだ。


　外に出た時には十一時を回っていた。アルプスから冷たい風が吹き下ろしてくるものの、良く晴れた晩だったので、広場からひとめぐり足を伸ばした。城壁は吹きさらしが酷かろうと思われたので、ナシオナール広場の裏の狭く汚い通りを歩いた――サド通りやバン通り……。ごみ箱がもう外に出されており、舗道には犬が糞を垂れ、子供たちがどぶに小便をした後だった。何か白い斑点が、前方の家の軒先を密やかに動いてゆくのを見て、最初は猫かと思った。それは立ち止まり、私が近づくとごみ箱の後ろにさっと隠れた。私は驚いて立ちつくし、見つめた。鎧戸の羽板から漏れる光の線が道路に黄色い虎縞模様を描き出していた。しばらくすると、ビューティが再びそっと姿を現し、稚児めいた顔と黒い表情のない瞳で私を見つめた。私が抱きあげるとでも思ったのだろう、彼は警告するように歯を剥き出した。

「やあ、ビューティ」私は声を上げた。犬はあのクラブの老人が出すような唸り声を再び発して待ち構えていた。私が彼の名前を知っていると分かったから用心しているのだろうか、それとも私の服やにおいでもってあのトークの女と同じ階級に属する人間だと判断し、夜歩きを咎めだてしそうな相手だと考えたのか？　不意に、彼は城壁の家がある方向に片耳を立てた。女性の呼ばわる声を耳にしたのかもしれなかった。私も同じ声を聞いたのかどうか確かめたいとでもいうふうに疑わしげにこちらを眺めはしたものの、私がなんの動きも見せないので、安全だと思ったらしかった。彼は何か目当てのある様子で、体をうねらせながら舗道を下り始めたが、その様子はキャバレーのショウでシルクハットを追ってふわふわと動き回る羽根襟巻《フェザーボア》さながらだった。

私はこっそりと距離をとりながら後をつけた。

彼を引きつけたのは記憶なのだろうか、それとも鋭い嗅覚だったか。小汚い通りに並んだごみ箱の中、たった一つだけ蓋が外れているものがあって——なんともいえない蔓草のようなものが口から垂れ下がっていた。ビューティは——もはや私のことは格下の犬に対するがごとく完全に無視して——後足で立ち上がり、繊細な飾り毛にふわふわと包まれた前足をごみ箱の縁にかけた。こちらに首を巡らせて、無表情な目で私を見る。預言者であればそこに測り知れぬほどの予兆を読みとることができたであろう、インクを湛えたような二つの目。運動選手が平行棒に身を押し上げるような具合にごみ箱をよじ登り、彼は中へ入った。あの飾り毛に覆われた前足が――ペキニーズのコンテストでは飾り毛が非常に重要であると確かどこかで読んだことがある――しなびた野菜やら空き箱やらどろどろした切れっぱしやらを、ごみ箱の中で根こそぎひっくり返した。だんだん興奮してくると、トリュフを探る豚のように鼻先を奥へと突っ込む。それから後足も使って屑を後ろへ蹴り飛ばした――古い果物の皮が舗道に落ちる。腐った無花果《いちじく》や、魚の頭も……。ついに彼は目的のものを見つけ出した――長い腸管、いったいどんな獣のものかは神のみぞ知るといったところ。空中へ投げ上げると、腸管は犬の乳白色の首元に巻きついた。それから彼はごみ箱を後にし、道化《アルル》役者《カン》のように意気揚々と通りを歩きだした。ひとつなぎのソーセージだったのかもしれない腸を後ろにひきずりながら。

私は完全に彼の味方であったことは認めざるを得ない。確かに、平たい胸に抱きしめられるよりは、どんなことでもまだましというものだ。

曲がり角へ来ると薄暗い一角があった。たっぷりと糞が撒き散らされていて、なるほど腸を食いちぎるのには明らかに他のどこよりもおあつらえ向きの場所だった。彼はクラブの老人のような仕草で、まずは鼻孔でもって汚物を確かめた。それから四肢を宙に向けて仰向けになり、カフェ・オ・レ色の毛皮を黒いシャンプーに塗《まみ》れさせながら、思う存分その上で転げ回った。口には腸を引きずり、繻子のような両目はひるむことなく広大な南仏の黒い空を見据えていた。

好奇心を抑えかねたので、私は結局、城壁を通って帰途に着いた。バルコニーの上から、下の通りの陰の中に自分の犬を見つけ出そうとするらしく、女が身を乗り出していた。「ビューティ！」疲れた声で女が呼ぶのが聞こえた。「ビューティ！」それから苛立ちを募らせて、「ビューティ！ おうちへおはいり！ ちっちはすんだのでしょ、ビューティ。どこにいるの、ビューティ、ビューティ？」我々の同情の念は、実につまらないことで台無しになるものである。あのおぞましいオレンジのトークさえなかったら、私はきっと、バルコニーから失われた美《ビューティ》を呼ばわっているあの年老いた不毛の女に、いささかの憐れを催しただろうから。

悔恨の三断章　Chagrin in Three Parts

永富友海訳

酔っぱらうとろくなことがない。ついつい口を滑らせて、言わずもがなのことを口走ってしまう。隠していた本音が漏れ出たりもする。素面に戻ったときの自己嫌悪は避けがたいが、それでも酔っぱらっているあいだは結構楽しい。大切なのは、一同等しく酔っていること。人々の醜態を、ひとり冷静に高みの見物というのはいただけない。覗き見、盗み聞きはどんな状況でも礼儀に反する。そんなことをしたら、きっとひどいしっぺ返しに合う。酔った勢いにまかせて思い切って飛んでみることのできなかった自らのふがいなさを、ただただ悔やむことになる。

（訳者）

1

場所はアンティーブ、季節は二月。降りしきるにわか雨が城壁に吹きつけ、グリマルディ城の柱廊に立つ貧弱な彫像たちはぐっしょりと濡れそぼち、雲ひとつない青空が広がる夏の日々にはなかった音、城壁の下のほうで寄せては返すさざ波の音が、絶え間なく聞こえてくる。コート・ダジュールにずらっと並ぶ夏専用のレストランはすべて閉ざされていたが、〈フェリックス・オ・ポル〉だけは灯りがともり、駐車場にはプジョーの最新モデルが一台停まっている。打ち捨てられたヨットのマストは帆布がはがれ、まるで爪楊枝が突っ立っているかのようだ。冬季運航の最終便が、クリスマス・ツリーの飾りのような緑、赤、黄色の灯火の点滅するなか、ニースの飛行場に向けて下降していく。このようなアンティーブを、私はいつも楽しみにしていた。だが残念ながら今夜は週の大半の夜と違って、レストランの客は私ひとりではないようだった。

道を渡っていると、窓際の席に座ったひどく精力的な感じの黒服の女性が、入ってくるなと念じているかのように、私にじっと目を据えてきた。そして私がレストランに入り、もうひとつの窓際の席に着くと、あからさまに嫌悪の表情を浮かべてこちらをじっと見た。私のレインコートはみすぼらしく、靴は泥だらけで、何よりかより、私は男であった。店の女主人《パトロンヌ》はこの女性のことをマダム・デジョワと呼んでいたが、薄くなりかけた頭のてっぺんから履き古された靴のつま先まで私を観察するほんの一瞬の間だけ、彼女は女主人との会話を中断した。

マダム・デジョワは、厳しい非難をこめた調子で一方的に喋り続けていた。遅れるなんてマダム・ヴォレらしくないわ。城壁の上でなにか起こったりしてなければいいけど。冬場はいつもこの辺りをアルジェリア人がうろついているから、とまるで狼のことでも語っているかのように、わけありげな危惧の色を浮かべながら彼女は付け加えた。それなのにマダム・ヴォレときたら、お宅まで迎えに行ってあげますよというマダム・デジョワの申し出を断ったのだ。

「状況が状況だから、無理強いはしなかっ

たのよ。かわいそうなマダム・ヴォレ」そう言って、巨大な胡椒入れを棍棒のようにひっつかんだので、マダム・ヴォレとは弱々しくて内気な老女であり、同じように黒ずくめの服装をしていて、かくも恐るべき友人が与えてくれようとする保護すらも怖がってしまう、そんな人物であろうと私は想像した。

なんたる間違いか。マダム・ヴォレは、私のテーブルのそばのサイド・ドアから、降りしきる雨とともに不意に飛び込んできたのだが、若くてとてつもない美人であり、ぴったりした黒のパンツに、ワインレッドのタートルネックのセーターが首の長さを強調していた。彼女がマダム・デジョワと並んで腰かけたので、私は食事の間も彼女の姿を目にしていられると思うと嬉しくなった。

「遅くなっちゃって」と彼女は言った。「わかってるのよ、約束の時間に遅れたこと。ひとりでいると、やらなきゃいけない細々したことがほんとにたくさんあって。それにあたし、ひとりだってことにまだ慣れてなくて」彼女はかわいらしく少し涙まじりに付け加えたが、それを見た私は、切り子ガラスでできたヴィクトリア朝の涙壺を思い出した。彼女は冬用の厚い手袋をぎゅっと絞るように捩じってはずし、その仕草は悲しみの涙で濡れたハンカチを思わせ、途端に彼女の手が小さくて実用向きでない弱々しいものに見えてきた。

「かわいそうな雌鶏《ポーヴル・ココット》さん（ココットは淫売の意味もある）」マダム・デジョワは言った。「ここでわたし静かに過ごせば、しばらくは忘れていられるでしょう。伊勢海老《ラングスト》のブイヤベース《ビュヤベス》を注文しておいたわよ」

「でもエミィ、あたし食欲がさっぱりなくなってしまって」

「また戻ってきますよ、いずれね。さあ、あなたのポートワイン《ポルト》よ。白ワイン《ブラン・ド・ブラン》を一本頼んだの」

「そんなに飲んだら、あたしすっかり酔っぱらって《トゥ・タ・フェ・スル》しまうわ」

「さあ、一緒に食べて飲んで、しばらくの間すべてを忘れるのよ。あなたの今の気持ち、そっくりわかるわ。だってわたしも愛する夫を亡くしましたからね」

「死別でしょう」とマダム・ヴォレは言った。「それじゃあまったく話が違うわ。亡くなったのなら、耐えられるもの」

「でもそのほうが、もっと取り返しがつかないのよ」

「取り返しがつかないってことで言えば、まさにあたしの場合よ。エミィ、彼ったら、あんなつまらない女を愛したりして」

「あの女についてわたしが知っていることと言えば、哀れなほど趣味が悪いってことぐらい――もしくは美容師の腕が、哀れなほどひどいっていうべきかしら」

「あら、そっくりおなじことを、あたし夫に言ったのよ」

「それはだめ。あなたじゃなくて、わたしがご主人に言うべきだったわ。そうすればご主人もなるほどと思われたかもしれないし、いずれにせよ、わたしが批判したのであれば、ご主人のプライドは傷つかなかったでしょうからね」

「夫を愛してるの」とマダム・ヴォレは言った。「落ち着いてなんかいられないわ」とここで突然、彼女は私がいることに気づいた。連れに何か囁くと、相手が彼女を安心させるように「イギリス人《アン・ナングレ》よ」と言っている声が聞こえた。私はできるだけ気づかれないようにこっそりと彼女のことを観察した——仲間の作家の多くがそうであるように、私ものぞき趣味《ヴォワユール》の精神が旺盛であったのだ——そして既婚男性というものはまったくどこまで愚かになれるものかと思った。そのとき私は一時的に自由の身であったので、彼女を慰めたくて慰めたくて仕方なかったが、イギリス人とわかった以上、彼女の目には、そしてマダム・デジョワの目にも、私は存在していないも同然だった。私は人間以下であり——「ヨーロッパ共同市場」からの除け者にすぎなかった。

　私は小さめのヒメジ《ルージェ》とプイイのハーフボトルを注文し、持参してきたトロロープの小説に興味を持とうとした。しかし注意は散漫になりがちだった。

「わたしも夫のことが大好きでしたよ」と言いながら、マダム・デジョワはまた胡椒入れを握ったが、先ほどに比べると、今回はさほど棍棒のようには見えなかった。

「あたし、まだ彼のことが好きなの、エミィ。それが一番困ったことなのよ。あのひとが戻ってくるようなことがあれば、きっとあたし……」

「わたしの夫は二度と戻ってきやしませんけど」とマダム・デジョワは切り返し、片方の目尻にハンカチを当てると、そこについた黒いしみを念入りに眺めた。

陰気な沈黙のなか、ふたりはそれぞれポートワインを飲み干した。それから思い切ったようにマダム・デジョワが言った。「もう戻ることはできないのよ。あなたもわたしのように、この事態を受け止めないと。わたしたちに残されている問題は、どうやって新しい境遇に適応していくかということだけよ」

「あんな裏切られかたをしたあとで別の男性に目を移すなんて、絶対に無理」とマダム・ヴォレは答えた。そのとき彼女の視線がまっすぐに私を貫いた。私は自分が透明人間になってしまったような気がした。光と壁の間に片手をかざして、自分に影があることを確かめてみたが、その影は角を生やした獣のように見えた。

「別の男性を探しなさいなんて、わたしは一度も言ってやしませんよ」とマダム・デジョワは言った。「一度だってね」

「だったら、どうしろって？」

「かわいそうな夫が腸の感染病にかかって亡くなったとき、どんな慰めも無駄だって思いましたけどね、でも自分に言い聞かせたのよ、勇気、勇気を出さないとって。もう一度笑うことを学ばないといけないわって」

「笑うことって」とマダム・ヴォレは声をあげた。「何を笑えばいいの？」しかしマダム・デジョワが答える前にフェリックス氏が現れて、ブイヤベース用の魚に鮮やかな手つきでメスを入れ始めた。マダム・デジョワは心底面白そうにそれを眺めていた。一方マダム・ヴォレのほうはというと、私が思うにお義理で見ていただけで、その間に白ワインのグラスを一杯あけてしまった。

包丁さばきの披露が終わると、マダム・デジョワはふたりのグラスを満たし、そして言った。「わたしには、過ぎてしまったことを嘆いていてはいけないって諭してくれた女友達《ユナミ》がいましたからね、本当に幸運だったわ」彼女は乾杯のためにグラスを上げると、中指を突き立てて——男たちがこのような仕草をしているのを見たことがある——こう付け加えた。

「へにゃへにゃはだめよ《パ・ド・モレス》」

「へにゃへにゃはだめ《パ・ド・モレス》」マダム・ヴォレはその言葉を繰り返しながら、物憂げで魅惑的な笑みを浮かべた。

私は自分が――人間の苦悩を冷静に観察する作家である自分のことが、本当に恥ずかしかった。気の毒なマダム・ヴォレと目が合うことを恐れ（一体どういう男であれば、間違った色に髪を染めた女なんかのために、彼女を裏切ることができるというのか？）、手元の本に目を戻し、大きな牧師用の長靴を履いて、泥だらけの路地を踏みしめながら歩いている可哀そうなクローリー氏の求婚話に専念しようとした。いずれにしても、ふたりの女性はすでに声をひそめて喋っていた。ガーリックのさほど強くない香りが、ブイヤベースから漂ってきた。白ワインのボトルはもうほとんど空に近く、マダム・ヴォレの反対にもかまわず、マダム・デジョワはもう一本注文した。「ハーフ・ボトルなんてだめよ」と彼女は言った。「ご馳走を残すぶんにはかまわないんだから」再び彼女たちは音量を下げて親密な内緒話に戻り、私のほうはといえば、クローリー氏の訴訟が受理された（ただし、避けがたく増えてしまった大家族を彼がどうやって養っていくかについては、次巻に続くということのようであるが）。なんとか読書に集中しようとしていたそのとき、笑い声があがって私はぎくっとした。それは音楽のような笑い声で、笑ったのはマダム・ヴォレだった。「卑猥《コション》だわ」彼女は叫んだ。そんな彼女を、マダム・デジョワはグラス越しに（新しいボトルはすでに開けられていた）、そのげじげじ眉の下からじっと見つめた。「本当のことですよ」とマダム・デジョワは言った。「うちの人ったら、雄鶏みたいにときを作ってたの」

「いくら冗談にしても、それってすごいわ！」

「たしかに最初は冗談だったのよ、あの人ったらすっかり得意気でね。たったの二回《アプレ・スルマン》ごときで《・ドゥ・ク》……」

「三度目はだめだったの《ジャメ・トロワ》？」とマダム・ヴォレは訊き、くすくす笑った拍子に、タートルネックの襟元にワインを少しこぼした。

「だめでしたよ《ジャメ》」

「あたし酔っぱらっちゃったわ《ジュ・スイ・スル》」

「わたしもよ《モア・オシ》、雌鶏さん《ココット》」

マダム・ヴォレが言った。「雄鶏みたいにときを作るなんて——少なくとも空想的《ファンテジ》だわ。あたしの夫は空想的《ファンテジ》なところなんて全然なくて、ごりごりの正統派なの」

「倒錯的なところはおありにならなかった《パ・ド・ヴィス》？」

「まあ《エラス》！　倒錯的なところなんて全然《パ・ド・ヴィス》」

「それなのに彼のことが恋しいの？」

「あの人は一生懸命がんばったのね」マダム・ヴォレはそう言って、ふふと笑った。

「だって考えてみたら、あの人は要するにふたりの女のために必死でがんばってたってことでしょう」

「退屈だとか少しは思わなかった？」

「もう習慣になってたから――ひとって、こんなに習慣を懐かしむものなのね。今でも朝の五時に目が覚めるんです」

「五時に？」

「あの人が一番元気だった時間なの」

「わたしの夫はほんとに小さかったわ」とマダム・デジョワは言った。「もちろん背丈のことじゃありませんよ。身長は二メートルもあったんだから」

「あら、ポールのはまああの大きさでしたけど――でもやり方がいつも同じなの」

「あなたってひとは、そんな男のことをどうしていつまでも愛し続けられるのかしら？」マダム・デジョワは溜息をついて、大ぶりな手をマダム・ヴォレの膝に置いた。その手には、おそらく亡き夫のものだったと思われる印章指輪があった。マダム・ヴォレも溜息をつき、陰気な雰囲気に逆戻りかと思いきや、そこでマダム・ヴォレがしゃっくりをして、ふたりの女性は笑い転げた。

「あなた、ほんとうに酔っぱらってる《テュ・エ・ヴレマン・スル》わ、雌鶏《ココット》さん」

「あたし、ほんとにポールのことが恋しいんでしょうか、それとも彼の癖を懐かしんでるだけなのかしら？」そう言ったとき、彼女の目と私の目が合ってしまい、彼女はワインの染みがついたワイン色のタートルネックの中まで真っ赤になった。

そんな彼女を安心させるように、マダム・デジョワがこう繰り返した。「イギリス人《アン・ナングレ》ですよ——もしくはアメリカ人《ウ・アメリカーン》」彼女はわざわざ声をひそめようともせずに続けた。「ねえ、うちのひとが亡くなったとき、わたしの体験がどれほど乏しいものだったかおわかり？　あのひとがときを作ったとき、わたしは彼を愛したわ。彼がそんなに喜んでるのが嬉しかったの。あのひとを喜ばせたかっただけなのね。彼のことが大好きだった。それでも当時は——週に三回愉しんだ程度《ジュ・プテートル・ジュイ・トロワ・フォア・パル・スメーヌ》。それ以上は望まなかったわ。その辺が限界で当然って思ったからよ」

「あたしの場合は一日に三回」マダム・ヴォレはまたくすりと笑った。「でもいつだって《メ・トウジュール》正統的なやり方《・デュヌ・ファソン・クラシック》」彼女は両手で顔をおおって、少しむせび泣いた。長い沈黙があり、その間にブイヤベースの残っていた皿は片づけられてしまった。

2

「男っていうのは一風変わった動物なのよ」マダム・デジョワがついに沈黙を破った。すでにコーヒーが出されており、彼女たちは一杯のブランデー《マール》をふたりで分け合って、かわるがわるに角砂糖を浸しては、相手の口の中に入れていた。「動物も想像力が欠けているでしょう。犬には空想力《ファンテジ》なんてありませんからね」

「あたし、たまにものすごく退屈してた」とマダム・ヴォレは言った。「あのひとったら政治の話ばかりしてるし、朝の八時にニュースのチャンネルをつけたりするの。八時よ！　どうしてあたしが政治になんか興味を持てるっていうの？　そのくせ、重要な件で彼に意見を求めても、まったく興味を示してくれなくて。あなたとなら、あたし何でも、そうよ、全世界についてだって話せるのに」

「わたしは夫のことが大好きだったわ」マダム・デジョワは言った。「でもね、あのひとが亡くなってからよ、わたしはひとを愛する能力が大きいんだってことに気づいたのは。相手はポーリーヌだったの。あなたはポーリーヌのことはご存知ないわね。五年前に亡くなってしまって。ジャックを愛した以上に彼女のことを愛したわ。なのに、彼女が死んでも絶望感にとらわれることはなかった。それが終わりじゃないってことがわかってたから。だってそのときにはもう、自分の能力の大きさがわかってましたからね」

「あたしこれまで女のひとを愛したことは一度もないの」とマダム・ヴォレは言った。

「可愛いひと《シェリ》、それじゃあなたは愛ってものが何なのかわかってないのね。女性が相手なら、一日三回の正統的なやり方《ユヌ・ファソン・クラシック》で満足する必要なんてなくなるのよ」

「あたしポールを愛してる。でも彼とあたしは違いすぎて……」

「ポーリーヌと違って、彼は男だもの」

「すごいわ、エミィ、そのとおりよ。どうしてそんなによくわかるの？　そうよ、男なのよ！」

「よくよく考えてみたら、あの小さなモノはなんて滑稽なんでしょうね。あんなモノごときでときを作るなんて、ねえ」

マダム・ヴォレはきゃっきゃっと笑って言った。「卑猥《コション》だわ」

「ひょっとしてウナギみたいに燻製にしたらおいしいかも」

「やめて。もうだめ」ふたりは体を上下に揺らして、とめどなく笑った。彼女たちはもちろん酔っぱらっていたが、それは最高に魅力的な酔い方だった。

3

トロロープの描くぬかるんだ路地、クローリー氏の重たい長靴、彼の誇り高くも内気な求愛が、いまやなんとも遠い世界のことのように思えた。いずれ我々は、宇宙飛行士に負けないくらいの広大な空間を旅することになるのだ。目を上げると、マダム・ヴォレの頭はマダム・デジョワの肩に寄りかかっていた。「すごく眠いの」と彼女は言った。

「今夜はうちにお泊まりなさい、可愛いひと《シェリ》」

「あたしなんか、ほんと、ちっともあなたのお役に立たないわよ。何にも知らないし」

「恋をしていると、覚えがはやくなりますよ」

「だけど、あたし恋をしてるのかしら？」マダム・ヴォレは背筋を伸ばして座り直し、マダム・デジョワの黒々とした眼にじっと見入りながら尋ねた。

「そうでないなら、そもそもそんな質問をしたりはしないでしょう」

「だけどあたし、二度とほかのひとを愛することなんてできないと思ってたのに」

「ほかの男性はね」とマダム・デジョワは言った。「可愛いひと《シェリ》、もう半分寝てるじやないの。いらっしゃい」

「お勘定は？」あたかも決断の瞬間を引き延ばそうとでもいうかのように、マダム・ヴォレは尋ねた。

「わたしが明日払いますよ。まあ、なんてきれいなコートなの――でも二月にそれじゃ、少し寒いでしょう、可愛いひと《シェリ》、あなたには世話をしてくれるひとが必要よ」

「あなたのおかげで勇気を取り戻せたわ」とマダム・ヴォレは言った。「この店に入って来たときは、もうどうにでもなれ《シ・デモラリゼ》って気分だったのに……」

「もうじきですよ――きっとね――過ぎたことは笑い飛ばせるようになるわ……」

「もう笑ったわ」とマダム・ヴォレは言った。「ご主人ったら、ほんとに雄鶏みたいにときを作ったの？」

「ええ、そうよ」

「燻製ウナギの話、あたし絶対に忘れないわ。絶対に。今目の前に出てきたら……」

彼女はまたきゃっきゃと笑い始めたので、出口へ向かう間、ぐらつかないようにマダム・デジョワが支えていた。

　私はふたりが道を渡って駐車場に向かう様子をじっと眺めていた。いきなりマダム・ヴォレがぴょいと跳ねたかと思うと両腕を広げてマダム・デジョワの首に抱きつき、港のアーチ道を吹き抜けた風が、フェリックスの店《シェ》にひとり座っている私のところへ、彼女のかすかな笑い声を運んできた。彼女がまた幸せになってくれて、私は嬉しかった。マダム・デジョワの親切で頼りがいのある手に彼女が守られていることが嬉しかった。ポールはなんたる馬鹿者だったのか、と私はつくづく思った。そしてひとのことは言えない、自分もまた、どれほどの機会をあたら逸してしまったことかと、深い悔恨の念にとらわれたのであった。

旅行カバン　The Over-night Bag

木村政則訳

カトリック作家という看板がときに重く感じられる。だが、この短篇を読むと、よく並列して語られる同時代のカトリック作家イーヴリン・ウォーにも負けない不気味なユーモアの持ち主であるのが理解できる。旅行カバンの中身について尋常ではないことを口にする男はもちろん、その中身に驚きを示さない婦人もタクシー運転手も風変わりなら、男と母親の関係にも微妙な不自然さが漂う。それは、彼らの内面がほとんど語られないからだ（乾いた文体もウォーを想起させる）。その奇妙な味をまずは楽しみたい。そのうえで、カバンの中身について哲学的な思考を巡らすのも一興だろう。

運転手が口にする「くそったれ」に「ブラディ・オーフル」のルビを振った。「オーフル」のスペリングはawfulなので、Oとは合致しないが、じつはorfulと発音されているのである。（訳者）

　ニースにある空港の場内放送で、「英国《B》欧州《E》航空《A》ロンドン行き一〇五便に搭乗予定のヘンリー・クーパー様」と呼び出されて案内所に現われた小柄な男は、ぎらぎら輝く太陽の逆光が生み出す影みたいだった。かっちりした灰色の背広に黒い靴をはき、その背広によく合う鼠色の肌をしているのだ。肌の色を変えることは不可能ゆえ、ほかに背広がないのだろう。

「クーパー様ですか？」

「ええ」手にしていた英《B》国《O》海外《A》航空《C》の旅行カバンを、案内デスクの端の棚にそっと置く。電気かみそりか何か、壊れやすい貴重品でも入っているのだろうか。

「電報が届いています」

男はなかを開け、二度つづけて読んだ。「旅はいかが。寂しいわ。早く帰ってね。母」電報を二つに裂き、デスクに置いていく。青い制服姿の娘が、適当な間を空けてから紙片を取り、好奇心の赴くままにつなぎ合わせた。それから、灰色の小男はどこかと、トライデント機の搭乗ゲート前に並ぶ乗客の列に目を向ける。最後尾あたりにいた。青い旅行カバンを手にしている。

機内に入ったヘンリー・クーパーは、前方の窓際に空席を見つけ、隣の中央の席にカバンを置いた。三つ目の席には、図体の大きな女が座った。空色のズボンをはき、尻のあたりがいかにも窮屈そうだ。ふくれ上がったハンドバッグを隣の席の隙間にぎゅうぎゅう押し込み、カバンとハンドバッグの上に大きな毛皮のコートを乗せた。ヘンリー・クーパーが、「棚に乗せましょうか?」と声をかけた。

女が小馬鹿にした目を向ける。「何をよ?」

「コートを」

「ご勝手に。また、なんで?」

「ずいぶんと重そうなので。私のカバンがつぶれてしまいます」

小男だから、棚の下でもほとんど真っ直ぐ立てる。ふたたび座席に着き、カバンとハンドバッグにシートベルトを掛け、自分もシートベルトを締めた。女が怪しげな目を向ける。「はじめてよ、こんなことする人」

「カバンが揺れると困るもので。ロンドン上空は荒れているそうですから」

「動物じゃないでしょうね？」

「そういうわけでは」

「残酷じゃない。そんなふうに閉じ込めて」相手の話は信じていないようだった。

飛行機が滑走を始めると、男は旅行カバンに手を添えた。なかの何かをなだめるかのようだ。カバンに不信の目を向ける女。生き物の気配がちょっとでも見えたら、乗務員を呼ぶつもりだった。かりに亀だとしても……。冬眠中でも酸素は必要だろう。

機体が安定し、ほっとした男は《ニース・マタン》紙を読みはじめた。フランス語があまり得意ではないのか、各記事にたっぷり時間をかけている。女は苛々しながら、
シートベルトの下から巨大なハンドバッグを引っ張り出した。当てつけのように二度、「馬鹿みたい」とつぶやく。それから、化粧を直し、分厚いレンズの角縁メガネを掛け、一通の手紙を読みだした。「すてきなタイニー」で始まり、「かわいいバーサより」で終わっている。これが二度目だった。しばらくして、膝の重荷に耐えきれなくなった女は、ハンドバッグを英国海外航空の旅行カバンの上にどさりと置いた。

小男は飛び上がって驚いた。「お願いですから、やめてください」そう言うと、ハ

ンドバッグを持ち上げ、やたらとぞんざいに座席の隅へ押しやった。「つぶれると困るのです。慎重に扱わなければ」

「その大事なカバンに何が入っているのさ」女が怒った声を出す。

「赤ん坊の死体です。お話したと思いますが」

「機体左手をご覧ください」スピーカーから機長の声が流れてきた。「モンテリマールの町が見えます。パリ通過は――」

「冗談はやめて」と女は言った。

「よくあることです」口調に説得力がある。

「赤ん坊の死体を持ち込むなんて――そんなふうに、カバンに入れて――エコノミーよ」

「赤ん坊の場合、貨物扱いよりもはるかに安いのです。生後一週間。とにかく軽い」

「ふつう棺でしょ。旅行カバンじゃなくて」

「妻が外国製の棺を嫌いまして。素材に耐久性がないとか。古風な質《たち》なのです」

「じゃあ何、おたくの赤ちゃん？」そうなると女も同情したくなってくる。

「妻の赤ん坊です」と男が訂正する。

「どう違うわけ？」

男は悲しげな声で「違う場合もありましょう」と言って、《ニース・マタン》のページをめくった。

「つまり……？」だが、男は新聞の記事に夢中だった。アンティーブで開催されたライオンズ・クラブの会合で、グラース出身の会員が革命的とも言える提案をしたらしい。女のほうは「かわいいバーサ」からの手紙を読み返していたが、集中できずにいた。視線をちらちらと旅行カバンに向けている。

「税関が大変なんじゃない？」しばらくして女は言った。

「もちろん申告しなければなりません。海外からの持ち込みですから」

飛行機が定刻きっかりに着くと、男は女に向かって「楽しい旅になりました」と型どおりの挨拶を述べた。女は、税関――十番出口――に来たところで、病的に近い好奇心から男の姿を探してみたが、男は十二番出口、つまり手荷物しか持たない乗客専用の出口にいた。何か熱心に喋っており、相手の係員は、チョーク片手に、カバンをのぞき込むような姿勢になっている。やがて女は男の姿を見失ってしまった。自分の係員から、ふくれ上がったハンドバッグの中身を見せるように言われたのだ。なかからは、バーサに買った無申告のプレゼントがぞろぞろ出てきた。

誰よりも早く到着口を出たヘンリー・クーパーは、ハイヤーに乗り込んだ。海外滞在中にタクシーの値段が上がるのは例年のことであり、唯一の贅沢として、空港のバスを待つことだけは避けているのである。空には雲が重く垂れ込め、気温もあとわずかで氷点下となるのに、運転手は上機嫌だった。やけに気さくな男で、サッカーの賭けで五十ポンドを儲けたと言った。暖房が目一杯にきいており、ヘンリー・クーパーは窓を開けたが、スカンジナビアからの凍えるような空気に肩を撫でられたので、また閉めて、「暖房を止めてもらえませんか?」と言った。猛吹雪に襲われたニューヨークのホテル並みの暑さなのだ。

「外は寒いですよ」と運転手は言った。

「じつは」とヘンリー・クーパーが言う。「カバンに赤ん坊の死体が入っていまして」

「赤ん坊の死体?」

「ええ」

「しかし」と運転手は言った。「お坊ちゃん、暑くてもわからんでしょ。お坊ちゃん、ですよね?」

「ええ、男です。心配なものですから――腐りはしないかと」

「長持ちします」と運転手は言った。「正直、年寄りのほうが傷みは早い。ところで、昼食は何を？」

ヘンリー・クーパーは少し慌てた。何を食べたか思い出してみる。「カレ・ダニョー・ア・ラ・プロヴァンサル」

「カレー？」

「いや、カレーではありません。子羊の肉のプロヴァンス風。つまり、ニンニクとハーブを使った料理です。あと、アップルタルトも」

「もちろん、何かお飲みに？」

「ロゼワインをボトル半分ほど。それからブランデーを一杯」

「思ったとおり」

「と、言いますと？」

「そんなに詰め込んだら、お客さんのほうこそ早く傷んでしまう」

ジレットかみそりの建物が、凍えるような薄霧に半ば隠れていた。運転手は暖房の温度を下げ忘れているのか、下げるのを拒んでいるのか、いずれにせよ、ずいぶん静かだった。生と死の問題について考えているのだろうか。

「またなんで亡くなったんです？」しばらくして運転手は口を開いた。

「あっけないのが子供ですから」とヘンリー・クーパーは応じた。

「嘘から出た実《まこと》というわけですかねえ」上の空という感じなのは、急にブレーキをかけた車を避けようとして、急いでハンドルを切ったからである。ヘンリー・クーパーはカバンを守ろうとしてとっさに手を添えた。

「すいません」と運転手は言った。「向こうが悪い。素人の運転ですな。まあ、心配はご無用。死んだあとは痣ができない。違いましたかね。そんなことが『サー・バーナード・スピルズベリーの事件簿』に書いてあったんですが。よく覚えてません。本を読むといつもこうでして」

「申し訳ありません」とヘンリー・クーパーは言った。「暖房を切ってもらいたいのですが」

「自分が風邪を引いては元も子もない。こっちもご免です。坊ちゃんだって大丈夫。もうあっちの世界ですから。いずれ自分の番が来る。もっとも、カバンのなかということはないでしょうがね」

ナイツブリッジのトンネルは、いつものように出水で閉鎖されていた。車は北に向きを変え、公園内を抜けていった。木立がぽたぽたと無人のベンチに滴を垂らしている。群れなすハトが灰色の羽をふくらませた。都会の汚れた雪の色である。

「お客さんの子供で?」と運転手が言った。「こんなことを伺ってあれですが」

「そういうわけでは」ヘンリー・クーパーがはきはきと答える。「じつは妻の子でして」

「自分の子となれば話は違います」何かを考えるような口ぶりである。「昔、甥が亡くなりましてね。兎唇の――と言っても、それで死んだわけではありません。とにかく、両親は逆に気が楽だったようです。お客さん、これから葬儀屋に？」

「今晩は家に持ち帰って、手配のことは明日にでも」

「そのくらいの大きさなら冷蔵庫に収まりますな。鶏くらいのものでしょうから。一応、用心しませんと」

白塗りの住宅が立ち並ぶベイズウォーターの一画に入った。大陸の墓地に立っている墓石を思わせるが、墓石とは違い、いくつものフラットに分けられ、住人の目を覚ます呼び鈴がずらりと並んでいる。ヘンリー・クーパーは旅行カバンを手に車を降り、ステア・ハウスと書かれた玄関の前に立った。その姿を見ていた運転手の口から、「くそったれ航空《ブラディ・オーフル》」という言葉が不意に飛び出したのは、カバンのBOACという文字が目に入ったからである。他意はない。ただの条件反射だった。

ヘンリー・クーパーは最上階まで上がり、なかへ入った。母親が廊下で待ちかまえていた。「タクシーが見えたから」手近の椅子に旅行カバンを置き、母親をしっかり抱きしめる。

「早かったわね。ニースで電報は読んだ？」

「ええ。カバンだけなので、税関はすぐでした」

「旅は身軽がいちばん」

「干せば着られるシャツですから」そう答えたヘンリー・クーパーは、母親のあとについて居間に入った。大好きな絵の位置が変わっていた。《ライフ》に載っていたヒエロニムス・ボスの絵である。「私の椅子から見えないようにしたの」と、息子の視線に気づいた母親が言う。スリッパは安楽椅子のそばに揃えてあり、彼は家に戻れて満足だというように腰を下ろした。

「さあ」と母親は言った。「どうだったの？　残らず話してちょうだい。新しいお友達はできて？」

「ええ、それはもう。行く先々で」ステア・ハウスには早くも冬が訪れていた。旅行カバンは、青い水に入れた青い魚のごとく、廊下の闇に溶け込んでいる。

「それで、冒険は？　どんな冒険があったの？」

話の途中で一度、母親は席を立ち、音をさせないように歩きながらカーテンを閉め、スタンドを点けた。途中、怖そうに小さく声も上げた。「小さな足の指？　マーマレードに？」

「そうなんです」

「国産じゃないわよね？」

「違います。外国産です」

「手の指ならわかるわ。オレンジを切るときにね。でも、足の指でしょ？」

「話では」とヘンリー・クーパーは言った。「向こうの農民は、裸足になってギロチンみたいのを使うそうです」

「苦情は言った？」

「言いはしませんでしたが、指をこれみよがしに皿の端に置いてやりました」

話がもう一つ済んだところで、母親がシェパーズ・パイをオーブンに入れる時間となった。ヘンリー・クーパーは廊下へ旅行カバンを取りにいった。「荷物を出すかな」と思った。几帳面な質なのである。

過去からの声　Mortmain

古屋美登里訳

この作品には手に負えない三角関係、とりわけ捨てられた女性の怖さが実に見事に描かれていて、こういう復讐の仕方もあるのか、といろいろと参考になったりもします。だから結婚などしないほうがいい、という結論を下すのは早計かもしれませんが、三者三様の愚かしさをここまで滑稽に描けるのもグリーンの魅力です。また、手紙が現代におけるストーカー行為のように描かれているところも見物といえましょう。

さてタイトルの“Mortmain”について。これは法律用語で「死手譲渡・譲渡不能の所有権」を示す言葉ですが、「現在を支配している過去の影響」という意味もあります。旧訳では前者の意味を重んじ、「死手」となっていました。今回の新訳では、後者の意味を汲んで「過去からの声」としました。

（訳者）

本物の結婚生活とはなんと素晴らしい安らぎを与えてくれるものだろう、とカーターが思ったのは、四十二歳にしてそれを手にいれたときだった。彼は教会での婚儀の一瞬一瞬を楽しんですらいたが、それもジュリアを伴って側廊を歩いているさなかに、涙を拭っているジョセフィンを目にした瞬間は別だった。ジョセフィンが式に参列していること自体が、今度の相手と包み隠しのない新しい関係を築けている証だった。カーターはジュリアになにひとつ隠しごとをしていない。カーターがジョセフィンと拷問に近い生活を十年も送ってきたことや、ジョセフィンの度を超した嫉妬深さ、ここぞというときに何度も起きるヒステリーについて、ふたりはたびたび話し合ってきた。「それは彼女が不安で仕方がなかったからよ」とジュリアは理解を示し、しばらくすればジョセフィンと友だちになることだってできるかもしれない、と思っていた。

「それはどうかな、ダーリン」

「あら、どうして？　わたし、あなたを愛していた人ならだれだろうと、きっと好きになっちゃうわ」

「かなりの苦痛を伴う愛だったけどね」

「あなたを失うと悟った最後のころはそうだったかもしれない。でもね、ダーリン、幸せな時期だってあったはずよ」

「まあね」しかしカーターは、ジュリアの前にだれかを愛していたことなどさっさと忘れてしまいたかった。

カーターはジュリアの心の寛さに時おりたじろいだ。新婚旅行に出て七日目に、スーニオン岬近くの浜辺の小さなレストランでレッシナを飲んでいるとき、なにかのはずみにジョセフィンの手紙をポケットから取り出してしまった。前日に届いた封筒をそこに隠しておいたのだが、それはジュリアを傷つけるかもしれないと思ってのことだった。短い新婚旅行のあいだも彼を放っておこうとしないのは、いかにもジョセフィンらしいやり方だ。その筆跡ですら、いまでは見るのもおぞましい。とても几帳面な小さな字を記している黒々としたインクは、彼女の髪の色と同じだった。ジュリアの髪はプラチナ・ブロンドだ。黒髪が美しいなどと、どうして昔は思っていたのだろう。黒いインクで書かれた手紙を読みたくてたまらないなどと、どうして思っていたのか。

「その封筒はなあに？　ダーリン。手紙が来てたなんて知らなかった」

「ジョセフィンからだ。昨日届いた」

「でも、まだ封を切ってないじゃない！」ジュリアは驚いて大きな声を出したが、咎め立ててはいなかった。

「彼女のことは考えたくないんだよ」

「でもね、ダーリン、病気になったという知らせかもしれないでしょ」

「それはないな」

「お金のことで困っているのかもしれない」

「彼女がファッション・デザインを描くほうが、ぼくが短篇を書くよりはるかに実入りはいい」

「ダーリン、優しくしてあげましょうよ。そうしてあげてもいいはずよ。わたしたち、とっても幸せなんだから」

それでカーターは封を開けた。愛情のこもった、不平のひとつもない手紙で、彼は疎ましく思いながらそれを読んだ。

フィリップさま

披露宴では未練がましい女になりたくなかったので、おふたりにご挨拶もせず、どうかお幸せにと申し上げることもしませんでした。ジュリアはとても美しくて、とてもとても若く見えました。心をこめてあれこれ彼女の面倒を見てくださいね。愛しいフィリップ、あなたが面倒見のいい人だってこと、わたしにはよくわかっています。彼女を初めて見たとき、どうしてわたしと別れる決心をするのにあんなに手間取ったのか、不思議でなりませんでした。愚かな人。もっと早く決心すればあんなに苦しまずにすんだのに。

わたしの近況について知りたいなどと思ってはいないでしょうけれど、ほんの少しは気にかけているかもしれませんから――心配性のあなたのことですもの――知っておいてほしいのですが、いまわたしは脇目もふらずに、ある連載物に取り組んでいます。それがなんと、フランスの《ヴォーグ》に載るのです。かなりの額をフランで払ってもらっています。ですから、めそめそしている暇なんてこれっぽっちもありません。実は一度わたしたちの（あら、書き間違えた）アパートメントに戻りました。どうか悪く取らないで。大事なスケッチが一枚どこかにいってしまったからです。それは、ふたりで使っていた引出――例の「発想の金庫」、覚えてます？――の奥にありました。わたしの物はすべて持ってきたと思っていたのですが、そのスケッチは、ナプールであの素晴らしい夏を過ごしたときにあなたが書き始めて、結局は完成をみなかった短篇の原稿のあいだに挟まっていました。なんだかとりとめもないことを書きましたが、本当はこう言いたかったのです。おふたりともどうぞお幸せに。愛をこめて、ジョセフィン

カーターはその手紙をジュリアに渡した。「まあ、この程度でよかったよ」

「これ、わたしが読んでもいいのかしら？」

「そりゃあ、そうさ。ぼくたちふたりに宛てたものだ」再び彼は、隠しごとがないというのはなんて素敵なことだろう、と思った。この十年間、誤解されることを怖れ、ジョセフィンの怒りやだんまりを怖れて、罪のないものであっても実に多くの隠しごとをしてきた。いまや怖れるものなどなにもないのだ。ジュリアが思いやりと理解を示してくれることを信じて、どんな罪深い隠しごとでも打ち明けることができるのだから。「昨日きみにこの手紙を見せなかったなんて、本当に愚かだった。もう二度と

こんなことはしないよ」と言い、スペンサーの詩の一節を思い出そうとした。「……荒海を越えてたどり着いた港」

ジュリアは手紙を読み終えて言った。「ジョセフィンはいい人だと思う。こんなふうに書いてくれるなんて、とっても優しい人よ。わたしね、彼女のこと、ほんのちょっぴり心配してたの。もちろん、しょっちゅうじゃないけど。だって、わたしなら十年も一緒に暮らしていた人を失うなんて耐えられないと思うもの」

アテネに戻るタクシーの中で彼女は言った。「ナプールではとても幸せだったの？」

「ああ、そうだったんだろうな。覚えていないけど、いまみたいじゃなかったよ」

愛する者の鋭さで、カーターは彼女がかすかに身を引いたのがわかったが、それでも肩と肩は触れ合っていた。スーニオン岬から戻る道では太陽が明るく輝き、温かな甘い微睡《まどろ》みがこの後に控えてはいたが……。「気がかりなことでもあるの？」とカーターは尋ねた。

「いいえ、別に……。ただね……いつかあなたが、このアテネの日々のことも、ナプールと同じように言うんじゃないかと思って。〝覚えていないけど、いまみたいじゃなかったよ〟って」

「おばかさんだなあ」彼はそう言ってジュリアにキスをした。そのあとふたりはアテネに戻るタクシーの中で少しばかりいちゃいちゃしたが、街並みが見えてくると彼女は背を伸ばし、髪を整えた。「あなたは本当は冷たい男じゃないものね」と彼女は言い、すべてが元に戻ったのがわかった。一瞬にせよ、小さな齟齬が生まれたのはジョセフィンのせいだった。

ふたりそろってベッドから出て夕食をとろうとしたときに、彼女が言った。「ジョセフィンに手紙を書かないとね」

「なにを言い出すんだ！」

「ダーリン、あなたの気持ちはよくわかるわ。でもね、あの手紙、本当に素敵だったじゃない」

「じゃあ、絵葉書にしよう」

そうすることで意見が一致した。

ロンドンに戻るとそこはいきなり秋の景色で——すでに冬、とは言わないまでも、アスファルトを濡らす雨には霙《みぞれ》がまじり、街灯が驚くほど早く点灯することをふたりはすっかり忘れていた——ジレットやルコゼイド、スミスズ・クリスプスの前を通っても、パルテノン神殿は見あたらなかった。英国海外航空《BOAC》のポスターはいっそう悲しげに見えた——「BOACはあなたに旅の安全をお届けします」

「家に着いたらすぐに家中の電気ストーブを点ければ、たちまち暖かくなるさ」とカーターは言った。ところがアパートメントの扉を開けると、ストーブはすでに赤々と燃えていた。夕暮れのなかで、居間と寝室の奥から小さな赤い光がふたりを出迎えた。

「妖精がしてくれたのね」ジュリアが言った。

「そんな可愛いものじゃない」カーターはすでに気づいていた。マントルピースの上に「カーター夫人へ」と黒いインクで書かれた封筒があることに。

ジュリアさま

ジュリアと呼んでもよろしいでしょう？　わたしたちには、同じ男性を愛したというとても大きな共通点があるんですもの。今日は凍えるような寒さだったので、おふたりが太陽の輝く暖かな国から冷え冷えとした部屋に帰ってくるのはさぞやおつらいだろう、と思わないわけにはいきませんでした（ここがいかに冷え込むか、わたしにはよくわかっています。毎年南フランスから戻ってくるたびに風邪を引いたものです）。それで差し出がましいことをしました。部屋にこっそり入ってストーブを点けておいたのです。でも、二度とこのようなことはしないとお約束しますし、その証拠に玄関の外のマットの下にわたしの鍵を置いておきました。ローマなどで飛行機の出発が遅れることがあるかもしれません。空港に電話をして飛行機が到着しないことがわかったら、すぐに戻ってきて、安全のために（それと節約のためにもね。電気代がとんでもなく高いですから）ストーブを消すつもりです。どうぞ新しい住まいで暖かな夜をお過ごしください。ジョセフィンより愛をこめて。

追伸、コーヒーの瓶が空っぽになっているのに気づいたので、キッチンにブルーマウンテンの包みを置いておきました。フィリップが好きなのはこのコーヒーだけなので。

「あらまあ」ジュリアはそう言って笑った。「よく気が回る人ね」

「こんなお節介しないでもらいたいよ」とカーターは言った。

「だったら、こんなに暖かい思いはしていなかったわ。それに朝食にコーヒーが飲めなくなっていたでしょ」

「彼女がこのあたりをこそこそ嗅ぎ回っていて、いつ押し入って来てもおかしくないような気がする。こうしてきみにキスしているときにも」カーターはジュリアにキスをしながらも、注意深く玄関の扉を見つめた。

「そんな言い方はないわよ、ダーリン。それに、マットの下に鍵を置いていったわけだし」

「合い鍵を作ったかもしれない」

ジュリアはもう一度キスをして彼の口を塞いだ。

「飛行機から降りてしばらくすると妙に妖しい気持ちになるんだけれど、気づいていた？」とカーターは尋ねた。

「ええ」

「たぶん、震動のせいだ」

「じゃあ、それをなんとかしないとね、ダーリン」

「その前にマットの下をちょっと見てくる。彼女が嘘をついていないかどうか確かめないと」

カーターは新婚生活を満喫した――あまりにも心ゆくまで満喫したため、なぜもっと早く結婚しなかったのかと自分を責めたが、そうしていたらジョセフィンが妻になっていたことはすっかり忘れていた。ジュリアは仕事を持っていないので、奇跡というべきだが、求めればすぐに応じることにカーターは気づいた。しかも、ふたりの関係に水を差すメイドがいなかった。カクテル・パーティやレストラン、少人数のディナー・パーティに行くときはいつもいっしょだったので、目が合えばすぐさま……。たちまち、ジュリアは繊細で疲れやすい、という評判が立った。ふたりが、十五分も経たないうちにカクテル・パーティを辞したり、ディナー・パーティではコーヒーが配られるとすぐに帰ったりすることがあまりに頻繁にあったからだ。「あの、申し訳ありませんが、頭痛がひどいので失礼します。非常識で本当にすみません。フィリップ、あなたはここにいなくちゃだめよ」

「とんでもない、ぼくもいっしょに失礼するよ」

一度など、ふたりで階段のところでとめどなく笑っているところを見つかりそうになった。パーティの主人が手紙の投函を頼むためにふたりを追いかけて来たのだ。ジュリアは間一髪で笑い声からヒステリー発作で苦しむ声へとみごとに変えた。……何週間かが過ぎた。本当に非の打ち所のない結婚だった。ふたりは――折に触れて――素晴らしい新婚生活について語り合い、こんな非の打ち所のない生活を送れるのは相手のおかげだ、と称え合った。「あなたはジョセフィンと結婚していたかもしれないのね。どうしてそうしなかったの？」とジュリアが言った。

「ふたりとも心の底では、永遠には続かない関係だとわかっていたんだと思う」

「わたしたちは永遠に続くかしら」

「これが永遠に続かないのなら、永遠のものなどひとつもないよ」

時限爆弾が爆発し始めたのは十一月の初めだった。もっと早く爆発するように仕掛けられていたに違いないが、カーターの生活習慣が一時的に変化することをジョセフィンは計算に入れていなかったのだ。何週間か経ってからようやくカーターは、ふたりの関係が良好だったときに「発想の金庫」と呼んでいた引出を開けた――彼はその中に書きかけの短篇や、小耳に挟んだ会話などを書きつけたメモを入れ、ジョセフィンは広告用のファッションのアイデアをざっと描いたものを入れていた。

その引出を開けると、彼女の手紙があった。封筒の上には黒々としたインクで「極秘」という文字。しかもその横の感嘆符は奇抜にも、壺の中から大きな目をした少女が悪霊のように立ちあがっているものだった（ジョセフィンは洗練された形のバセドウ氏病にかかっていた）。カーターはこれまでにない嫌悪感を抱きながらその手紙を読んだ。

ねえ、あなた、まさかこんなところでわたしに会うとは思わなかったでしょう。でも十年も一緒にいたんだから、おやすみとか、おはようとか、調子はどう？

とか、折に触れて言わずにはいられないの。神のご加護がありますように。たくさんの（心からの）愛をこめて。あなたのジョセフィン

「折に触れて」という言葉は間違いなく脅し文句だった。カーターは力まかせに引出を閉め、「ちくしょう！」と大きな声で言った。それでジュリアが顔を覗かせた。

「いったいどうしたの？　ダーリン」

「またジョセフィンだ」

ジュリアは手紙を読んで言った。「わたし、彼女の気持ちがよくわかる。可哀相なジョセフィン。これを破り捨てるつもりなの？」

「ほかにどうしたらお気に召すのかなあ。彼女の書簡集を出すために取っておけとでも？」

「ちょっとひどすぎるんじゃないかしら」

「ぼくが？　彼女にひどすぎるって？　ジョセフィンとぼくが最後の数年間にどんな毎日を送っていたか、きみには想像もつかないんだ。焦げ痕を見せようか。あの女は怒りにまかせて、火の点いた煙草をあらゆるところに押しつけたんだぞ」

「それはあなたを失ってしまうと思ったからよ、ダーリン。それで気が動転してしま

ったの。その痕は、その一つ一つは、本当ならわたしが責めを負わなくちゃならないものなの」カーターはジュリアの目の中に、愉しむような考えこむような優しい表情が浮かぶのを見ると、いつも同じ行為に及んでしまうのだった。

それからわずか二日後に新たな爆弾が爆発した。ふたりがベッドから出るとジュリアが言った。「この薄地のマットレス、取り替えたほうがいいんじゃないかしら。真ん中にできた窪みに体がはまりこんじゃいそう」

「それは気づかなかったな」

「マットレスは毎週取り替えるものなのよ」

「確かに。ジョセフィンはいつも取り替えていた」

ふたりはシーツを剥がし、マットレスをくるくると巻き始めた。するとスプリングの上に、ジュリア宛ての手紙が置いてあった。カーターが真っ先にそれを見つけ、ジュリアの目の届かないところに隠そうとしたが、すでに遅かった。

「それはなあに?」

「もちろん、ジョセフィンからの手紙だ。そのうち、一巻では収まりきらないほど大量の手紙が届くようになる。ジョージ・エリオットの書簡集のように、イェール大学できちんと編纂してもらわなくちゃならなくなる」

「ダーリン、それはわたし宛ての手紙でしょ。それをどうするつもりだったの？」

「こっそり破り捨てようかと思った」

「わたしたち、隠し事はなにひとつしない約束でしょう？」

「ジョセフィンの件は別だ」

封を切ろうとして、彼女は初めてためらった。「こんなところに手紙を置いとくなんて、確かにちょっと変よね。間違って入れてしまったんだと思う？」

「それは絶対にない」

ジュリアは手紙を読み、それから彼に渡した。ほっとした口調で言った。「ほらご覧なさい、その理由が書いてある。本当にとてもまっとうなことだわ」カーターは手紙を読んだ。

ジュリアさま　今頃はギリシアの本物の日光を浴びていらっしゃることでしょう。フィリップには内緒ですが（ああ、もちろんまだ隠しごとは御法度ね）、わたしは本当は南フランスは好きではありませんでした。冷たい北西風《ミストラル》がいつも吹いていて、肌がかさかさになってしまって。あなたがそんな辛い思いをしなくてなによりです。わたしたちは都合がつけばギリシアに行こうといつも計画を立てていいたので、フィリップはきっとご満悦でしょうね。わたしは今日、スケッチを探しにここに寄ったのですが、マットレスを少なくとも二週間は取り替えていないことに思い至りました。別れるまでの何週間かは、ご存じのように、かなり常軌を逸した状態でしたから。ともあれ、あなたが桃源郷のような島から帰ってきて、最初の夜を過ごすこのベッドにへこみができているのを見るなんて、そう考えただけでも耐えられない思いがして、マットレスをひっくり返しておきました。毎週ひっくり返すことをお薦めします。さもないと真ん中のへこみがどんどん広がってしまうでしょう。ところで、冬用のカーテンを取りつけて、夏用のカーテンをクリーニング店に出しておきました。ブロンプトン通り153の店です。愛をこめて、ジョセフィン

「覚えてるだろ？　彼女はナプールは天国のようだったって書いていたじゃないか」カーターは言った。「イェール大学の編者は、相互参照の註を付けなくちゃならなくなるな」

「あなたって、ちょっと冷たいんじゃない？」ジュリアが言った。「ねえ、ダーリン。彼女は力になろうとしているだけ。それに、わたしはカーテンやマットレスのことを

本当に知らなかったわけだし」

「どうやらきみは、思いやりに満ちた長い返事を書くつもりでいるらしい。家事のあれこれが満載されたやつを」

「彼女、わたしからの返事を何週間もずっと待っているのよ。これは大昔の手紙だもの」

「そしてさらにたくさんの大昔の手紙が、どこかでひょっこり顔を出すのを待っているってわけだ。ああ、そうだ、家中を隈なく探せばいいんだ。屋根裏部屋から地下室まで」

「屋根裏も地下室もここにはありません」

「どういう意味で言ったかよくわかっているだろう」

「わたしにわかっているのは、あなたが大袈裟に騒ぎ立てているってことだけ。まるでジョセフィンが恐くて仕方ないみたい」

「もういい！」

ジュリアは取りつく島もなく部屋を出ていき、カーターは仕事に取りかかろうとした。その日、遅くなって諷刺の利いた作品が書けた——軽妙な話だが、それでも気分は高揚しなかった。外国に電報を打つために電話番号を探していると、電話帳の中にアルファベット順に並んだ完璧な名簿を見つけた。Oの文字がいつもかすんでしまうジョセフィンのタイプライターで打たれたもので、彼が常日頃使う番号がひとつ残らず揃っていた。旧友のジョン・ヒューズの名が、ハロッズ百貨店の後に記されている。いちばん近くのタクシー会社、薬局、肉屋、銀行、ドライクリーニング店、八百屋、魚屋、彼の本を出している出版社とエージェント、エリザベス・アーデンの店、地元の美容院――括弧つきのメモには「Jに。ここはとても信頼できてとても安いのよ」。

そこで初めてカーターは、ふたりが同じイニシャルであることに気づいた。

名簿を見つけたカーターを見ながら、ジュリアが言った。「天使のような女性ね。電話のそばに貼っておきましょうよ。恐ろしいくらい完璧なリストだわ」

「前の手紙が皮肉っぽかったから、てっきりカルティエの店の番号も入っているかと思ったよ」

「ダーリン、あれは皮肉じゃなかった。事実を率直に述べただけのこと。わたしが多少のお金を持っていなかったら、わたしたちだって南仏で済ませていたのよ」

「まるでぼくがギリシアに行きたくてきみと結婚したとでも思っているような言い方だな」

「なに言ってるの。ジョセフィンがどういう人かあなたはちっともわかっていない。

彼女の気配りをなにもかも歪めて解釈してるんだわ」

「気配りだって？」

「後ろめたい気持ちでいるのよ」

その後、カーターは本当に家中を探し始めた。煙草の箱と引出とファイリング・キャビネットを調べ、家に残していたスーツのポケットすべてを探り、テレビ台の裏側を覗き、トイレのタンクの蓋を開け、トイレットペイパーをひと巻き取り替えた（すべて引き出すより手っ取り早かった）。彼がトイレで作業しているときにジュリアが顔を覗かせたが、いつもの穏やかな眼差しはなかった。カーテン飾りを調べ（クリーニングに出すためにカーテンを外したときに、そこからなにかが出てこないとも限らない）、洗濯籠から汚れ物をすべて取りだして籠の底に見逃した物がないかどうか確認した。キッチンの床に四つん這いになって、ガスコンロの下を覗いた。パイプのまわりに紙片が巻き付いているのを見つけ、ほら見ろ、とばかり大声をあげたが、なんのことはない、配管工が残していった紙だった。午後に配達される郵便物が郵便受けに落ちる大きな音がし、玄関からジュリアの呼ぶ声が聞こえた。「まあ、嬉しい。あなたがフランス版《ヴォーグ》の購読者だなんて、ちっとも知らなかった」

「購読なんかしてないよ」

「あら、ごめんなさい。別の封筒にクリスマス・カードみたいなのが入ってる。これは、ジョセフィン・ヘックストール＝ジョーンズからわたしたちへの購読プレゼントですって。なんて優しい人なのかしら」

「デッサンを《ヴォーグ》に載せているからだよ。ぼくは絶対に見ないぞ」

「ダーリン、子供じみたことを言わないの。彼女があなたの本を読まなくなるとでも思ってるの？」

「きみとふたりっきりでいたいだけなんだよ。ほんの数週間だけでも。だいそれた望みじゃないだろう」

「ダーリン、あなたって、なんだか自分勝手」

その夜は口を利く気にもならず、すっかり疲れ果てていたが、内心では胸を撫で下ろしていた。ようやく家を徹底的に調べ終わったのだ。ところが食事をしているときに、置く場所がなくて箱詰めにされたままになっている結婚祝いの品のことを思い出し、釘がしっかり打ちつけられているかどうか調べてくる、と言って食事の途中で席を立った――爪を傷めるのを毛嫌いしていたジョセフィンがスクリュードライバーを使うことは絶対にないし、金槌も使わないことを彼は知っていた。ようやく静かな平穏が訪れた。この満ち足りた静けさは、どちらかが手で触れるだけですぐにでも変わることがふたりにはよくわかっていた。夫婦はそれを後回しにできても、恋をする者は後回しにできない。「われは今宵老年のごとく心和めり」とカーターは詩の一節を口にした。

「だれの作品？」

「ブラウニング」

「ブラウニングは知らないわ。何か朗読してくれる？」

彼はブラウニングの詩を朗読するのが好きだった――詩を読むにふさわしい声をしていると思っていた。それが彼のささやかで害のない自己愛だった。「本当に聞きたい？」

「ええ」

「以前はジョセフィンによく聞かせていたんだ」と彼は注意を促した。

「それがどうかした？　同じことをなにもかもしないでいられるわけないでしょう？」

「そういえば、ジョセフィンに聞かせなかった詩がある。彼女に恋していたときも、これを朗読する気になれなかった。ジョセフィンとは、結局永遠には続かなかった」

そう言ってカーターは読み始めた。

暗く長い秋の夜が訪れると
私は自分の望みがよくわかる……
彼は自分の朗読に心打たれた。この瞬間ほどジュリアを愛しいと思ったことはない。ここそが家庭だ――そのほかはすべて彷徨う隊商でしかないのだ。

……これからそれを語ろう
炉辺に座って本を読んでいる
きみの気高き額、その優しい手を
もはやこの目で見なくとも
静寂《しじま》のなかで私の心に映る

ジュリアがこの詩を読んでいたらどんなにいいか、とカーターは思ったが、もっとも読んでいたらこれほど愛らしいそぶりで彼の声に聴き入ってはいないだろう。

……ふたりの命が結ばれれば　しばしば傷が生まれる
ふたりはひとりとひとり　三人目の影が仄見える
ふたりは寄りそっていてもまだ遠い

ページをめくると、そこに紙切れが挟まれていて（もし封筒に入っていたら、読む前にすぐにそれとわかっただろう）几帳面な黒い筆跡でこう書かれていた。

愛しいフィリップ、あなたの――そしてわたしも――大好きな本のあいだからおやすみなさいを言いたくて。わたしたち、こんなふうにお別れできて本当に運がよかった。共通の思い出をこの先も永遠にふたりで分かちあえるんですもの。愛をこめて、ジョセフィン

彼は詩集と紙切れを床に放り投げた。「この売女が。腐れ売女が」

「彼女のことをそんなふうに言わないで」ジュリアは驚くほど厳しい口調で言った。そしてその紙を拾い上げて読んだ。

「これのどこがいけないの？」こわばった顔だった。「あなたは思い出が嫌い？　だ

ったらわたしたちの思い出も嫌いになるに決まってる」

「この女の仕掛けた罠がわからないのか？　理解できないのか？　だとしたらおまえの頭はからっぽだな、ジュリア」

その夜、ふたりはベッドの端と端に身を遠ざけて横たわり、足を触れ合うことすらしなかった。ここで暮らし始めて、愛を交わさなかったのはこの夜が初めてだった。

眠れない夜を過ごしたのも初めてだった。翌朝、カーターが手紙を見つけたのは、どこよりいちばん目に付きやすい場所、怠けていなければもっと早くに気づいたはずの場所だった。短篇を書くときに使うフールスキャップ判の用紙の、まだ使っていない束のあいだに潜んでいた。それはこう始まっていた。「ダーリン、昔から馴染んだこの呼び方で呼んでもあなたはきっと気にしないはず……」

八月は安上がり

Cheap in August

永富友海訳

成功や幸福は相対的なものであるが、年齢はそうはいかない。四十歳はすでに初老である。だが四十の人妻が、二十代の若者には相手にされずとも七十歳の男性の目には魅力的と映るなら、年齢もまた十分相対的なものとなる。では愛はどうか。夫に期待できない愛を浮気相手に求めるのはお門違いと考えるか、夫に期待できないからこそ浮気相手に求めるのだと開き直るか考えものだが、どちらにせよ、一瞬でも満足のいく「高級な」愛を探そうとするなら、それ相応の場所に行くべきだ。格安のツアー旅行で出かける割安の避暑地などもってのほかである。(訳者)

1

八月は安上がりだ。肝心要の太陽はあるし、加えてサンゴ礁、竹材造りのバー、カリプソ（西インド諸島の黒人音楽）——これらすべてが、バーゲンセールで特価札のついた、少し汚れのある下着類みたいに、格安料金で手に入った。日曜学校の慰安行事でやってきましたといわんばかりの団体客がフィラデルフィアから定期的に到着し、きっちり一週間、くたくたになるまで楽しんだところでお開きとなって、来たときほどがやがや言わずに帰って行く。やれ、これで二十四時間近くプールにもバーにもほとんど人影がなくなるかと思いきや、別の慰安旅行の団体が、今度はセント・ルイスからやってくる。旅行者たちはみな互いに顔見知りだった。空港まで一緒にバスに乗り、共に飛行機に乗って、異国の税関に立ち向かってきたのだ。彼らは日中は別行動をとり、日が暮れるとまた顔を合わせて騒々しく楽しげに挨拶を交わし、「急流下り」や植物園やスペイン城塞の印象を口々に交換し合う。「わたしたち、明日そこに行くのよ」メアリー・ワトソンは、ヨーロッパにいる夫への手紙にこう書いた。「少しヴァカンスが必要だったの。それに八月は安上がりでしょ」。結婚して十年、その間ふたりが離れ離れになったのは、たったの三度きりだった。夫は毎日彼女に手紙をしたため、その手紙は週に二回、小束にまとめて配達された。彼女はそれらを新聞のように日付順に並べ、きちんと順を追って読んだ。愛情のこもった、几帳面な手紙だった。研究やら講義の準備やら手紙を書くのに忙しくて、ヨーロッパ見物なんて暇はほとんどないんだ――ヨーロッパと言うとき、彼は頑として「きみのヨーロッパ」と呼び続けた。あたかも、ニュー・イングランド出身の一介のアメリカ人教授と結婚することで彼女が支払わねばならなかった犠牲のことを決して忘れたことはないから心配するなとでもいうかのように。そのくせ、時折「彼女のヨーロッパ」についてのちょっとした批判が彼の口をついて出た。食事がこってりしすぎている、煙草の値が張りすぎる、ワインを出しすぎる、昼食時になかなか牛乳が飲めない――こうした不満が言わんとしているのは要するに、彼女だけが大層な犠牲を払ったような言い方をするなよと、そういうことではないのだろうか。彼の目下の研究対象であるスコットランド詩人ジェイムズ・トムソンが、『四季』という作品をアメリカで書いてくれていればよかったのに。アメリカの秋《フォール》のほうがイギリスの秋《オータム》よりも美しいことは、彼女も認めざるを得なかったのだから。

メアリー・ワトソンは一日おきに夫に手紙を書いたが、ときに絵葉書ですませることもあり、またうっかりして、同じ絵葉書を出してしまうこともあった。彼女は日陰になっている竹材造りのバーで手紙を書き、そこからはプールに向かうすべての人が見えた。彼女は真実をありのままに綴った。「八月にはとても安くなるのよ。ホテルは半分も埋まってないし、暑さと湿気でくたくたになります。だけど、もちろん気分転換にはなるわ」。彼女は夫に金遣いが荒いと思われたくなかった。当初、ヨーロッパ人である彼女の眼には、たかが文学の教授にしては天文学的な数値であると映っていた夫の給料は、ステーキやサラダの価格に比例して、とっくの昔に適切な値にまで下落していた――したがって、彼がいない間に自分が使っている金額は妥当なものであるということを証明するために、いささか熱弁をふるわねばならない。そこで彼女は、手紙に植物園の花のことも書いた――一度思い切ってそこまで出かけたことがあったのだ――そして、友人のマーガレットが「彼女のイングランド」から便りをよこし、ぜひ付き合ってほしいと頼むので一緒に行ったところ、太陽と怠惰な生活がマーガレットにいかに有益な変化をもたらしたかを述べたくだりについては、真実を語ったとは言い難かった。そのマーガレットなる人物が、メアリーのことを信じている人物以外の目には見えないことを、彼女自身認めるにやぶさかではなかったのだ。だが信じる信じないということで言うなら、チャーリーは彼女のことを完全に信用しているわけである。どんな長所も、時が経れば非難の対象になり替わる。幸福な結婚生活も十年続けば、平穏無事という幸せに前ほど価値が見出せなくなったところで当然よ、と彼女は思った。

彼女はチャーリーからの手紙を、隅々まで目を配りながら読んだ。ひとつでもいい、曖昧な箇所やはぐらかし、つじつまの合わない時間のずれがあればいいのにと願いながら。普段は用いないような強い愛情表現でも使っていてくれれば、彼女は喜んだことだろう。その強さは、彼の罪の意識を相殺するためのものだと考えることもできようから。しかし、チャーリーの流れるように達者な情報満載の文章のなかに罪の意識らしきものが紛れ込んでいるとは、どうしても思えなかった。もし仮にチャーリーが、今彼の詳細な研究対象である詩人たちのひとりであったとするならば、「彼女のヨーロッパ」に滞在して二カ月の段階で、すでに標準サイズの叙事詩のひとつくらい完成させているだろう。するとその合間の空き時間に手紙を書いていたということになる、と彼女は頭のなかで見積もった。余暇は手紙の執筆に費やされるとなれば、それ以外のことをする余裕などあるはずもない。「今、夜の十時だ。外は雨、気温は八月にしては涼しめで、十三度にも達していない。きみにお休みを言ったあとはね、愛しいひと、僕はきみのことを考えながら幸せな気分でベッドに入るのさ。明日は博物館で長い一日を過ごしてから、夜はヘンリー・ウィルキンソン夫妻と夕食をとるんだ。彼らはちょうどアテネからの移動中でね、夫妻のことは憶えているだろう?」（憶えてるどころじゃないわ！）チャーリーが帰国したとき、彼との性行為にどこか今までにない調子――彼があちらの趣味の誰かさんと関係したことを示すような――を感じたりするなんてことがあったりするのかしら、と考えたこともあった。しかし今ではそんな可能性があるなどとは到底思えなかったし、いずれにせよ、証拠が出てきたときには遅すぎる――もっとあとになってから正当化されたところで、今の彼女には何の役にも立ちはしないのだ。彼女は今すぐ自分を正当化したかった。自分の犯してしまった行為（まさか、とんでもない！）のためではなく、単に意図しただけ、つまりチャーリーを裏切ろうという考え、多くの友人たちがやっているように、ヴァカンスで浮気を楽しもうという目論見を抱いただけなのだが、それを正当化する根拠がほしかったのだ（浮気をするという発想は、「八月のジャマイカは安上がりよ」と学部長の奥さんに言われた途端に、彼女の頭に浮かんだのだった）。

問題は、ヴァカンスが始まって三週間が経つというのに、蒸し暑い夕べに流れるカリプソ、ラム・ポンチ（この酒に対する嫌悪感はもはや隠せない）、生ぬるいマティーニ、明けても暮れても出てくるアカフエダイ、何にでも付け合わされているトマトがあるばかりで、浮気のほうは影も形も見当たらないことだった。人々が格安シーズンに休暇で訪れる行楽地は本質的に志操堅固なものなのだと知って、メアリーはがっかりしたのだった。不貞を犯す機会などまるでなく、ただ絵葉書――眩いばかりに青く広大な空と海の風景の――を、チャーリーに宛てて書くしかなかった。一度、メアリーがバーでひとり絵葉書を書いていたとき、セント・ルイスからやってきた女性が彼女にあからさまな同情を寄せ、自分たちと一緒に植物園に行かないかと誘ってきたことがあった。「あたしたち、そりゃもう賑やかな団体ですのよ」と、その女性は顔一杯に笑いながら話しかけてきた。メアリーはこの年上の女性を撃退するために、イギリス風のアクセントを殊更に強めながら、花はあまり好きじゃないんですと答えた。その女性は、まるでメアリーがテレビは好きではありませんとでも言ったかのようにぎょっとした。バーの反対側の端にいる人々の頭の動きや、コカ・コーラのグラスがかちゃかちゃと動揺したように鳴っている音から判断して、人々は先ほどの自分の返答を伝え合っているのだろうとメアリーは思った。以後、その賑やかな一行は、飛行場行きのリムジンバスに乗りこんでセント・ルイスへの帰途に着くまで彼女を一瞥だにしなくなったことにメアリーは気づいた。彼女はイギリス人で、花に対して傲慢な態度をとった鼻持ちならない女であり、コカ・コーラよりも、生ぬるいマティーニを好んでいることから、おそらく彼らの目にはアル中と映っていたことだろう。

こうした賑やかな一行の多くに共通しているのは、男性の参加者がいないという点であり、これらの女性たちが自分を魅力的に見せようとする努力を完全に放棄してしまっているのは、ひょっとしたらそのせいかもしれなかった。大柄模様のぴちぴちのバミューダ・ショーツは、彼女たちの巨大な尻を恐ろしいまでに露わにした。髪に巻いたヘアカーラーは昼食時までつけっぱなしで、そのカーラーを隠すために頭にスカーフを巻いている――さながら小さなモグラ塚といったところだ。メアリーは連日、いくつもの尻が水辺に向かうカバのようによたよた進んでいくのをじっと眺めていた。夕暮れになってようやく彼女たちはその巨大なショーツを脱ぎ、今度は藤色や真紅の花柄の、これまた巨大なコットンのワンピースに着替えるのだが、それはテラスでの夕食には正装が義務づけられているからであった。一方その場に現れる数少ない男性たちは、温度計が日没後も二十七度近くを指しているというのに、ジャケットとネクタイの着用を強いられた。女性の相場がこの程度である以上、女漁りに積極的な男性に出会うことなどどうして望めようか？　時折、家庭が破綻した老齢の夫たちが若干名、税抜き価格をうたっているイッサという店に引っ張られていくのを目にするくらいであった。

最初の一週間は、クルーカットの男性が三人、ビキニパンツ姿でバーのそばを通ってプールへ向かうのを見かけ、メアリーは元気づいた。男たちは彼女にはあまりにも若すぎたが、そのときの彼女の気分としては、他人の幸せなロマンスを目にするだけでも大歓迎といったところだったろう。俗にロマンスは伝染すると言うから、夕暮れ時に何組かの若い恋人たちが、ロウソクの灯された「くだけた雰囲気の」パブにいるのを見ているうちに、年配の男性たちもいつしかロマンス病に感染しないとは限らないではないか？　しかし彼女の期待はしぼんでいく一方だった。若者たちはやっては来たが、バミューダ・ショーツやピン留め髪には一瞥もくれずに去っていった。たしかに、どうして彼らが足を止める必要などあるだろう。彼らは間違いなく、そこいらにいる女性の誰よりも美しかったし、またそのことを自覚してもいた。風変わりな調メアリー・ワトソンはほとんど毎晩、九時にはベッドに入っていた。

子っぱずれの即興曲と、ジャンジャンガラガラすさまじいまでの乱打音によるカリプソ音楽の演奏は、二晩三晩でもう辟易だった。ホテルの別館の閉じた窓の外では、エア・コンディショナーの室外機が何台か、ヤシの木が生い茂る星の輝く夜空の下、まるで食べ過ぎた客さながらに、ゴロゴロと唸り音をたてていた。彼女の部屋には、新鮮な空気とは程遠い乾燥した空気が充満していて、それは乾燥イチジクと、もいだばかりの新鮮なイチジクくらいの差があった。髪にブラシをかけようと鏡を覗いたとき、彼女はセント・ルイスから来た例の賑やかな一行に対して自分が寛容さを欠いていたことを、しばしば後悔した。たしかに彼女はバミューダ・ショーツをはかないし、髪にカーラーを巻いたりもしないが、それでも炎熱のせいで髪色がむらになり、鏡が映し出す顔は、自宅にいるとき以上に、あからさまに三十九歳という年齢のそれだった。もしも、往復旅行券と四週間分の食費込み《ペンション》の宿代プラス様々な遊覧用の周遊券を含めた個人旅行の代金を前払いしていなかったなら、彼女は大学のキャンパス内の自宅に尻尾を巻いて逃げ帰っていたことだろう。来年はあたしもいよいよ四十歳、と彼女は考えた。善良な男性の愛を持ちこたえさせてきてよかったと思わなくちゃいけない年齢ね。

彼女は自己分析にふけりがちな女性であり、特定の顔に向けて質問を投げかけるほうが、虚空に問うよりもはるかに容易であろうから（日に何度となく見るコンパクトに映った眼からも、何らかの反応を期待して当然なのである）、鏡に映る自分を挑戦的な眼でじっと眺めながら問いかけた。彼女は正直な女性であったので、それだけに質問も露骨そのものであった。彼女の自問はこんな風だった。あたしはチャーリー以外の男性と寝たことはないわ（結婚前に、半ばあたりまで達したことのある快感については、性的体験として認めようとしなかった）。なのに今になってなぜ、見ず知らずの男の体を求めようとするのかしら、すでに知っている肉体のほうが、たぶんずっと快感を与えてくれるはずなのに。チャーリーが本当の快楽を与えてくれるようになったのは、一ヵ月以上も経ってからであった。快感は習慣によって増すものだということを彼女は学んだ。だから彼女が今求めているものが実は快感でないとすると、それは一体何なのか？　答えは珍しさということしかありえないだろう。体面を重んじる大学のキャンパスにおいてすら、いかにもアメリカ人らしい、あっぱれなほどの率直さで、自らの性的冒険を彼女に白状した友人たちが何人かいた。そうした冒険はたいていヨーロッパでのことで——束の間の夫の不在によって束の間の興奮の機会を与えられ、そうして無事に家に戻ったとき、彼女たちはどんなにか安堵の溜息を洩らしたことか。にもかかわらず、後になってみると、彼女たちはそうした出来事が自分の見聞を広めてくれたと考えるのである。夫がよくは理解していない彼らの――フランス人の、イタリア人の、またときとしてイギリス人だったりもするのだが――本当の性格を、自分たちは理解したと考えるのだ。

　仮にもイギリス人女性であるメアリー・ワトソンは、自分の体験がひとりのアメリカ人だけに限られていることを痛感していた。キャンパスではみな、彼女のことをヨーロッパ人だと信じているというのに、彼女の知っていることと言えばただひとりの男性に限られており、しかもその男性と来た日には、広大な西洋という領域に何の興味も抱いていない、ただのボストン市民にすぎないのだ。ある意味、生まれながらのアメリカ人である彼よりも、彼女のほうが、自ら望んで、よりアメリカ人らしくなっていると言えた。ひょっとしたら、彼女はロマンス語の教授夫人よりも、ヨーロッパ人らしさにおいて劣っているかもしれないのだ。その夫人はかつて彼女に――感極まって――打ち明けたことがある。あれはアンティーブでのことよ……たった一度きりのことだったの、夫の研究休暇《サバティカル》が終わったから……飛行機で帰国の途に着く前、夫が原稿のチェックのためにパリに出かけているときに……

　あたしもそうだったのかしら、とメアリー・ワトソンはときに考えた。チャーリーにとってあたしは単なるヨーロッパでの冒険の相手にすぎなかったのかしら？　どこでどう間違えたのか、結婚にまで至ってしまったわけだけど（彼女は、自分が檻に閉じ込められた雌トラだというふりをすることはできなかったが、もっと小さい生き物、白の二十日鼠やボタンインコなどを、夫妻はケージに入れて飼っていた）。そして公正な目で見るなら、彼女にとってもチャーリーは冒険、アメリカ人という冒険の対象であり、黴臭いロンドンで二十七歳になるまで出逢ったことのない種類の男性であった。ヘンリー・ジェイムズの小説にはこの手の男が登場し、彼女は人生のまさにその時期、ジェイムズを読み耽っていたのだ。つまり、「肉体が大した意味をもたず、よって肉体の官能や欲求が激しく切迫したものではない知識人」の登場する小説をである。にもかかわらず、しばらくの間、彼女はそうした欲望を、激しく切迫したものに変えたのだった。

それは彼女にとって、アメリカ大陸のひそやかな征服を意味し、例の教授夫人がアンティーブの舞踏家《マルシャン》の話をしたときも（いや、舞踏家というのはあくまでもロマンス語風の呼び名で、実際のところその相手の男は葡萄酒屋《マルシャンデュヴァン》にすぎなかった）、彼女は内心思っていたのだ――あたしが熟知していて崇拝しているあたしの恋人はアメリカ人で、そのことを誇らしく思う、と。しかし後にはこんな風にも思うようになった。彼はアメリカ人かしら、それともニュー・イングランド人？　でもそうすると、ひとつの国を熟知するには、あらゆる地域を性的に知る必要があるってことかしら？

三十九歳にもなっていまだに満足していないとは、滑稽極まりない話だった。彼女にはれっきとした夫がいた。ジェイムズ・トムソンに関する彼の著作は大学出版局から出るだろうし、その後チャーリーは、十八世紀のロマン派の詩から革命的な転換を図り、ヨーロッパ文学におけるアメリカのイメージの研究に着手することを企図していた――その研究は『二重の反映』と題されることになっており、アメリカ人作家フェニモア・クーパーがヨーロッパ文学に及ぼした影響と、イギリス人作家ミセス・トロロープによって提示されたアメリカのイメージを扱う予定だが、詳しいことはまだ決まっていなかった。この研究は、あるいはイギリス詩人ディラン・トマスが初めてアメリカに足を踏み入れるところ――キュナード埠頭かアイドルワイルドの空港か？――で終わることになるかもしれない。その点は、今後のリサーチの眼目のひとつとなるだろう。ここでまた彼女は、鏡に映った自分の顔を子細に眺めた――四十代という新たな十年間が、彼女をまっすぐに見つめ返してきた――ニュー・イングランド人になったイングランド人の彼女を。結局、それほど遠くまで旅してきたわけではないのね――たかがケント州からコネティカット州までだもの。これは単なる中年の欲求不満といった問題ではないのよ、と彼女は鏡に向かって主張した。老年と、そして確実に訪れる死という無の状態に屈する前に、ほんの少し遠くを見てみたいと思うのは、誰しもが抱く願いじゃないかしら。

2

翌日彼女は勇気をふりしぼってプールまで出かけてみた。強い風が吹いて、九分どおり陸に囲まれた港に激しい波を起こしていた――ここもじきにハリケーンの季節になるのだろう。彼女を取り巻く世界のすべて、お粗末な港に立つ木製の柱、まるで日曜大工用のキットを手早く組み立てて作ったかのような小さくて頼りなげな家々のブラインド、ヤシの木の枝といったものが、きーきーと、倦み疲れたような長い軋み音を立てていた。プールの水までもが、港の波を模したミニチュア版のようだった。プールには自分ひとりだったので、彼女は嬉しかった。正確にはひとりも同然ということで、というのも、深くない端っこのほうで象のようにばしゃばしゃ水を浴びている老人は、ほとんど問題にならなかったからだ。彼は孤高の象であり、カバの群れのなかの一頭ではなかった。カバの群れたちであれば、陽気な声をあげて、自分たちの仲間に加わるように呼びかけてきたことだろう――それにレストランの個別のテーブルとは違って、共用のプールではよそよそしい態度がとりにくいのである。断ったりしようものなら、腹を立てたカバたちが、楽しいゲームに興じる小学生のようなふりをして、彼女の頭を水に突っ込んでくるやもしれなかった。彼女たちのずんぐりした太もも――ビキニであれバミューダ・ショーツであれ――を前にしては、為す術もない。プールのなかで漂いながらも、カバたちがやってくる音を聞き漏らすまいと、彼女はしっかり耳をそばだてていた。ちょっとでも音が聞こえたところでさっと逃げれば、プールからかなり離れた所まで行けるわね。だけど、あのひとたち、今日は島の反対側のタワー島にでも出かけているのかしら、それともそこにはもう昨日行っちゃったのかしら？　例の老人だけが、日射病にかからないように頭に水をかけながら、彼女のほうをじっと見守っていた。彼女は今ひとりきりで安全であり、この地に期待していた冒険が得られないのであれば、その次にありがたいのは、こうしてひとりでいることだった。にもかかわらず、プールの縁に腰をおろし、太陽と風で身が乾くにまかせていると、彼女は体のすみずみにまで広がる孤独を感じずにはいられなかった。もう二週間以上もの間、黒人のウェイターたち、それからシリア人の受付係を除けば、誰とも口をきいていなかった。この分じゃ、と彼女は思った。じきにチャーリーを恋しがるなんてことになりかねないわね。望んでいたのは冒険だったのに、そんな終わり方って屈辱的だわ……

水面から声が聞こえた。「ヒックスローターと申します――ヘンリー・ヒックスローターです」間違いなくそう言ったと誓えるだけの自信はなかったが、そのときはそのように聞こえたのであり、また彼はそれ以上は繰り返さなかった。彼女は、白髪で囲まれた磨いた大理石のような頭頂部を見下ろした。その男は、象よりもむしろ海神《ネプチューン》に近かった。海神《ネプチューン》というものは常に特大サイズであるし、彼が話をしようとして水から少し浮きあがったときに、青い水泳パンツから脂肪の層がはみ出ており、皺になった肉と肉との間に、剛毛が海草さながらに生えているのが見えた。彼女は面白がって答えた。「ワトソンと申します。メアリー・ワトソンです」

「イギリスのかたですか？」

「主人はアメリカ人なんです」と彼女は答えた。あたかもイギリス人であるという自らの罪を軽減してもらおうとでもいうかのように。

「お見かけしませんが？」

「イングランドにいるんです」と彼女は答えて、小さく溜息をついた。自分たち夫婦の地理的および国籍に関する事情はあまりにも込み入りすぎていて、通りすがりに口をきいた程度の間柄で、到底説明できるものではなかったからだ。

「ここはお気に召しましたかな？」彼は問いかけながら、手で水をすくって禿げ頭に振りかけた。

「まあまあです」

「今何時かおわかりですか？」

彼女はバッグのなかをのぞいて答えた。「十一時十五分です」

「予定の三十分が経ちました」そう言うと、彼は浅瀬の端にある梯子のほうにのろのろと向かった。

一時間後、彼女が緑色の大きくてまずそうなオリーブを浮かべた生ぬるいマティーニを眺めていると、竹材造りのバーの向こう端から彼がぼうっと姿を現し、彼女の方に近づいてきた。普通の開襟シャツに、茶色の革のベルトといったいでたちだった。彼が履いていたのは、彼女が子供の頃、コレスポンデント（離婚訴訟で、妻の姦通相手の男を指す言葉でもある）・シューズと呼ばれていた二色使いの靴で、今ではめっきり見かけなくなっていた。あたしがひっかけたこの男のこと、チャーリーはどう思うかしら、と彼女は考えた。彼を釣り上げたことは間違いないが、それはどちらかと言えば、強烈な引きがあったのでふんばって手繰り上げたところ、ただの古い長靴を引き当てたにすぎない釣り人のようなものだった。彼女は生まれてこのかた釣りなどしたことがなかった。よって一般に長靴を釣り上げた場合、釣り針が駄目になってしまうものなのかどうか彼女には定かではなかったが、しかし自分自身の釣り針について言うなら、どうしようもないほどに損なわれてしまったことを承知していた。このひとと連れ立っている限り、誰もあたしに近づいてはこないでしょうよ。彼女はマティーニを一息に飲みほし、これ以上バーでぐずぐずする理由など無くしてしまえと言わんばかりに、猛烈な勢いでオリーブまで食べてしまった。

「どうか一杯、ご一緒していただけませんでしょうか？」とヒックスローター氏が声をかけてきた。彼の態度は先ほどとは一変していた。乾いた陸の上では自信がもてないといった様子で、その口調は古風なほど礼儀正しかった。

「残念ですけど、今ちょうど飲み終えたところなんです。もう行かないと」彼女は、男のぶよぶよした図体の内側に、失望の色を目に浮かべた、くしゃくしゃ頭の子供の姿を見た気がした。「今日はランチを早目にいただこうと思っていて」彼女は立ち上がり、バーががらがらに空いているというのに、いささか間抜けたことを口にした。「どうぞこのテーブルにお座りください」

「それほど飲みたいというわけではないんです」と、彼はまじめくさった口調で言った。「ただ話し相手が欲しかっただけなんです」隣接するパブに移動する自分の姿を彼が目で追っていることはわかっていたので、罪悪感を覚えつつ、でもとにかくこれで釣り針から古長靴をはずせたわと、彼女は思った。トマトケチャップのかかったシュリンプ・カクテルの前菜を断ると、いつも通り、まずはグレープフルーツ、それから鱒のグリルを注文するしかなかった。「お願いだから、鱒にトマトはつけないでね」と頼んだものの、黒人のウェイターが彼女の言っていることを理解していないのは明白だった。料理を待つ間、彼女は面白半分に、チャーリーとヒックスローター氏が一悶着起こすところを想像してみた。話の都合上、ヒックスローター氏は、たまま大学のキャンパスを横切っているところだったという設定にした。「こちらはヘンリー・ヒックスローターさんよ、チャーリー。ジャマイカで、よく一緒に水浴びをしていたの」チャーリーはつねにイギリス製の服を着用し、とても背が高く、とても痩せていて、とてもお腹がへこんでいた。彼の体型は決して崩れない――彼の過敏な神経が、そうならないように気を配っているし、それにおそろしいほど感受性が強いし――それがわかっているのは嬉しいことだった。彼は何にせよ、大きくて雑なものを毛嫌いした。トムソンの『四季』には粗雑さなど一切なく、春を歌った箇所にすら、そうした要素は存在しなかった。

そのとき彼女は背後からゆっくり近づいてくる足音を聞いてびくっとした。「ご一緒させてもらってもいいですかな？」ヒックスローター氏が話しかけてきた。彼は陸地での礼儀作法を思い出したようだったが、それはあくまでも口のきき方に限ったことで、というのも、彼女の返答を待たずにどっかと腰をおろしてしまったからだ。椅子は彼には小さすぎた。まるでシングルベッドにダブルベッド用のマットレスを乗せたかのように、彼の両腿が椅子からはみ出していた。彼はメニューを検討し始めた。

「ここの料理は、まがいもののアメリカ料理ですわ。本物よりもひどいですよ」とメアリー・ワトソンは言った。

「アメリカ料理はお嫌いですかな？」

「鱒にまでトマトがついてくるんですもの！」

「トマト？　ああ、トメイトのことですか」と彼女の発音を訂正しながら、彼は言った。「私はトメイトは大好きですな」

「それに、サラダに生のパイナップルを入れたりとか」

「生のパイナップルには、ビタミンがたっぷり含まれとりますからな」彼はまるで互いの見解の不一致を強調したいとでもいわんばかりに、シュリンプ・カクテル、鱒のグリルにフルーツ・サラダを注文した。彼女の鱒が運ばれてくると、そこには当然のごとくトマトが付いていた。「よろしかったら、あたくしのトマトもどうぞ」と彼女は言い、その申し出を彼は喜んで受けた。「それはご親切に。ほんとにご親切なことで」そう言って、彼はオリヴァー・トゥイストのように皿を差し出した。

　この老人と一緒にいて、彼女は妙にくつろぎ始めていた。これが恋の冒険の相手となるかもしれない男性であったなら、たしかにここまで気楽ではいられないだろう。自分の存在が相手の男性にどういう効果を及ぼしているか、気になって仕方がないだろう。それに比べ、今彼女はこの老人を喜ばせている——トマトをあげたことで——と確信を持って言えた。ことによると彼はなんら特性のない古びた長靴などではなく、履きやすい古靴なのかもしれない。そして妙なことに、彼が初めて声をかけてきたときの様子や、トマトという単語の発音を訂正してみせた態度などから、彼女は古びたアメリカの靴を思い出したのだが、実はその連想は正しくないのかもしれなかった。たしかにチャーリーは、イギリス人風の容姿に、イギリス製の服をまとい、十八世紀のイギリス文学を研究し、その著作は、彼の原稿を買ってくれるはずのケンブリッジ大学出版局によってイングランドで出版されるのだろうが、それでも彼女には、そのチャーリーの造りのほうがヒックスローター氏よりもずっとアメリカ靴に近いように思われた。礼儀作法の完璧なチャーリーですら、もし今日初めてプールで彼女と出会っていたなら、あれやこれやと質問攻めにしてきたことだろう。質問するという行為はアメリカ人の社会生活の主要な一部であり、ひょっとすると焚火を囲んでいたインディアンの時代からの遺産かもしれないと彼女は常々感じていた。「ご出身は？　誰それさんのご一家をご存知？　植物園に行ったことはありますか？」ヒックスロータ一氏は――それが彼の本名であるとして――もしかして出来そこないのアメリカ人なのかもしれない、そんな考えが彼女の脳裏をよぎった。といっても、せいぜい地下のバーゲン品コーナーにおいてある、有名陶器会社の不合格品程度の疵ものにすぎないんじゃないかしら。

気がつけば、彼がトマトを味わっている間に、彼女の方が遠回しにではあるが彼を質問攻めにしていた。「あたくし、生まれはロンドンなんです。ロンドンから六百マイルも行けばもう海でしょう。それ以上先で生まれるとしたら溺れるしかないじゃないですか。でもあなたは、何千マイルも広がる大陸のご出身ですものね。お生まれはどちらですか？」（ジョン・フォード監督の西部劇に登場する人物が、「あんた、どっから来たんかね？」と余所者に問いかけていたのを彼女は思い出した。その問いかけのほうが、彼女よりもずっと率直であった）

彼は答えた。「セント・ルイスですよ」

「まあ、それじゃあここにはお仲間がたくさんいらっしゃるわ。あなた、おひとりじゃありませんわよ」彼があの賑やかな団体の仲間かもしれないと思うと、彼女は軽い失望を覚えた。

「私はひとりですよ」と彼は言った。「六十三号室です」それは別館の三階で、同じ廊下沿いに彼女の部屋もあった。彼はまるでこの先必要になる情報を伝えているとでもいわんばかりに、しっかりした口調で言った。「あなたの部屋から五つ手前の部屋です」

「まあ」

「こちらに到着された最初の日に、あなたが部屋から出てこられるところをお見かけしましてな」

「まったく気づきませんでした」

「気に入ったひとでなければ、こんなことは言いませんよ」

「セント・ルイスからのご一行のなかに、どなたか気に入ったかたはいらっしゃいませんでしたの？」

「セント・ルイスがどうにも好きというわけではなし、セント・ルイスにしたって、私なんぞいなくても平気ですよ。秘蔵っ子ってわけじゃないんでね」

「こちらにはよくいらっしゃるんですか？」

「八月に来るんですよ。八月はお安いですからな」

彼女は驚かされ通しだった。まず彼には郷土愛がなかった。そして次に、金銭のことを、というかむしろ金に不足しているということを隠そうとしなかった。後者については、もはや非アメリカ人的な行為に分類されてしかるべき率直さであった。

「そうですな」

「手頃な価格のところを選ぶしかないんで」その言い方は、ジンラミー（トランプのゲーム）で相手に悪い持ち札をさらけ出すのにも似ていた。

「お仕事のほうは、引退を？」

「そうですな——ずっと前に」そして、こう付け加えた。「サラダをお上がりなさい……体にいいんですから」

「サラダを食べなくても、とても元気ですわ」

「もっと体重を増やしても大丈夫ですよ」そして彼女の体重を目で測ってこう付け加えた。「あと二、三ポンド程度なら」彼女は、そちらこそもう少し体重を減らしてもいいんじゃないですかと言ってやりたい誘惑に駆られた。ふたりはもはや、相手のむき出しの姿を目にしてしまった間柄なのだ。

「ご商売をなさってらしたんですか？」彼女は再び彼に質問を浴びせる側にまわった。プールで初めて会ったときからずっと、彼のほうは一度も彼女に個人的な質問はしなかった。

「まあそうですかな」と彼は言った。このひとは、自分自身にはものすごく無関心なのね、と彼女は感じた。これまでその存在を知ることのなかった新たなアメリカを、今彼女は確かに発見しつつあった。

彼女は言った。「じゃあ、そろそろ失礼して……」

「デザートは召し上がらんのですか？」

「ええ、ランチはいつも軽めにしてるんです」

「代金にはデザートも含まれてますからな。何かフルーツを召し上がるべきだ」彼は白い眉毛の下からがっかりしたように彼女を見つめ、その様子に彼女はほろりとした。

「フルーツはあまり好きじゃありませんの。それに昼寝をしたいので。午後はいつも昼寝をするものですから」

要するに、と彼女は格式ばったダイニング・ルームを抜けながら思った。あのひとががっかりしたのは、あたしがここの格安料金を目一杯利用していないからなんでしょうよ。

自室に戻る途中で、彼女は彼の部屋の前を通った。ドアは開けっ放しで、大柄で白髪の老いた黒人のメイドがベッドを整えていた。中の作りは彼女の部屋とそっくりだった。二つあるダブルベッドも衣装ダンスも同じ、同じ場所に同じ鏡台、エア・コンディショナーの重い響きまでもが同じだった。部屋に戻って冷水の入った魔法瓶を探したが見当たらなかった。それでベルを鳴らし、何分か待ってみた。八月に行き届いたサーヴィスを求めるほうが無理というものだ。彼女は部屋を出て、廊下を歩いた。ヒックスローター氏の部屋のドアはまだ開いたままだったので、メイドはいないかと中にはいってみた。バスルームのドアも開けっ放しで、床のタイルの上には濡れ雑巾が置いてあった。

ほんとに何もない部屋ね。彼女の部屋は少なくとも、ベッドの傍のサイド・テーブルの上に花を数本、写真を一枚、それに本を五、六冊、わざわざ置いてみたおかげで、ひとが住んでいるような雰囲気を醸し出している。それにひきかえ、彼のベッドの脇には、開いたページを下にしたダイジェスト本が一冊あるきりだった。何を読んでいるのだろうと裏返して見てみると——案の定、カロリーやプロテインなどに関する読み物だった。鏡台に書きかけの手紙があるのを目にすると、彼女はいかにも無節操なインテリらしく、廊下の音に注意しながらそれを読み始めた。

「親愛なるジョー」という書き出しだった。「先月はお前からの送金が二週間遅れたから、私は本当に困ってしまった。仕方なく、キュラソー（西インド諸島南部の島でオランダ領）で観光客用の安物の土産屋をやっているシリア人から金を借りたが、おかげで利息を払う羽目になった。利息分の百ドルはお前への貸しとするぞ。お前のせいだからな。空腹で生きる術を、お袋は私たち兄弟に教えてはくれなかった。次の送金には、この利息分を足しておいてくれ、頼んだぞ。でないと、こっちから取りにいく。それはお前の望むところじゃないだろう。八月末まではジャマイカに滞在するつもりだ。八月は安上がりだし、どこもかしこもオランダ人だらけのキュラソーにはうんざりしてしまったからな。妹によろしく伝えてくれ」

手紙はそこで書きかけのまま終わっていた。そのとき廊下を歩いてくる誰かの足音が近づいてきたので、たとえその続きが書かれていたとしても、どのみち読むことはできなかっただろう。彼女がドアのところまで移動したちょうどそのとき、ヒックスローター氏が敷居をまたいで部屋に入ってきた。「私を探しておいでで？」と彼は言った。

「メイドを探してたんです。今さっき、こちらにいるところを見かけたので」

「中に入って、どうぞおかけなさい」

彼はまずバスルームのほうへ行って中をのぞきこみ、次に部屋全体を見回した。彼の視線が一瞬、例の書きかけの手紙のあたりを彷徨ったように思われたのは、おそらく彼女の心に疚しさがあったためだろう。

「メイドが、あたくしの部屋に冷水を持ってくるのを忘れたものですから」

「私のに入っていれば、お持ちになるといい」彼は魔法瓶を振ってたしかめると、彼女に渡した。

「助かりますわ」

「昼寝が終わられたら……」と言いかけたところで、彼女から目をそらした。あの手紙を見ているのかしら？

「はい？」

「一杯やりませんか？」

ある意味で、彼女は罠にかかったのだ。「ええ」と答えるしかなかった。

「お目覚めになったら、電話をください」

「わかりました」彼女は内心びくびくしながら言った。「あなたもお休みになって」

「いや、私は寝ませんよ」彼女が部屋から出て行くのを待たずに彼はくるりと向きを変え、その象のように大きな背中をこちらに向けた。冷水という餌に釣られて罠のなかにまんまと誘い込まれてしまった彼女は、部屋に戻ると、自分の部屋の水とは味が違うとでもいわんばかりに、おそるおそるその水を飲んだ。

3

彼女はなかなか寝付けなかった。例の手紙を読んだあとでは、あの太った年寄りの男が、一個の人間として立ち上がってきてしまった。彼女は先ほどの手紙の文体と、チャーリーのそれとを比べてみずにはおれなかった。「きみにお休みを言ったあとはね、愛しいひと、僕はきみのことを考えながら幸せな気分でベッドに入るのさ」ヒックスローター氏の文章には、よくわからない、どこか曖昧な感じが、危険を匂わせるものがあった。あの老人が危険だなんてことがありえるかしら？

五時半に、彼女は六十三号室へ電話をかけた。それは彼女が思い描いていた類の冒険ではなかったが、それでも冒険であることには違いなかった。「起きました」と彼女は言った。

「こっちで一杯やりますかな？」と彼が尋ねた。

「下のバーで待ち合わせましょう」

「バーはいけません」と彼は言った。「バーボンがあんな値段だなんて、とんでもない。私の部屋にくれば、全部そろってますよ」まるで犯罪の現場に連れ戻されるかのような気がして、彼の部屋のドアをノックするにはいくらかの勇気が必要だった。

部屋に入ると、用意万端整っていた。オールド・ウォーカーのボトル、アイスバケット一杯の氷、ソーダ水が二本。本と同様で、酒があるとその部屋にひとが住んでいる感じがする。自分なりのやり方で孤独感と闘っているのね、彼女はそう思った。

「おすわんなさい、楽にしてくださいよ」と、彼はまるで映画のなかの登場人物のように声をかけた。そしてハイボールを二つ作り始めた。

彼女は言った。「あたくし、罪の意識にひどく苛まれてるんです。さきほどこの部屋に入ったのは、たしかに水が欲しかったからなんですけど、でも好奇心もあったんです。あなたの手紙を読んでしまいました」

「誰かが触ったことはわかってましたよ」と彼は言った。

「ごめんなさい」

「かまうもんですか。弟宛てのつまらん手紙にすぎませんよ」

「あたくし何の権利もないのに……」

「いいですか」と彼は言った。「私があなたの部屋に入って手紙が広げてあるのを目にしたら、それは読みますよ。ただしあなたの手紙ならもっと面白いでしょうがね」

「どうしてですか？」

「私が書くのはラヴレターではないんでね。今まで書いたこともないし、今から書くにはもう歳をとりすぎてますよ」彼はベッドに腰掛けた――ひとつしかない安楽椅子には彼女が座っていたからだ。彼の腹はスポーツシャツの下で何重にも肉が折り重なって垂れ下がっており、ズボンの前が少し開いていた。あそこのボタンをかけ忘れるのは、どうしていつもでぶっちょな男性なのかしら？「このバーボンはいけますよ」彼はそう言って、ぐいと一口あおった。「あなたのご主人は何をやっておられるんですか？」と彼は尋ねた――プールで出会ってから彼が個人的なことを訊いてきたのはこれが初めてだったので、彼女は驚いた。

「ものを書いてるんです、文学について。十八世紀の詩です」と彼女は付け加えたが、こんな場所ではいささか間抜けて響いた。

「ほお」

「あなたは何をなさってらしたの？　引退なさる前はってことですけど」

「あれやこれやですよ」

「それで今は？」

「世間で起きる出来事を観察しています。ときにはあなたのような方と話をする。いや、違うな、これまであなたのような方と話をしたことはないですな」ここで彼が
「大学教授の奥さんなんかとは」と付け加えなかったなら、これはお世辞ととれなくもない言葉だった。

「ダイジェスト本をお読みになるのね？」

「ああ、まあね。本というやつは長すぎますからな――根気がないもので。十八世紀の詩ですか。すると、そんなに昔の時代にも詩は書かれておったんですか？」

「ええ」と彼女は答えたが、茶化されているのかそうでないのか、よくわからなかった。

「学校で習った詩で、好きなやつがありましたよ。頭に残っているのはそのひとつだけですがね。たしかロングフェローの詩だったと思うんだが。ロングフェローを読んだことはおありかな？」

「読んだとは言えませんわ。ロングフェローは、学校ではもうあまり読まれなくなってますから」

「〝口のあたりに髭をはやしたスペインの船乗りたち〟がどうのこうのとか、〝船の

謎とか海の何たら〟がどうしたこうしたとか、そんな詩でね。どうもやっぱり、あんまりよく頭に残ってはいないようで、まあ、あれを習ったのは六十年かそれ以上前のことなんで。全盛期でしたな」

「一九〇〇年代がですか？」

「いや、そうじゃなくて、海賊のことですよ。キッドとか青髭とか、そういった輩がね。この辺は奴らの縄張りではなかったですかな？　このカリブ海の辺りは。ショートパンツでこの辺を歩き回っとるあの女連中を見ると、ぞっとしますな」バーボンの刺激のおかげで、彼の舌はすっかり動きがよくなっていた。

自分以外の人に心底興味を抱いたことなんて、今まで一度もなかった、とそのとき彼女はふいに思った。チャーリーを好きにはなったけれど、彼は性的なこと以外であたしの好奇心を掻き立てたことはなかったし、その性的好奇心ですら、あたしは早々と満足させてしまったんだわ。彼女はヒックスローター氏に問いかけた。「妹さんのこと愛してらっしゃるんですか？」

「ええ、もちろんですが、なぜまたそんなことをお聞きになる？　私に妹がいることを、どうしてご存知なのかな？」

「じゃあジョーのことは？」

「なるほど、たしかにあなたは私の手紙を読まれたようですな。ジョーか、ジョーはいい奴ですよ」

「いい奴？」

「そうさな、兄弟というものがどんなものか、あなたもご存知でしょう。家族のなかで私は最年長でしてね。死んでしまった者がひとりいて。妹は私より二十も年下です。ジョーは財産を築きましてな。奴が妹の面倒を見てます」

「あなたは財産をお持ちでないんですか？」

「以前は持ってましたよ。管理するのが下手でして。だが、あなたとここで飲んでいるのは、私の身の上話をするためではありませんよ」

「好奇心をそそられてしまって。だからあなたの手紙を読んでしまったんです」

「あなたが？　私に好奇心をそそられた？」

「ありえることですわ、でしょう？」

彼女は彼をすっかり面食らわせた。それで彼の優位に立ったので、罠から抜け出せた気がした。もう自由の身であり、ここに来るにせよ出ていくにせよ、自分の好きなようにできる。もう少しこの場に留まるとしても、それは自分がそうしようと思ったからそうしているのだ。

「バーボンのお代わりはどうです？」と彼は言った。「あなたはイギリス人でしたな。ではスコッチのほうがお好みかな？」

「混ぜないほうがいいですわ」

「たしかに」と言って、彼は彼女のグラスに二杯目のバーボンをついだ。「考えておったんですが――たまにはこのちんけな場所からしばらく抜け出してみるのもいいんじゃないかと。通りの先のほうで夕食を取ってみるというのはいかがですかな？」

「そんなの馬鹿らしいわ」と彼女は言った。「あたくしたち、ここの宿代と食事代をもう払ってしまっていますのよ。それにどのみち出てくるのは同じ料理でしょ。アカフエダイにトマト」

「どうしてあなたがトマトを目の敵にするのかわかりませんがね」彼はそう言いつつも、彼女の経済観念に富んだ合理性という良識は否定しなかった。これまで彼女が一緒に酒を飲んだアメリカ人のなかで、彼は立身出世を遂げなかった初めての人物だった。そういった人々は、街には当然いるはずなのだが……しかし彼女の家にやってくる若者たちですら、いまだ不成功という段階にまでは至っていないのだ。でもひょっとしたら、あのロマンス語の教授は大学の総長にまでのぼりつめたいと思ったことがあったのかもしれないし――成功とはあくまでも相対的なものなのだが、それでも成功であることには違いなかった。

彼はまた酒をついでくれた。彼女は言った、「あなたのバーボンを全部いただいてしまうことになるわ」

「惜しくはありませんよ」

すでに彼女はほろ酔いの状態であり、さまざまな事柄――関連性があるような気がしたというだけの事柄だが――が、彼女の頭に浮かんだ。彼女は言った。「ロングフェローの例の詩のことですけど。あれはあのあと――〝青春の思い出は遠い遠い思い出〟といった風に続くんだったわ。きっとどこかで読んだはずなんです。たしかそんな反復句《リフレイン》でしたよね？」

「そうかもしれませんな。覚えとらんのです」

「子供の頃、海賊になりたいと思ってらしたんですか？」

彼は楽しそうと言ってもいいような笑みを浮かべた。「見事成功しましたよ。かつてジョーは私のことをそう呼んでましたな――〝海賊〟とね」

「それなのに、埋めてある財宝なんかはお持ちじゃないのね？」

彼は言った。「あいつは私のことをよく知っているから、百ドルを送ってきたりはしませんよ。だが、私が帰ってくるんじゃないかとひやひやしているなら――五十ドルは送ってくるかもしれませんな。ところが例の利息は、実は二十五ドルなわけです。あいつはケチじゃないがマヌケですよ」

「どうして？」

「私が戻るなどと考えること自体が間違いなんです。妹を傷つけるようなことだけは絶対にしたくないんでね」

「夕食をご一緒にと、私のほうからお誘いしてもよろしいですか？」

「いや、それはいけませんな」ある意味で彼は間違いなく、非常に保守的であった。

「先ほどおっしゃったように——無駄に金を使う必要はありませんよ」オールド・ウォーカーの瓶が半分ほど空いたところで彼は言った。「アカフエダイだろうがトマトだろうが、とにかく何か召しあがったほうがいい」

「あなた本当にヒックスローターというお名前なの？」

「そんなところですよ」

　ふたりはまるでアヒルのように、相手の足の運びに気を遣いながら階下に降りて行った。格式ばったレストランは夕方の熱気にまるまる晒されていたので、ジャケットとネクタイ姿の男性陣は汗まみれになって座っていた。彼らふたりは竹材造りのバーを抜けてパブのほうに入ったが、そこはロウソクが灯されているせいで一層暑かった。

クルーカットの若者がふたり、彼らの隣の席に着いた――彼女が以前見かけた若者たちではなかったが、同じ傾向の男性だった。そのうちのひとりが喋っていた。「彼がある種の文体の持ち主であることは否定しないが、でもね、きみがテネシー・ウィリアムズを崇拝するとしてもだ……」

「どうして弟さんはあなたのことを海賊と呼んだんですか？」

「特に深い意味はありませんよ」

いざ料理を決めるとなると、アカフエダイとトマトを選ぶしかないと思われ、今回もまた彼女は自分のトマトを彼に提供した。おそらく彼のほうでもそれを期待するようになっていたらしく、すでに彼女は習慣に足をとられてしまった形だった。彼は老人であり、彼女がきちんと拒絶できるようなちょっかいをかけてきたことは一度もなかった――彼の年齢の男性が、どうして彼女のような年の女性にちょっかいを出すことなどできるだろう？――それなのにどういうわけだか、彼女はベルトコンベヤーに乗ってしまったという気がするのだった……この先の展開を自分の意のままにすることができなくて、彼女は少し怖かった。いつにない量のバーボンを飲んでしまったが、そうでなければもっと怯えていたことだろう。

「いいバーボンでしたね」彼女は話の接ぎ穂を求めてバーボンを褒めてしまい、たちまち後悔した。これが彼に好機を与えてしまったからだ。

「寝る前にもう一杯やりましょう」

「もう十分飲みましたわ」

「いいバーボンだと悪酔いしません。よく眠れますよ」

「普段からよく眠れるほうなんです」これは嘘だった――プライバシーを守るために夫や愛人につくような、どうでもいい類の嘘だった。テネシー・ウィリアムズについて語っていた若者がテーブルを立った。とても背が高く痩せていて、体にぴったり合った黒のセーターを着ていた。小さくて上品なお尻の輪郭が、ぴったりとしたズボンを通してはっきりとわかった。そこからもう一歩進んで、裸の彼を想像することは容易だった。こんなひどい服装のおでぶの老人と一緒にいるのでなければ、あの若者はあたしのことをちょっとは興味を持って見てくれたかしら、彼女は考えた。そんなことはまずないだろう。彼の体は女性からの愛撫に向くようには作られていなかった。

「私は違う」

「何が違うんですか？」

「私はよく眠れんのです」ずっと無口を通してきたあとで、この思いがけない打ち明け話は驚きだった。それはまるで、その四角い煉瓦のような手を片方ぐいと伸ばして、彼女を自分のほうに引き寄せようとするかのようだった。今まで超然として個人的な質問をはぐらかし、安全だと彼女に思い込ませてきたのに、それが今では口を開くたびに彼女は過ちを犯し、彼をより近くに招き寄せてしまうように定められてしまったかのようだった。バーボンについてのあの罪のない言及までもが……彼女は間の抜けたことを言った。「たぶん気候が変わったせいでしょう」

「気候の変化とは？」

「ここと、それから……えっと」

「キュラソーですか？　大して違わんでしょう。キュラソーでも眠れませんでしたよ」

「いいお薬を持ってますけど……」彼女は軽率なことを口にしてしまった。

「さっきよく眠れるとおっしゃったはずだが」

「あら、いろんなときがありますわ。ときには、単に消化の問題だったりとか」

「そう、消化ですよ。おっしゃる通りです。バーボンは消化にいいはずです。もう食事がお済みなら……」

彼女はパブから竹材造りのバーのほうへ視線を移した。そこでは、先ほどの若者が腰をくねくねさせながら、薄荷のリキュール《クレーム・ド・マーント》のグラスを、珍しい色の片眼鏡のように自分の顔と相手の顔の間にかざしていた。

ヒックスローター氏があきれたように言った。「まさか、あの手のタイプがお好みというわけではないでしょうな？」

「ああいうひとたちは、概して話し上手だったりするんです」

「ああ、話ですか……そんなものがお好みとは」それはまるで彼女が蝸牛とか蛙の足だとかいった非アメリカ的なものを好むとでも言ったかのような反応だった。

「バーボンはあちらのバーで飲みません？　今夜はいつもより少し涼しいようですし」

「それで金を払って奴らのおしゃべりを聞くんですか？　ご免ですな、部屋に戻りましょう」

彼はここで再び古風な礼儀作法に立ち戻り、椅子を引くために彼女の後ろにまわった——チャーリーでさえこんなに礼儀正しくはないけれど、でもこれって礼儀からなの、それともバーへの道をふさいであたしを行かせまいとしてるのかしら？

ふたりは一緒にエレベーターに乗った。黒人のエレベーター・ボーイはラジオをつけており、小さな茶色の箱から「子羊の血」について語っている牧師の声が聞こえてきた。今日は日曜日なのかもしれず、そうすると、彼らのまわりに出来たこの一時的な真空状態——賑やかな団体がひとつ去って、また別の賑やかな団体がやってくるまでの期間——の説明もつく。彼らは島流しにされた招かれざる客のように、誰もいない廊下に出た。ボーイもふたりの後について出てくると、次の乗降合図を待つためにエレベーターの脇の椅子に座ったが、その間もずっと「子羊の血」についての説教が続いていた。あたしは何を怖がっているんだろう？　ヒックスローター氏が、彼の部屋の鍵を開け始めた。このひとは、あたしの父親が生きていたとして、その父よりもずっと年上なのだ。お祖父さんといってもいいくらい——「ボーイがどう思うでしょう？」なんて口実を使うのはご免だし——大体そんな言い草はひどすぎる、彼の態度は終始一貫して品行方正そのものだったのだから。たしかに歳はとっているけど、だからといって彼のことを「不潔」だと考えていい権利が、どうしてあたしにあるというのだろう？

「何なんだ、ホテルの鍵ってやつは……」と彼が言った。「どうしても開かない」

彼女はハンドルを回してやった。「初めから鍵がかかってなかったんですわ」

「バーボン一杯くらい、もちろんまだいけますよ、あんな女々しい若造たちなんぞを目にしてしまったからには……」

しかし彼女はすでに逃げ口上を準備済みだった。「すっかり飲みすぎてしまったようです。眠って酔いを醒まさないと」そして片手を彼の腕に置いた。「ほんとうにありがとうございました……素敵な夜を過ごせました」彼女は自分の英国風のアクセントがどれほど無礼に響いたかを承知の上で、嘲笑う霊気のようにその響きを後に残して足早に廊下を歩き、その場を立ち去った。彼の一番好ましいと思ったところ――よくわからない曖昧な性格、ロングフェローについての記憶、つつましい経済観念――それらすべてを嘲るようなアクセントの響きを後に残して。

自分の部屋の前まできて、彼女は振り返った。彼は中に入るかどうか決めかねているかのように、まだ廊下に立ち尽くしていた。その姿は、かつてキャンパスで通りすがりに見かけた老人のことを、秋の落ち葉が散り敷くなか、箒にもたれて立ち尽くしていたその姿を思い起こさせた。

4

部屋に入ると、彼女は本を取り上げて読もうとした。それはジェイムズ・トムソンの『四季』だった。チャーリーが手紙のなかでこの詩集のどこかしらを引用してきた場合に備えて、旅先まで携えてきたのだ。今初めてこの本を開いたのだが、心ここにあらずだった。

かくていま、日が昇り、霧を払う
その光線の前に、硬い白霜も溶けんとす！
枝という枝、葉という葉に
無数の露の滴がきらめきわたる

あんな無害な老人相手にこんなにびくびくしているようじゃあ、本気の決断を迫られる恋の冒険相手には、とてもじゃないけど立ち向かえなかったわね、と彼女は思った。あたしの歳ともなれば、「男に夢中になる」なんてことはもうないのよ。あたしがチャーリーを信じてきたのが正しかったように、チャーリーもあたしを信じてきたのは正しかったってことが、残念ながらこれで証明されてしまったわ。時差を計算に入れると、ちょうど今頃彼は美術館を出ようとしているか、それともさっきの「子羊の血」から考えて、今日が日曜だとすると、ホテルの部屋で今まさに書き物を終えようとしているところかもしれない。仕事がうまくはかどった日の彼は、いつも新しい髭そり用クリームの広告を思わせた。紅潮し、輝いているような感じ……まるで光輪と一緒に暮らしているようで、彼女はいらいらした。そんなときは声までもが違う響きを帯びてきて、彼女のことを「きみ」と呼び、庇護者ぶった態度でお尻をぽんと叩いたりするのだ。仕事が失敗してぴりぴりしているときの彼のほうが好きだった。失敗といってももちろん一時的なもので、ある思考をとことんまで考え抜くことができなかったといった程度のことであり、またぴりぴりしているといっても、パーティが思った通りでなかったという理由でむずかる子供のようなものであり、それは座礁した岩に永遠に釘付けにされて錆びついてしまった船の骨組みにも似た老人の失敗とは違うのだ。

あたしはなんて見下げ果てた人間なんだろうと、彼女は自分を恥じた。たかだか三十分程度の付き合いすら断られてしまうような一体どんな危険性が、あの老人から感じられるというのか？　座礁した船が岩から離れて、神話のなかのあの極楽島を目指して猛スピードで進んでいけないのと同様、彼にはあたしを襲うなんてことはできないのだ。人事不省の状態を求め、半分空になったバーボンのボトルを前に座っている彼の姿を、彼女は思い浮かべた。それとも、弟に宛てたあの無遠慮な脅迫状を書き終えようとしているのだろうか？　ゆすり屋兼〝海賊〟とともに過ごした今宵のことを、あたしは将来どんな物語に仕立て上げるのだろう――彼女は服を脱ぎながらそう考えて、自己嫌悪にとらわれた。

彼のためにできることがひとつあった。睡眠剤をあげるのだ。彼女は部屋着をはおり廊下に出ると、ひとつまたひとつと部屋を通り過ぎ、六十三号室までやってきた。彼の声がお入りと言った。ドアを開けると、くしゃくしゃになった藤色の太縞模様の綿のパジャマを着てベッドの端に腰かけている彼の姿が、ベッド脇のランプの明かりのなかに浮かんで見えた。「これをお持ちしました……」と言いかけたところで彼が泣いていたことに気づき、彼女ははっとした。目は赤く、夜になって伸びてきた髭で黒ずんでいる頰には、露のような滴が点々と光っていた。これまで男性が泣くところを彼女は一度だけ見たことがあったが、それはチャーリーで、彼の初めての文学論集の出版を大学出版局に断られたときのことだった。

「メイドかと思いましたよ」と彼は言った。「電話で呼び出したんで」

「どんなご用で？」

「バーボンを一杯、一緒に飲んでくれないかと思いましてね」彼は言った。

「そんなにまで話し相手が……？　あたくしがいただきますわ」ボトルは彼女が最後にこの部屋を出たときのまま鏡台の上においてあり、ふたつのグラスもそのままだった――彼女は口紅の痕で自分のグラスを見分けた。「さあ、どうぞ」と彼女は言った。「飲み干してくださいな。そうすれば眠れますよ」

彼は言った。「私はアル中じゃない」

「もちろんです」

彼女は彼と並んでベッドに腰掛けると、両手で彼の左手を握った。その手はかさかさでひび割れており、彼女は爪の甘皮をきれいにしてやりたいと思ったが、考えてみたらそれはチャーリーにしてやっていることだった。

「話し相手が欲しかったんですよ」

「ここにいますわ」

「呼び出し用の灯りは消しておいたほうがいいですな。メイドが来てしまうから」

「オールド・ウォーカーを飲みそこなったってこと、あのメイドはこの先もずっと知らずにいるのね」

ドアの脇の灯りを消してベッドに戻ってくると、彼は背中に枕をあてて、体を変な具合にねじった状態で横になっていたので、またも彼女は、岩にぶつかって後部が破損し、傾いてしまっている船を連想した。彼の両足を持ち上げてベッドの上に乗せようとしたが、まるで採石場のふもとの石のように重かった。

「ちゃんと横におなりなさいな」と彼女は言った。「そんな恰好じゃ、眠れっこないわ。キュラソーでは、話し相手が欲しくなったらどうなさるの？」

「なんとかしますよ」彼は言った。

「バーボンはもう飲み終わりましたわね。じゃあ、灯りを消しますよ」

「あなたの前で恰好をつけてもしょうがない」と彼は言った。

「恰好をつける？」

「私は暗闇が怖いんですよ」

あらあら、と彼女は思った。こんな人を恐れていたなんて、あとで思い返したらきっと笑ってしまうわね。「昔闘った海賊たちがつきまとってくるんですか？」

「私も多少は悪いことをしてきましたよ」と彼は言った。「若い頃にはね」

「誰しもそうじゃありません？」

「送還処分にされるようなことではないですよ」自分の罪を弁明するかのような口ぶりだった。

「この薬をお飲みになれば……」

「まだいてくださるでしょうな――もう少しくらいは？」

「ええ、もちろん。あなたが眠くなるまでここにいます」

「何日も前から、あなたと話がしたかったんですよ」

「声をかけてくださってよかった」

「信じてもらえますかな──話しかける勇気がなかったんです」目を閉じていたならば、ごく若い男性が話していると聞き違えたかもしれなかった。「あなたのような方を私は知らない」

「キュラソーには、あたくしみたいな女性はいないんですか？」

「いませんな」

「まだ薬を飲んでらっしゃらないのね」

「目が覚めなかったらと思うと怖くてね」

「明日はそんなにやることがたくさんおありなの？」

「そうじゃない、永久に目覚めなかったらという意味ですよ」彼は片手を延ばし、何かを探しているかのように彼女の膝に触れた。その手は性欲とは無縁で、まるでしっかりした骨の支えを必要としているかのようだった。「はっきり言いますよ。あなたは見ず知らずの他人だから言えるんです。私は死ぬのが怖いんだ、ひとりぼっちで、暗闇のなかで」

「どこか具合が悪いんですか？」

「さあ、知りたくないんでね。医者にも行きません。医者は好かんので」

「でもどうして死ぬなんてこと……」

「もう七十を過ぎとるんですよ。聖書では寿命と言われている歳だ。いつ何時そうなってもおかしくはない」

「あなたは百歳まで生きますわ」彼女は妙な確信を持って言った。

「だとしたら、この先とんでもなく長い間、怯えながら生きなきゃならん」

「泣いてらしたのはそれが理由？」

「いや。もう少し一緒にいてもらえると思ってたのが、突然行ってしまわれたからです。それでがっかりしたんでしょうな」

「キュラソーでは、ひとりっきりになるようなことはなかったんですか？」

「金を払って、そうならんようにしてますよ」

「さっきメイドに来てもらおうとしてたみたいに」

「ええ、まあそんなところですかな」

それはあたかも、彼女が自ら住むことを選んだ巨大な大陸の内部を、今初めて発見しつつあるかのようだった。これまでアメリカといえばチャーリーのことであり、すなわちそれはニュー・イングランドのことでもあった。ローウェル・トマス（アメリカの作家、旅行家、TV解説者。「一八九二―一九八二」）が陳腐な決まり文句で安っぽく描き出したペインテッド砂漠やグランド・キャニオンがシネラマ上映され、そうした自然の驚異を、彼女は映画や書籍を通して知っていた。マイアミからナイアガラの滝に至るまで、はたまたコッド岬から太平洋側の大絶壁に至るまで、どこにも神秘など存在しなかった。どの皿にも一様にトマトが添えられ、コップの中身といえばコカ・コーラだった。失敗や恐怖を認める人物など、どこに行っても誰ひとりとしていなかった。失敗や恐怖は「もみ消された」罪であり――ひょっとしたら罪より悪いものかもしれない。なぜなら罪には神秘的な魅力があるから――そして下品な悪趣味だった。ところがここに、紛れもない失敗と恐怖がベッドの上で大の字になっており、ブルックス・ブラザーズが自社の製品であることを否認したがるようなストライプのパジャマを着て、恥ずかしげもなく彼女に話しかけてくるのだ。しかもアメリカ訛りを響かせて。彼女はなんだかまるで大惨事――どんな惨事かはわからないが――が起こったあとの、遠い遠い未来に生きているかのような気がした。

彼女は言った。「あたくしはお金じゃ買えなかったのね？　オールド・ウォーカーという餌で釣るしかなかったのね」

彼はそのアンティークの海神《ネプチューン》のような頭を枕から少しもたげてこう言った。「死を恐れているわけじゃない。突然の死なら怖くはない。本当ですよ、あちこち探しまわったくらいだ。怖いのは、やつの絶対確実なやり口なんだ、税金の査定官のように着々と近づいてきて……」

彼女は言った。「もうお眠りなさい」

「眠れない」

「いいえ、眠れますよ」

「あと少しここにいてくれるなら……」

「いますから。安心なさって」

彼女はベッドの上の彼と並ぶような形で、シーツの上に横になった。いくらも経たないうちに彼は深い眠りに落ちたので、彼女は灯りを消した。彼は何度か唸り声を漏らし、一度などは「あなたは私を誤解している」と寝言を言ったりもしたが、そのあとしばらくは死んだように静かに動かなくなったので、その間に彼女も眠った。目が覚めたとき、息づかいから彼も目を覚ましていることがわかった。体が触れ合わないように、彼は彼女から離れて横になっていた。彼女は手を伸ばし、彼の興奮状態を知っても、まったく嫌悪感を覚えなかった。まるで同じベッドで幾夜も一緒に過ごしたかのようで、暗闇のなか、彼が何も言わず、出し抜けに行為に及んできたとき、彼女は満足の溜息を漏らしたほどであった。罪の意識はまるでなかった。二、三日もすれば、おとなしく、慈しみ深く、チャーリーのもとへ、その愛の技巧へと戻っていくのだ。そして彼女はこの出会いのはかなさに少しばかり泣いたが、深刻な涙というわけではなかった。

「どうかしましたか？」と彼が尋ねた。

「いいえ、何でもありません。このままここにいられたらいいんですけど」

「もう少しいて下さい。せめて明るくなるまでは」それももうじきだろう。彼らの周囲に置いてあるカリブ諸島の墓のような灰色の家具の塊の輪郭が、すでに見え始めていた。

「ええ、もちろん、明るくなるまではいますわ。さっき言ったことは、本気じゃないですから」彼の肉体が、彼女のなかからそっと抜け出ようとし始めたが、それはまるで、誰も知らない彼女の子供をキュラソーのほうへと運び去っていくかのように思われて、彼女は思わず彼を引き留めようとした。ほとんど愛したといってもいい、この怖がりのぶよぶよ太った老人を。

彼は言った。「こんなことをしようと思っていたわけではないんだが」

「わかってます。おっしゃらないで。わかってますから」

「要するに、われわれには共通点がたくさんあったわけだ」そう言った彼を落ち着かせるために、そうですねと彼女は答えた。日がまた昇るころには彼は熟睡していたので、起こさないようにそっとベッドから降りて、彼女は自室へ戻った。ドアに鍵をかけると、心を決めて荷造りを始めた。もう立ち去らねばならないときであり、新学期が始まろうとしていた。後に彼のことを思ったとき、それにしても一体ふたりの何が共通していたのだろうと彼女は訝しんだ。もちろん、彼らのいずれにとっても、たしかにジャマイカの八月は安上がりではあったのだけれど。

ショッキングな事故

A Shocking Accident

加賀山卓朗訳

痛ましいけれども、聞けば誰もが笑ってしまう事故に父親がみまわれたとき、息子は他人にどう説明するか――たったこれだけの材料から、グリーンはなんとも微笑ましい珠玉の短篇を書いた。その完成度の高さと手頃な長さからか、各国の英文学の講座でも取り上げられているようだ。

それにしても、ナポリにこんな情景があったのだろうかと思って検索してみると、たしかにローマやフィレンツェなどより雑然としていて、活気がありそうだ。狭い通りの両側に高い住居が鮨詰めで並んでいるさまは、アジアなら香港を連想させるが、バルコニーで例のものを飼っている画像はついに出てこなかった……。

（訳者）

1

　ジェロームは木曜の朝、二時限目と三時限目のあいだに舎監室に呼び出された。叱られる心配はなかった。なんと言っても〝世話係〟だったから。〝世話係〟は、学費が高いこの私立小学校の経営者兼校長が、低学年のなかで信頼に足ると認定した子に与える称号だった（〝世話係〟は出世すると〝監督係〟になり、卒業前には〝聖戦士〟になって、願わくはマールボロかラグビーのパブリックスクールに進学する）。舎監のワーズワース氏は、途方に暮れたような、不安げな表情で机についていた。ジェロームには、なんだか自分がその不安の原因だという気がした。

「坐りなさい、ジェローム」ワーズワース氏は言った。「三角法はちゃんと理解できているかね？」

「電話があったのだ、ジェローム、伯母上から。残念だが、悪い知らせがある」

「悪い知らせ？」

「父上が事故に遭われた」

「はあ」

ワーズワース氏は意外そうな顔でジェロームを見た。「深刻な事故だったのだ」

「そうですか」

ジェロームは父親を崇拝していた——文字どおりの意味で。人間が神を再創造したように、ジェロームも父親を、落ち着きのないやもめの作家から、はるか遠いニースやベイルート、マジョルカ島、カナリー諸島まで旅している謎めいた冒険家へと再創造していた。八歳になるころには、父親は〝銃の密輸〟をしているか、イギリス情報部員だと信じこんでいた。だから事故と聞いて、ことによると〝マシンガンの弾を雨霰と浴びて〟大怪我をしたのかもしれないと思った。

ワーズワース氏は机の上の定規を弄んでいた。どう話を続けようかと迷っているようだった。「父上がナポリにいたのは知っているね？」

「はい」

「今日、伯母上に病院から連絡があった」

「はあ」

ワーズワース氏は絶望した面持ちで言った。「通りで起きた事故だった」

「はい？」〝通りで起きた事故〟はいかにも彼らが使いそうな表現だとジェロームは思った。もちろん警察が先に発砲したに決まっている。父さんはほかにどうしようもなくなるまで、人の命を奪ったりしない。

「残念ながら、たいへんな重傷だった」

「はあ」

「じつは、ジェローム、父上は昨日亡くなられたのだ。苦痛はなかった」

「心臓を撃たれたのですか？」

「失礼？　いまなんと言ったね、ジェローム？」

「お父さんは心臓を撃たれたのですか？」

「誰にも撃たれてなどいないよ、ジェローム。豚が落ちてきたのだ」ワーズワース氏はなぜか顔をぴくぴくと引きつらせた。一瞬、どう見ても笑いだしそうな表情になった。眼を閉じ、顔の引きつりを抑えて、さっさと吐き出さなければと思っているかのように猛烈な早口で続けた。「父上がナポリの通りを歩いていたところ、上から豚が落ちてきた。ショッキングな事故だ。ナポリの貧しい地区ではバルコニーで豚を飼っていてね。その豚は五階にいた。太りすぎて、バルコニーが壊れた。で、その豚が父上を直撃した」

言うなりワーズワース氏は机から立ち、窓辺に寄ってジェロームに背を向けると、感情に打たれて体を震わせた。

ジェロームは言った。「豚はどうなりました？」

2

その問いを発したのは、ジェロームが血も涙もない少年だからではなかった。が、ワーズワース氏はそう解釈して、同僚に言いふらした（ジェロームを世話係にするのは早すぎたのではないかと相談までして）。ジェロームはただ、その珍奇な場面を思い描いて、細かいところまで理解しようとしていただけだ。彼は泣いたりせずに、胸にしまいこむ少年でもあった。小学校では、父親の死をめぐる状況が滑稽だなどとは夢にも思わず、それもまた人生の謎のひとつぐらいにとらえていた。パブリックスクールに入った最初の学期で、親友に初めて話して、他人の受け止め方がおぼろげにわかってきた。その告白のあと、自然ななりゆきと言えなくもないが、理不尽にも校内で〝ブタ〟と呼ばれるようになったからだ。

あいにくジェロームの伯母はユーモアを解さない人だった。家のピアノの上には、彼の父親の引き伸ばした写真が飾ってあった。カプリ島でファラリオーニの奇岩を背景に、場にそぐわないダークスーツを着て、（日射病を避けるために）傘を差している哀れな大男。さすがに十六歳になるころには、ジェロームにも、写真の男はイギリス情報部員というより、『日向と日陰』や『バレアレス諸島散策』の著者らしく見えたが、それでも父親の思い出を大切にして、異国の絵葉書を集めたアルバムは取ってあった（切手のほうはとっくに蒸気ではがして、別のコレクションに入れていた）。だから、伯母が見知らぬ相手に父親の話をしはじめると胸が痛んだ。

「ショッキングな事故でしたのよ」伯母はよくそう切り出した。すると見知らぬ人は、その場にふさわしい興味と同情がないまぜになった顔をする。むろんどちらの反応も本心からではないが、ジェロームにとって最悪なのは、伯母の長ったらしい話の途中でそれが突然、本物の興味に変わることだった。「文明国でそんなことが許されるなんて、どうしても思えませんの」伯母は言った。「イタリアは文明国と見なすべきですよね、たぶん。もちろん海外ではあらゆることに備えておかなければなりませんし、弟はその点、掛け値なしに立派な旅行者でした。いつも濾過器を持ち歩いていましてね。現地でいちいちボトル入りのミネラルウォーターを買うより、よっぽど安上がりですから。濾過器で節約したお金で夕食のワインが飲めるといつも言っていました。どれほど用意周到な人間か、おわかりでしょう。けれどいったい誰が想像できます？　ドットーレ・マヌエレ・パヌッチ通りを海洋博物館へ歩いていたときに、豚が落ちてくるなんて」その瞬間、相手の興味が本物になるのだった。

ジェロームの父親は超一流の作家ではなかったが、誰であれ作家が亡くなると、手間暇かけて《タイムズ文芸付録》に手紙を送り、故人の伝記の準備をしているので直筆の手紙や文書、友人が語った逸話などがあれば見せていただきたい、という人がかならずいるようだ。当然ながら、そういう伝記が世に出ることはほとんどなく、結局、恐喝か何かの犯罪に使うための作り話か、たいがいカンザス大学だかノッティンガム大学だかを卒業する手段として伝記や論文を書いているのだろうということになる。しかし、公認会計士になり、文芸界からかけ離れた生活を送っていたジェロームには、その手の犯罪がめったにないことも、父親ほど名もない作家が危険にさらされる時期などとっくにすぎていることもわからなかった。父親の死の滑稽な要素を最小限にする話し方を、ひとりで練習することもあった。情報提供を拒んでも意味はない。その場合、伝記の執筆者は、老いてなお矍鑠《かくしゃく》とした伯母のところに行くに決まっているからだ。

ジェロームにはふたつの話し方があるように思えた。まずひとつは、事故にごくゆっくりと近づく方法。すると聞くほうは話の落ちを待ちすぎて、死の場面が来てもあっけなく感じる。この種の話で笑いを引き起こす危険な要素は、意外性だ。だからリハーサルでは出だしにすこぶる退屈な話を持ってくるようにした。

「ナポリはご存知ですね？　高い建物がたくさんあって、間借り人が大勢住んでるのも？　人から聞いたんですけど、ナポリの人はニューヨークに行くと懐かしく思うらしいですね。トリノの人がロンドンでそう感じるように。街の川の流れ方が似てるんだそうです。なんの話をしてましたっけ？　あ、そうだ、ナポリでした、もちろん。貧しい地区の高層住宅のバルコニーに、みんなが何を置いてると思います？　聞いて驚かないでくださいよ。洗濯物でもないし、鉢植えでもない。じつは家畜を飼ってるんです、鶏とか、なかには豚まで。当たりまえですけど、豚はまったく運動をしないから、ものすごい勢いで太ります」このころには聞き手の眼がどんよりしているのが容易に想像できる。「どのくらい重くなるかなんて見当もつかない。でしょう？　でもああいう建物はどれも古くて、すぐにでも修繕しなければいけない状態です。豚を飼っていたある五階のバルコニーが壊れました。落下した豚は途中で三階のバルコニーに当たって跳ね、通りに落ちていった。そして、ちょうど海洋博物館に向かって歩いていた父の上に落ちたんです。落下の高さと角度のせいで首の骨が折れました」本来興味深い話を退屈にする、なかなかの芸当だった。

もうひとつジェロームが練習したのは、簡潔さで勝負することだった。

「父は豚に殺されたんです」

「本当に？　インドで？」

「いや、イタリアで」

「それはまた。イタリアに猪突きがあったとは知らなかった。お父さんはポロの愛好家だったんですか？」

やがてジェロームは、公認会計士としての能力を活用して統計をとり、平均値でも調べたかのように、遅すぎも早すぎもしない年齢で婚約した。相手は性格温厚、すっきりした顔立ちの二十五歳で、名前はサリー、父親はピナーの医師、好きな作家はいまだにヒュー・ウォルポール。五歳のときに眼が動いておしっこをする人形をもらって以来、赤ん坊が大好きだった。ふたりの関係は、公認会計士の恋愛らしく熱烈というより満ち足りたもので、数字とかかわらないからこそうまくいっていた。

しかし、ジェロームはあることで悩んでいた。一年以内にみずから親になるかもしれないという立場になって亡父への思いが募り、父親の絵葉書にどんな愛情がこめられていたのかがわかった。その思い出を守りたい気持ちがあって、父の死の話をサリーが聞いて笑いでもしたら、いまの静かな愛情を保つ自信がなかったのだ。伯母宅の食事にサリーを連れていけば、嫌でもその話を聞くことになる。何を気に病んでいるのかサリーは当然知りたがり、ジェロームも何度か自分の口から話そうとした。

「お父様が亡くなったときには、まだ小さかったんでしょう？」

「九歳だった」

「可哀相に」

「学校にいたときに知らされたんだ」

「聞いてつらかった？」

「憶えてないな」

「どうして亡くなったのか聞いてないわ」

「本当に突然でね。通りで起きた事故だった」

「あなたは車のスピードを出さないでしょう、ジェミー？」（サリーは彼のことを

〝ジェミー〟と呼ぶようになっていた）すでに第二の方法——ジェロームが心のなかで〝猪突き〟と名づけた方法——でいくには遅すぎた。

ふたりは登記所で慎ましく結婚することになっていた。新婚旅行は南岸のトーキーだ。伯母に会いにいくのは結婚の一週間前まで避けていたが、ついにその夜が来てしまった。ジェロームには、心配しているのが父親の思い出なのか、自分の愛情なのかわからなくなった。

その瞬間はいきなり訪れた。「これはジェレミーのお父様ですか？」サリーが傘を差した男の肖像写真を手に取って尋ねた。

「ええ、そうよ。どうしてわかりました？」

「ジェミーと眼と眉がそっくりだから。そっくりじゃありません？」

「ジェロームは弟が書いた本を貸してくれた？」

「いいえ」

「結婚祝いにひとそろい差し上げましょう。旅行について本当に愛おしむように書いているのよ。わたくしが好きなのは『隅から隅まで』。きっと立派な作家になったのにね。だから、あのショッキングな事故がなおのこと残念なの」

「そうですか」

ジェロームは部屋から出たくなった。愛する人の顔に笑いを懸命にこらえるしわが寄るのを見たくなかった。

「読者からたくさん手紙が届いたんですよ、弟の上に豚が落ちてきたあと」これほど唐突な説明は初めてだった。

そこで奇跡が起きた。サリーは笑わなかった。眼を恐怖に見開き、伯母の話を最後まで聞くと、「なんて怖ろしい」と言った。「考えてしまいません？　そんなことあるのかって。それほど突然に」

ジェロームの心は喜びの歌を歌った。恐怖をサリーが永遠に忘れさせてくれた気がした。帰りのタクシーのなかで、彼女にそれまで以上の情熱をこめてキスをした。サリーもキスを返した。彼女の薄青の瞳のなかには、眼をくるくるまわしておしっこをする赤ん坊がいた。

「いよいよ来週だ」ジェロームは言った。サリーは彼の手を握った。「何を考えてるんだい、ダーリン？」

「思ってたの」サリーは言った。「可哀相な豚はどうなったんだろうって」

「まあまちがいなく、食べられただろうね」ジェロームは幸せそうに言ってもう一度、愛しくてたまらない相手にキスをした。

見えない日本の紳士たち

The Invisible
Japanese Gentlemen

高橋和久訳

日本人男性について書かれていると期待して読むと裏切られるかもしれない。彼らは「見えない」のだから。ただし、彼らは完全な透明人間ではなく、小説家と覚しき語り手の聊か皮肉のこもった視線に捉えられているので、この短篇は、小説を書くことの前提となる見ることと或いは観察をテーマにしていると言えるだろう。作家デビューを控えた若い娘と婚約者との会話にそれは明らかである。若さゆえ、だけではないかもしれないその娘の錯誤に対する揶揄は結末で決定的になるが、実はそれが作品全体のトーンを支配している。娘を見る語り手はそれくらい成熟した大人の小説家らしい。読者としてはそこに作者グリーンを重ねたくもなる。しかし、果たしてこの語り手に娘への嫉妬の感情がないのかどうか。さらに、語り手の思い描く人物像が途中で変化する点も見逃せない。何かを「見る」のはとても難しいことかもしれない。

(訳者)

日本紳士が八人、ベントレーの店（ロンドンに実在する高級レストラン。魚料理で有名）で魚料理を食べていた。周りのものに分からない彼らの言葉を交わすことはまれだったが、常に奥ゆかしい微笑みをたたえ、しばしば軽く頭を下げる動作を添えるのだった。一人を除いて全員がメガネをかけていた。時折離れた窓際の席にいるかわいらしい娘が何気なく彼らに視線を投げるのだったが、我が身に降りかかった問題が大きすぎて、自分と連れの相手以外、世界中の誰にも本気で関心を持つことはできないようだった。

淡いブロンドの髪をした彼女の顔はかわいらしく、摂政時代（ジョージ三世の病気の間、皇太子が摂政を務めた一八一一－二〇年）の「華奢な」感じを混え、細密画を思わせる卵形をしていた。とはいえ、その話し方にはどこかきつい調子――卒業したのがそれほど昔ではないロウディーンやチェルトナム女子といった名門女子校に特有のものではないかと思われる口調――が窺えた。婚約指輪をはめる指に男がよく使う認印つきの指輪をはめていて、日本紳士の団体を間にはさんでわたしがテーブルに着いたとき、「だからね、来週にも結婚できるのよ」と言ったのだった。

「そう？」

相手の方はいささか混乱しているようで、空になった二人のグラスにシャブリを注いで言った、「それはそうかもしれないが、母さんがね……」そこからの遣り取りが少し聞き取れなかったのは、最年長の日本紳士がテーブルに身体を乗り出すようにして微笑みながら小さく礼をして、大きな鳥小屋から聞こえる呟きのように途切れなく何かを口にし、その間、全員が彼の方に身を屈め、微笑みつつその話を拝聴するので、わたしも思わず彼の方に気を取られてしまったからだった。

娘のフィアンセは顔立ちが彼女に似ていた。二人一緒にいるところは、白木のパネルに並べて掛かっている二つの細密画像を思わせなくもない。この若者は、ある種の気の弱さや感じやすさが昇進の妨げにならなかった時代のネルソンの海軍なら、青年将校になっていたのではないか。

彼女が言った、「前渡しで五百ポンドくれるの。それにペイパーバックの版権ももう売れているし」具体的な商売の話が露骨に出てきたのは驚きだった。さらに娘がわたしと同業の一人だというのも驚きだった。とても二十歳を越えているとは思えない。もっとましな人生の選択があろうというものだ。

彼が言った、「でも叔父が……」

「叔父さんとは反りが合わないのでしょう。こちらの話に乗ればすっかり独立できるじゃない」

「独立するのは君の方だろう」彼は恨みがましく言った。

「ワイン商なんて、向いているもんですか。出版社にあなたのこと話したら、とても好感触なの……まずは少し読まなくちゃならないけれど……」

「でも本のことなど何一つ知らないよ」

「最初はわたしが手伝うわ」

「物書きは副業としてなら悪くない、と母さんが言っているけれど……」

「五百ポンドにペイパーバックの版権料の半分となれば、副業と言っても相当堅実じゃないこと」彼女は言った。

「このシャブリ、なかなかいいんじゃない？」

「そうね」

わたしは若者についての見方を変え始めた——難局を乗り切るネルソン流の手際のよさなど持ち合わせていない。ああした人間は敗北するのが運命なのだ。敵艦たる娘は彼の舷側に近づき、船首から船尾まで掃射を浴びせた。「ミスター・ドワイトが何と言ったか分かってる？」

「ドワイトって誰さ？」

「ほんとうに、ひとの話を聞いていないんだから。わたし担当の出版社の人。小説第一作でこれほど鋭い観察眼を示したものはこの十年、読んだことがない、って言ってくれたのよ」

「それはすごい」彼は悲しげに言った、「すごいよ」

「ただ、タイトルを変えるべきだって」

「それで？」

「『音の絶えぬ川の流れ』はお気に召さないの。『チェルシー一派』にしたいって」

「それで君は？」

「同意したわ。第一作では担当者の気分を損なわないようにするのがとても大事でしょう。とくに今回、わたしたちの結婚費用を払ってくれるのは、事実上彼ということになるんですものね」

「君の言うことは分かるよ」彼は心ここにあらずといった様子で、シャブリをフォークでかき回した――婚約前にはいつもシャンパンを注文していたということだろうか。日本紳士たちは魚料理を食べ終え、片言の英語ではあるがあくまで礼を尽くした丁重な態度で、中年のウェイトレスにフレッシュ・フルーツのサラダを注文しているところだった。娘は彼らを見遣り、それからわたしに目を向けた。しかし彼女が見ていたのは未来だけだったと思う。わたしは彼女に、『チェルシー一派』という第一作を支えに築かれる未来を当てにしてはいけない、と警告したいと心底思った。若者の母親と同意見だったのだ。屈辱的な思いはあったが、おそらくわたしは彼女の母親と同じくらいの歳だろう。

彼女に言ってやりたかった――君は担当者が真実を語っていると確信を持てるのか？　出版側も人間だ。若さやかわいらしさを備えたものの美点を過大評価することがないとは言えない。『チェルシー一派』は五年経っても読まれるだろうか？　何年にも及ぶ苦労、つまりは「何もまともに書けない長期間のスランプ」（桂冠詩人にもなったイギリスの文人、ジョン・メイスフィールドの物語詩『ヘボ絵描き』〔一九一三〕中の句）に対する覚悟はできているのか？　歳月を経るにつれ、書くことが楽になるどころか、日々の苦労が耐えがたいものになり、その「鋭い観察眼」とやらも衰えてくるだろう。四十代に入ったときには、将来性ではなくそれまでの実績で評価されることになるのだ。

「次の小説ではサントロペのことを書くつもり」

「君がサントロペに行ったことがあるとは知らなかった」

「行ったことないわ。新鮮な目がとっても重要なのよ。わたしたち、六ヵ月ほどそこに腰を落ち着けるのも悪くないんじゃない」

「そのころには前渡し金もあらかたなくなっているんじゃないか」

「前渡し金はあくまで前渡し金よ。五千部売れた後は十五パーセント、一万部から先は二十パーセントの印税が入るわ。それにもちろん、次の本を書き終えれば、また前渡し金を支払ってもらえるわけでしょ。『チェルシー一派』がたくさん売れれば、前渡し金も大きくなるわ」

「売れなかったら」

「ミスター・ドワイトが売れるって言っているもの。あの人には分かるはず」

「叔父さんは、初任給で年千二百ポンドくれると言っているんだ」

「でもそうなったら、あなた、サントロペに来られないじゃない？」

「君が戻ってきてから結婚する方がいいのかも」

娘の言葉には棘があった、「『チェルシー一派』がある程度売れたら、戻ってこないかもしれないわ」

「そんな」

娘はわたしと日本紳士たち一行に視線を投げた。ワインを飲み干す。彼女は言った、

「これって喧嘩かしら？」

「違うよ」

「次の本のタイトルを思いついたわ――『碧青』よ」

「碧って青のことだと思っていたけど」

娘は失望の目で若者を見た。「本当は作家と結婚したくないんでしょう？」

「君はまだ作家じゃないだろう」

「生まれながらの作家よ――ミスター・ドワイトがそう言うの。わたしの鋭い観察眼は……」

「分かってる、それは聞いたよ。でももっと手近なところで観察眼を働かせるわけにはいかないのかな？　ここロンドンで」

「それはもう『チェルシー一派』でやったわ。同じことをやりたくはないの」

かれらの脇にはしばらく前から伝票が置かれていた。若者が支払いのために財布を取り出したが、娘は引ったくるように伝票を摑んで、彼に触れさせなかった。彼女は

言った、「これはわたしのお祝いよ」

「何の？」

「『チェルシー一派』に決まっているでしょ。あなたって外見はとても魅力的だけれど、ときどき——こう言ってよければ、少しも物事を結びつけて考えないのね」

「ぼくはつまり……君がよければ……」

「いいえ、これはわたしが払うの。それともちろんミスター・ドワイトがね」

若者は仕方なく彼女に従ったが、ちょうどそのとき、日本紳士のなかの二人が同時にしゃべり出し、それから出鼻を挫かれたみたいに急に口を噤んで、互いにお辞儀を交わしていた。

最初この若い二人はよく似た細密画像だと思えたのだが、実際は何と好対照な二人だろう。かわいらしさの種類が同じでも、そこには弱さもあれば強さもあるのではないか。摂政時代にこの娘のような女性がいたら、麻酔の助けを借りずに子供を十人ほども生んだことだろうし、対する男の方は、ナポリで最初に出会った黒い瞳にころりと騙されてしまっただろう。娘の書棚にはいつの日か十冊ほどの著書が並ぶだろうか？　その著書もまた麻酔薬を使わずに生まれてこなければならないのだ。願わくば『チェルシー一派』が結局は失敗作に終わり、その挙句、彼女は写真のモデルとなる一方、彼はセント・ジェイムズ地区（ロンドンのお洒落な地区）でワイン商を堅実に営むということにならぬものか、とわたしは考えるのだった。この娘を彼女の世代のミセス・ハンフリー・ウォード（英国の小説家で婦人参政権反対の論陣を張ったことで知られる〔一八五一－一九二〇〕）として考えたくはなかった――何もそこまで長生きしようというわけではないが。老年は夥しい数の恐怖が現実のものとなることから我々を救ってくれる。ドワイトの出版社はどこなのだろう。彼女の鋭角的な観察眼について、彼がすでに本の袖広告用に誇大な宣伝文句を書き上げていることは想像に難くない。もし彼が賢ければ、カバーの裏に写真を載せるだろう。出版側と同様、書評をするのも人間であり、また彼女はミセス・ハンフリー・ウォードに似ていないからである。

二人がレストランの端でコートを探しながら言葉を交わすのが聞こえた。若者が言った、「あの日本人たちはここで何をしているんだろう？」

「日本人？」娘が言った。「どんな日本人よ？　あなたってときどき掴みどころのないことを言うから、わたしと結婚する気なんて全然ないんじゃないかって思うわ」

考えるとぞっとする

Awful When You Think of It

越前敏弥訳

母親が主人公に赤ん坊を託して席を立った、つかの間の出来事を描いた掌篇。ほんのわずかのあいだに、主人公の頭のなかで目まぐるしくドラマが展開する。はた目には赤ん坊をあやしているようにしか見えない穏やかな風景のなかで、言い知れぬ緊迫感をはらんだサスペンスがひそかに進行している。見かけの「静」と、内面の「動」の対比が面白い。

グリーンは、生後八、九ヵ月のころに起こったある出来事をはっきりと記憶していて、ことばを覚えたあとでそのときの話をして母親を大いに驚かせたことがあるという。そんな経験を持つグリーンにとって、赤ん坊は、無垢なばかりで何も理解できない無力な存在ではなかったのだろう。赤ん坊に大人の姿を重ねて対話するこの風変わりな主人公からも、そんなグリーンの実像を垣間見ることができる。（訳者）

その赤ん坊が編みかごのなかから顔をあげ、ウィンクを送ってきたとき——列車がレディングとスラウのあいだのどこかを走っていたころ——向かいの席にすわっていたわたしは、落ち着かない気分になった。赤ん坊にひそかな楽しみを見透かされた気がしたのだ。

人というものは恐ろしいほどに変化しない。むかし教室で席を並べていて、傷やインクの染みだらけの机にすわっていた級友と、四十年ぶりに街で出くわし、不愉快な記憶までよみがえるなどということも、そう珍しくはない。人は赤ん坊のころから未来の姿を中に宿している。服装などで変えることはできない。服装は個性を包む枠型にすぎず、個性というものは鼻の形や目の表情と同じで、ほとんど変わることがない。

列車に乗ると、赤ん坊の顔から未来の姿を想像するのがわたしのいつもの楽しみだった。末はバーの常連か遊び人か、はたまた、華やかな結婚式に決まって顔を出す男か。その赤ん坊に、ハンチングなり、グレーのシルクハットなり、わびしい、またはきざな、もしくは陽気な、未来の枠型を与えてやるだけでいい。だが、わたしはつねづね、どこか小ばかにしながら赤ん坊をながめていて、（向こうは気づきもしないだろうが）自分のほうが世知に長けているつもりだったから、先週の出来事は驚きだった。そんな赤ん坊のひとりが、わたしが観察していることに気づいたばかりか、まるでわたしの思い描いた未来の姿をみずから見通しているかのように、心得顔で目配せを送ってきたからだ。

その赤ん坊は向かいの席にひとり取り残されていた。若い母親が少し前に席を立っていたからだ。そのとき母親は、ちょっとのあいだ、うちの子をお願いしますねとでも伝えるように微笑みかけてきた。だって、この子が危ない目に遭ったりするはずがないでしょう？（母親はその子の性別について、わたしほどは確信が持てなかったのかもしれない。もちろん、おしめに覆われた部分がどんな形をしているかは知っていただろうが、形というものは人の目を欺きうる——個々の部分は変化するものだし、手術もできる）そして、母親には見えないものがわたしの目には映っていた。斜めにかぶった山高帽と、腕に掛けた傘だ（もっとも、その腕はピンクのうさぎたちが描かれた上掛けに覆われて見えなかったのだが）。

　母親が無事に車輛から出ていったのを確認すると、わたしはかごの上にかがみこみ、その赤ん坊に問いかけた。そこまで踏みこんで探りを入れたのは、はじめてだった。

「なんにする？」わたしは言った。

　彼は白い泡をぶくぶくと吹いた。端のほうは茶色がかっている。その意味は一目瞭然で、「ビター・ビールの強いやつを一杯」と言っているのだ。

「このところ顔を出さなかったじゃないか、ほら、いつもの店にさ」わたしは言った。

　彼はにやっと笑って答をはぐらかし、またウィンクをした。言うまでもなく、その意味はこうだ。「もう一杯どうだ？」

　こんどはわたしが泡を吹いた——それがふたりの共通言語だ。

　首がほんの少しかしいだ。人に聞かせたくない話があるらしい。

「何かつかんだのか」わたしは尋ねた。

　誤解しないでもらいたい。わたしが知りたかったのは競馬の情報ではない。ピンクのうさぎの模様の上掛けに覆われて、腰のあたりは見えなかったが、彼がダブルのヴェストを着ていて、競馬などやらないことはじゅうぶん承知していた。わたしは母親がいつもどってくるかと気が気ではなく、口早に言った。「わたしが使っている仲買業者は、ドルースにデイヴィスにバローズだ」

血走った目がこちらを見あげた。口の端からよだれが垂れ、筋ができかけている。わたしは言った。「わかってるよ。やつらの評判はいまひとつだと言うんだろう。でも、いまは百貨店の株を勧めてくるんだ」

彼は苦しげな泣き声と思われる甲高い音を発した。放屁の音のようにも聞こえたが、そうではあるまい。彼のクラブには駆風剤を置く必要がないはずだ。わたしは言った。「そういうのは賛成できないな」彼は泣くのをやめ、小さな泡を吹いた。白くてしっかりとした泡で、唇にしぶとくこびりついている。

意味するところはすぐにわかった。「こっちが払う番だ」わたしは言った。「その「そろそろストレートでもやるかい」

彼はうなずいた。

「スコッチはどうだ」信じる者は少ないだろうが、彼は一、二インチ顔をあげ、たしかにわたしの腕時計に目をやった。

「ちょっと早すぎるって？　じゃあ、ピンク・ジンは？」返事を待つまでもなかった。「大きいグラスで頼むよ」わたしは幻のバーテンに向かって言った。

　すると、彼が唾を吐きかけてきたので、わたしは付け加えた。「苦いのを抜いて」

「さあ」わたしは言った。「乾杯だ。前途を祝して」わたしたちは満ち足りた笑みを交わした。

「きみが何を勧めるつもりなのか知らないがね」わたしは言った。「煙草会社はいまがほぼ底値だろう。たとえばインペリアル社は、三〇年代のはじめには八十シリングもしたのに、いまじゃ六十シリング以下で手にはいる。肺癌になるなんて脅しがいつまでも通用するとは思えないよ。人間には楽しみが必要だからね」

　楽しみということばを聞いて、彼がまたウィンクをし、そっとあたりの様子をうかがったので、どうやらわたしはお門ちがいの話をしていたらしいと気づいた。彼がさっきからしたがっていたのは、市況の話などではなかったようだ。

「きのう、おもしろい話を聞いたんだがね」わたしは言った。「ある男が地下鉄に乗ったら、そこにいい女がいて、ストッキングの片方がずり落ちかけて……」

　彼はあくびをし、目をつぶった。

「すまん。ありきたりだったかな。きみが何か話してくれ」

　それで赤ん坊がどうしたかって？　小癪にもわたしの挑戦に応じようとしたのだ。

ところが、彼は自分自身のジョークを思いきり楽しむたぐいの人間だったので、口を開いたものの、出てきたのは笑い声だけだった。笑ってばかりで、ろくに話すことができない。笑いだし、ウィンクをしては、また笑いだす——さぞおもしろい話だったはずなのに。それを聞いておけば、わたしはあちらこちらで歓迎され、数週間はごちそうにありつけただろう。かごのなかで腕と脚がぴくぴくと動き、手がピンクのうさぎたちのあいだから突き出ようとしていたが、急に笑い声がやんだ。彼がこう言うのが聞こえたような気がした。「あとで話すよ、相棒」

そのとき、母親が車室の扉をあけた。「あら、あやしてくださったのね。ありがとうございます。赤ちゃん、お好きなんですか」母親はそう言って、あの顔つきで——口や目のまわりを愛情深い皺でくしゃくしゃにして——見つめてきたので、わたしは思わず調子を合わせて、愛想よく善人面で答えようとしたが、その瞬間、赤ん坊がこちらを恐ろしく険悪な目でにらんでいるのに気づいた。

「いえ、実を言うと」わたしは言った。「そうでもないんです。ほんとうはね」小石のような青い瞳にじっと見つめられて、わたしは何もできなくなり、とりとめもなくつづけた。「なんと言うか……自分に子供がいないので……魚なら好きなんですが……」

　ある意味で、わたしの労は報われたと言えるだろう。赤ん坊はずっと泡を吹きつづけていた。満足していたにちがいない。なんと言っても、仲間の母親にちょっかいを出すのはまずい。同じクラブに属する同胞なら、なおのことだ——というのも、二十五年後に彼が所属するクラブがどこなのかを、わたしはすぐに否応なく悟ったからだ。「こっちの番だ」いまや、はっきりとそう言うのが聞こえた。「ウイスキーのダブルをみんなに」わたしとしては、せめて自分がそのときまで生き永らえないように願うばかりだ。

医師クロンビー

Doctor Crombie

越前敏弥訳

この作品の舞台は、バンクステッドという地名に変えられてはいるが、グリーンの故郷バーカムステッドだと考えてよいだろう。グランド・ジャンクション運河を行く色鮮やかな艀も、自伝に描かれた風景そのままである。グリーンは自伝のなかで、「ここバーカムステッドにこそ最初の原型があり、その原型からものごとは無限に再生させられることになった」（『グレアム・グリーン自伝』田中西二郎訳、早川書房）と述べており、作中に少年時代の風景をたびたび登場させている。

クロンビー先生の講義を受けた日を境に、無垢だった「わたし」の世界に、性や死といった要素が忍びこむ。グリーンの作品では、人間性も人生も黒と白に二分できない。無垢のなかに穢れがあり、もの悲しさのなかにユーモアがある。灰色であるが故の味わい深い作品である。（訳者）

最近ある不運に見舞われたことから、わたしはクロンビーという医師を思い出し、子供のころにその医師と交わした会話に思いをはせることになった。クロンビー先生は校医だったが、その奇抜な持説が知れ渡ると学校を辞めさせられた。するとたちまち、ほかの患者の足も遠のき、残ったのは先生に劣らず奇抜な数人の年寄りだけだった。覚えているのは、ユダヤ系イギリス人のパーカー大佐や、猫を二十五匹も飼っていたミス・ウォレンダーや、国債を国の債権に変えてしまう方法を編み出したホレス・ターナーなどだ。

クロンビー先生は、学校から半マイル離れたキングズ・ロードで、赤煉瓦造りの一軒家にひとりきりで住んでいた。少しばかりの資産があったからよかったものの、晩年には書き物くらいしか仕事がないありさまで、《ランセット》や《ブリティッシュ・メディカル・ジャーナル》といった医学雑誌に掲載するために、長々と論文を執筆していたが、それらはついぞ日の目を見ることがなかった。テレビ時代の到来はまだまだ先だったが、仮にテレビがあったら、ニュースショーの番組か何かが特設コーナーを設けていたかもしれない。そうなれば先生の持説も、バンクステッドの住民たちのたわいない噂話の種にとどまらず、どんな結果を引き起こしたか想像もつかないが、広く世間に知られることになっただろう。そのくらい先生の口調は真剣だったし、少年時代のわたしにとっては、まちがいなくかなりの説得力があった。

わたしたちの学校はヘンリー八世の治世にグラマー・スクールとして創設されたが、徐々に形態を変えて、二十世紀には『パブリック・スクール年鑑』に載るようになっていた。わたしのように自宅から通学する生徒が多かったのは、バンクステッドの町がロンドンから列車で一時間しかかからず、ロンドン・ミッドランド・アンド・スコティッシュ鉄道の時代には、通勤電車の本数が多く、急行も走っていたからだ。生徒がダートムーア刑務所の囚人のように何カ月も世間から隔離される寄宿学校でなら、クロンビー先生の説が広まるのにもっと時間がかかったにちがいない。生徒がおもしろい話を聞いてきたとしても、休暇で家に帰るころには、記憶もあやふやになっていただろうし、親たちにしても、イギリス各地に散らばってそれぞれが孤立していたので、妙な話を聞いたからと言って、寄り集まって事の真偽をたしかめることもできなかったはずだ。バンクステッドは、親たちが地域に根を張り、地元の合唱会に参加しているような土地柄だったが、それでもクロンビー先生の説は長きにわたって幅を利かせていた。

校長は進んだ考えの持ち主だったので、生徒たちが十三歳になって上級小学校からやってくると、親の同意を取りつけて、生徒を少数のグループに分け、思春期の保健にまつわる問題と、この先に待ち受ける危険について、クロンビー先生に講義をしてもらうことにした。当時の教室の様子は、あまりわたしの記憶にない。仲間たちがにやにや笑ったり、顔を赤らめたり、何か落とし物でもしたようにじっと床を見つめたりしていたのをおぼろげに覚えているばかりだが、堂々とあからさまに語るクロンビー先生の姿は、いまも脳裏に焼きついている。髪にはずいぶん前から白いものが交じっていたのに、さびしげな口ひげはニコチンのせいでブロンドのままだった。金縁の眼鏡をかけていて、それはパイプと同様、わたしにはけっして身につかない謹直さの象徴として、今日までずっと心に刻まれている。そのときの話の内容はほとんど理解できなかったが、あとで「ひとり遊び」とは何かと両親に尋ねたことはよく覚えている。わたしは兄弟姉妹がいなかったので、ひとりで遊ぶのはいつものことだった。鉄道模型で遊ぶときなど、運転手、信号係、駅長の役を代わる代わるこなしたものだし、手助けがほしいと思ったこともなかった。

母は、家政婦に伝え忘れたことがあったと言って席を立ち、わたしは父とふたりきりになった。

わたしは言った。「クロンビー先生はね、ひとり遊びをすると癌になるっておっしゃるんだ」

「癌だって！」父は叫んだ。「精神病のまちがいじゃないのか？」（当時はまさに精神病の時代だった。気力を使い果たせば神経衰弱とされ、神経衰弱になれば鬱病に、鬱病になれば最後は狂気に至る。どういうわけか、そうした病に見舞われるのは結婚前だけで、結婚後は心配ないと言われていた）

「癌って言ってたよ。不治の病だって」

「信じられん！」父は言った。それから、ひとりで鉄道模型で遊んだからといって問題は起こらないと言ってくれたので、わたしはクロンビー先生の説など忘れてしまい、何年かは思い出すこともなかった。父がほかのだれかにその話をしたとも思えない。話したとしても、せいぜい母を相手に、冗談で口にしたくらいだろう。癌になるぞという脅しは、思春期の子供には、愚鈍になるぞというのと同じくらいの効き目がある——親たちからすれば、その程度は嘘のうちにもはいらなかった。親たちは愚鈍になるなどという脅しはとうの昔から信じておらず、方便として使うだけだったので、クロンビー先生があまりにも実直な人物だという結論に達したのは、それから何年も経ってからのことだった。

そのころわたしはパブリック・スクールを卒業したばかりで、まだ大学にははいっていなかった。クロンビー先生の口ひげは相変わらずブロンドだったが、髪はすっかり白かった。ふたりとも列車を見るのが好きだったので、わたしたちは親しい友人になっていた。夏になると、いっしょに弁当を持ってバンクステッド城へ出かけ、緑の丘にすわって線路をながめたものだ。その向こうには運河が通っていて、鮮やかな色に塗られた艀が馬に引かれてゆっくりとバーミンガムへ向かっていくのが見えた。わたしたちはいっしょに素焼きの瓶にはいったジンジャービールを飲み、ハムサンドイッチを食べた。そのあいだも、クロンビー先生はずっとブラッドショーの鉄道時刻表とにらめっこをしていた。無垢なるものを心に描こうとするとき、わたしは決まってあのころの午後を思い出す。

だが、その懐かしい午後の平和なひとときは不意に掻き乱された。わたしたちの目の前を、石炭を積んだ長い貨物列車が通り過ぎていき――新記録間近の六十三輛まで数えたところで、クロンビー先生に確認を求めると、先生はどういうわけか数えるのを忘れていた。

「どうかしたんですか」わたしは尋ねた。

「学校から緘を言い渡されてね」クロンビー先生は金縁眼鏡をはずして汚れを拭いた。

「まさか！　いったいなぜです」

「診療室の守秘義務というやつは一方的なものでね」先生は言った。「医者とちがって、患者のほうはなんでも自由に話していいんだよ」

一週間後、何があったのかが少しわかってきた。噂は親から親へとすばやく広まっていった。それが息子たちにかかわる問題ではなく、親たちに関することだったからだ。そこにはある種の怯えがひそんでいたかもしれない。そのクロンビー先生とやらの言っていることが正しかったら？　いや、そんなばかな話があるものか！

フレッド・ライトという、わたしより少し年下で、そのころまだ最上級学年に属していた少年が、睾丸に痛みを感じてクロンビー先生を訪ねたのが事のはじまりだった。フレッドは半日観光――古きよき時代には、鉄道会社の競争が盛んで、よくそんなことがあった――に出かけ、レスター・スクエアにほど近い街角で女を買って、初体験をすませたあと、勇気を奮い起こしてクロンビー先生に会いにいった。当時のことばで言う〝交際病〟にかかったのではないかと懸念したからだ。クロンビー先生は、ただの胃酸過多だから心配は要らない、トマトは食べないようにしなさいと言ったが、そこでやめればいいのに、わたしたちが十三になったときのあの話をわざわざ持ち出して警告したのだった……

フレッド・ライトにとって、恥ずかしがる理由はなかった。胃酸過多ぐらいだれにでもあることなので、ためらうことなく、先生からのおまけの警告を両親に打ち明けた。その日の午後、わたしが家に帰ると、すでに話はわたしの両親にまで伝わり、学校のお偉方たちの耳にもはいっていることがわかった。親たちはこぞって噂を確認し合い、そのあと、こぞって子どもたちを問いただした。自慰行為で癌になるというだけならともかく――あれはやはりやめさせるべきものだから――いったいなんの権利があって、クロンビー先生は、教会と国家の承認を受けた正式な結婚における性生活までもが癌の原因だなどと言うのか、と（運の悪いことに、そのときフレッド・ライトの精力絶倫な父親も、フレッド自身は知らなかったが、その恐るべき病に冒されていた）。

わたしも多少なりとも動揺していた。クロンビー先生を敬愛し、全幅の信頼を置いていたからだ（十三のときに先生の保健の講義を聞いて以来、わたしはひとりで鉄道模型で遊んでいても、以前のようには楽しめなくなっていた）。そして何より悪いことに、ちょうどそのころは恋心が芽生え、キャッスル・ストリートに住む短い髪の（当時は〝切り髪〟と呼ばれた）少女に夢中になっていた。純朴で田舎くさくはあったが、《デイリー・メール》紙に毎週のように写真が載っていた有名な社交界の姉妹によく似た娘だった（時はめぐるものらしく、いまもあのころ目にしたのと同じ髪型をした、同じ顔立ちの少女をそこかしこで見かけるが、悲しいかな、もう昔のように胸が騒ぐことはない）。

そのつぎにクロンビー先生と列車を見に出かけたとき、わたしは質問をしたが――なかなか切り出せなかった。年長者に対して使いたくないことばがいくつかあったからだ。「フレッド・ライトにおっしゃったことはほんとうですか。ええと、その――結婚すると、癌になるって」

「結婚そのものが原因だとは言っていないよ。どんな形でも性的な交渉があれば癌になりうる」

「交渉？」そのことばをそんな意味で使うのを聞いたのははじめてだった。ウィーン会議か何かの交渉のようだ。

「男女の交わりだよ」クロンビー先生は無愛想に言った。「きみが十三歳のとき、何もかも説明したと思うがね」

「ひとりで列車遊びをしてはいけないという話だとばかり思っていました」

「なんだね、列車遊びというのは」クロンビー先生は当惑顔で言った。急行の旅客列車が前を通り過ぎ、バンクステッド駅にはいって、また出ていった。二番線のホームの両端に蒸気の大きな塊が残っている。「ニューカッスル発三時四十五分着のやつだ。一分十五秒遅れだな」

「四十五秒ですよ」わたしは言った。どちらが正しいのかを確認する術はなかった。まだラジオもなかった時代のことだ。

「わたしは時代の先を行く人間だ」クロンビー先生は言った「そのせいで不快な思いをするのも覚悟している。だが不思議なのは、この町の連中がいまごろになって騒ぎはじめたことだよ。癌の話ならもう何年も前からきみたちにしてきたのに」

「みんな、結婚のことをおっしゃっているとは思わなかったんです」

「物には順序があるんだよ。わたしがあの講義をしたとき、きみをはじめとして、結婚年齢に達している者はひとりもいなかったからね」

「だけど、未婚の女性も癌で亡くなりますよ」

「未婚の女性とは、一般に」クロンビー先生はそこでことばを切り、ブレッチリーへ向かう貨物列車が通り過ぎるのを見て、ちらりと腕時計に目をやった。「処女膜が破れていない女性のことだ。未婚の女性でも、処女膜を損傷することなく、長期間にわたってひとりで性行為にふけったり、他人と性的な関係を持ちつづける可能性はあるだろう」

好奇心がうずいた。未知なる世界の扉が開こうとしていた。

「女の子もひとり遊びをするってことですか」

「もちろんだ」

「でも、若い人が癌で死ぬことは、あまりありませんよね」

「若い者でも、そういう行為の度が過ぎると、癌にかかる素地ができる場合がある。わたしはきみたちをそんな目に遭わせたくなかったんだよ」

「じゃあ、聖人はどうなるんですか」わたしは尋ねた。「癌で死んだ人はひとりもいないんでしょうか」

「聖人については不案内でね。そのうえであえて言えば、やはり癌で死んだ割合は低いだろう。だがわたしは、性的な交渉だけが癌の原因だと教えた覚えはないよ。それが主たる原因であるとは言ったが」

「だけど、既婚者がみんなそういう死に方をするわけじゃないでしょう？」

「いいかい、きみは意外に思うかもしれないが、結婚している夫婦というのは、ほとんど交わらないものだ。はじめは燃えあがるが、あとは、とんとご無沙汰となる。そういった場合は当然危険も少ない」

「愛していればいるほど、危険が増大するということですか」

「残念ながらそのとおりだ。増大するのは癌にかかる危険ばかりじゃないがね」

恋に身を焦がしていた者としては、簡単には信じたくない話だったが、先生の返事が迷いもなくすばやく来たのはたしかだった。統計はあるのかと訊いてみたが、先生は即座に望みの綱を断ち切った。

「統計かね。そんなものはいくらでもある。昔から、あいまいで疑わしい統計を根拠に、いろんなものが癌の原因だと言われてきた。精白小麦粉がいい例だよ。いつか、このわたしのささやかな罪のない楽しみが、癌とはなんのかかわりもないという話になったとしても、驚きはしないさ」先生はそう言って、煙草をグランド・ジャンクション運河に向けて振ってみせた。「だが、統計ということなら、わたしの説にまさるものはない。それはだれにも否定できまい？　癌で死ぬ人間のほぼ百パーセントが、セックスの経験を持っているんだから」

それは認めざるをえない事実であり、何も言い返すことはできなかった。しばらくしてわたしは口を開いた。「先生はこわくないんですか」

「知ってのとおり、わたしは独身だ。わたしはそういった誘惑に駆られたことのない、数少ない人間のひとりでね」

「もしみんなが先生の忠告に従ったら」わたしは暗い声で言った。「この世は存在しなくなってしまいます」

「人類は、だろう？　植物が受粉するぶんにはなんの副作用もなさそうだからな」

「では人類は、創造されたのにただ絶滅していくだけなんですか」

「わたしは神による天地創造を信じてはいないんだよ。動物は誤った偶発的逸脱を起こしたときに絶滅する。自然界の進化の過程はそういうものだと思う。人類はおそらく、恐竜の歩んだ道をたどることになるだろう」そこで先生は腕時計に目をやった。「おや、とんでもない異常事態が起こったらしい。もう四時十分になるというのに、ブレッチリー発四時着の列車が到着しないどころか、信号すらまだ出ていないじゃないか。いや、きみ、時計を見るのはいいが、この遅れは時計のちがいくらいじゃ説明がつかないぞ」

なぜ四時の列車がそんなに遅れていたのか、いまではまったく覚えていないし、クロンビー先生のことも、先生とそんな会話を交わしたことさえも、きょうの午後になるまで忘れていた。クロンビー先生は、診療所がつぶれたあとも数年は存命していたが、風邪をこじらせて肺炎を起こし、ある冬の夜に静かにこの世を去った。わたしは四回も結婚し、クロンビー先生の警告など歯牙にもかけずにいたのだが、きょうになって先生の説を思い出したのは、かかりつけの専門医が、いささか大袈裟すぎるほどに慎重かつ深刻な口ぶりで、わたしが肺癌にかかっていることを告げたからだった。六十を超えたいま、性欲は減退しつつあり、恐竜のあとを追って冥闇へ消えていくことになんの迷いもない。当然ながら医者は、煙草の吸いすぎが病の原因だというが、ここはクロンビー先生の説をとって、煙草などよりも好ましい快楽にふけったせいだということにするのも、また一興ではないかと思うのである。

諸悪の根源　The Root of All Evil

加賀山卓朗訳

あるピアニストが、死ぬときにはシューベルトを弾いていたいと言っているのに倣えば、自分が死ぬときにはグレアム・グリーンを訳していたい――と思うほどこの作家を敬愛しているが、グリーン氏が気むずかしい人だったことは、残っている写真にほとんど笑顔がないことからもなんとなくうかがえる。さらに想像をふくらますと、おそらく底意地の悪い人でもあった。しかし、そんな意地の悪い観察や発想をこういう滋味豊かな笑話に仕立てられるのが、大作家たるゆえんである。ドイツの小さな村でくり広げられるドタバタ喜劇をお愉しみいただきたい。

（訳者）

　これは私の父から聞いた話である。父もまたその父――この話に出てくる人物と兄弟だった――から聞いた。そうでなければ、眉唾ものだと思ったことだろう。父は真っ正直な人で、その血が当時家系に流れていなかったと考える理由はない。

　ロシアの古い小説ふうに始めれば、ことの起こりは一八九×年、市《いち》の立つB××という小さな町でのことだった。私の父はドイツ人で、イギリスに移住したとき、故郷の村、田舎、郡、そのあたりでどう呼ばれているのか知らないが、とにかくそこから数キロメートル以上離れたのは一族のなかで彼が初めてだった。信仰の篤いプロテスタントだったが、あの手のプロテスタントほど疑いもためらいもなく信仰に没頭できる人間はいないから、母が私たちに童話を読み聞かせることすら許さず、会衆席のある教会を避けて、三マイルも先の教会に歩いてかよった。「隠すことなど何もない」父は言った。「眠くなってしまったら、眠って世の中に自分の弱さをさらけ出すだけだ」そのあと示された考えは私の想像力を大いに刺激し、おそらく将来にもいくらか影響を与えたと思う。「ああいう会衆席でカード遊びをしても、誰も気づかないじゃないか」

私の心のなかでは、そのことばと、父がこの話を始めるときの文句が結びついている。「原罪は人間に秘密を好む傾向を与えた。あからさまな罪は半分の罪でしかないし、誰も知らない無実は半分の無実でしかない。秘密を持てば、遅かれ早かれ罪も犯してしまうものだ。父さんはフリーメーソンをわが家に入れるつもりはない。父さんの母国で秘密結社は違法だったが、政府としては賢明な判断だった。例のシュミットのクラブのように、いかに最初は人畜無害なものだろうとね」

昔、父が住んでいた町の年寄りのなかに、ある夫婦がいた。名誉毀損に関する法律の性質や、死者への適用範囲がよくわからないので、ここではやはりシュミットと呼ぶことにする。シュミット氏は大男で大酒飲みだったが、酒は自宅で飲むほうで、アルコールに一滴たりとも接することのない夫人に嫌がられていた。妻の立場をわきまえた夫人は、夫の飲酒をやめさせたいとは思わなかったけれども、老境に入ったせいで（彼女は六十すぎ、夫はとうに七十を越えていた）、ほかの女性たちと静かに坐って、孫のものでも何か編みながら、その子が最近かかった病気について話したいと憧れていた。夫がひっきりなしに地下室に酒を取りにいく家庭で、それは無理な相談だ。男には男の気分、女には女の気分があって、ふたつは適切な場所でしか交わらない――つまり、ベッドのなかでしか。だからシュミット夫人はことあるごとに、外の酒場で飲んできたらどう、とやんわり夫を説得しようとした。「一杯飲むたびに余計に金を払う意味がどこにある？」夫は応じた。男同士のつき合い、男同士の会話もときには必要よ、と夫人が説いても、「美味いワインを飲んでるときには必要ない」とにべもなかった。

やむなくシュミット夫人は、同じ悩みを抱えていたミュラー夫人に悩みを打ち明けた。ミュラー夫人はなかなかの力量の持ち主で、さっそく組織作りに取りかかった。趣味を同じくする女同士の集まりに飢えていた知り合いを四人誘い入れ、週に一度、いっしょに縫い物をして、夜のコーヒーを飲むことにしたのだ。合わせて二十人以上の孫がいる彼女らが話題に事欠かないことは、たやすく想像できる。ある子の水疱瘡が治れば別のふたりがはしかにかかるといった具合で、ありとあらゆる治療法が話し合われた。〝風邪に小食〟という言いまわしを、風邪のときに食べさせないと熱が出ると解釈する一派もいれば、より伝統的な考え方を採る一派もいた。とはいえ、夫と話すときのように議論が過熱することはなく、夫人たちは順番に集まる場所を提供してはケーキを焼いた。

その間、旦那連中は何をしていたのか。ひとり悦に入って飲んでいたと思うかもしれないが、まったくちがう。飲酒は〝ロマンス〟を読むのに似ている（父は軽蔑をこめてこのことばを使い、生涯一度も小説のページをめくらなかった）。会話は必要ないが仲間は必要で、それがないと仕事のように思えてくる。ミュラー夫人もそう考えて、自分の夫に、妻たちがよそで集まっているときには、ほかの夫に声をかけて酒持参で来てもらい（それなら酒場で余計な金を払わなくてすむ）、寝る時間まで好きなだけ静かに飲んでいればいいと、本人が気づかないほど遠まわしに仄めかしていた。もちろん男たちが終始静かでいるはずがない。まちがいなく誰かが、今日の天気はいだの悪いだのと話しだし、別の旦那がその年の収穫を予想し、三人目が一八八×年の夏ほど暑い夏はなかったと言うだろう。男の会話は、女がいないところでは決して過熱しない。

しかし、この取り決めにはひとつ困った問題があり、そのことが惨事をもたらした。ミュラー夫人が七番目の女性を誘い入れようとしたのだ。その人、ピュックラー夫人が〝ひとり身〟なのは、夫の飲酒のせいではなく、好奇心のせいだった。ピュックラー氏は六人の夫全員に嫌われていて、夫たちは男同士の愉しい夜の集いのまえに、彼をどうするか決めなければならなかった。ピュックラー氏は少々気むずかしく、やぶにらみにつるつるの禿げ頭で、酒場に足を踏み入れるや、そこを空っぽにしてしまう男だった。寄り眼の視線は錐のように鋭く、誰かと話しはじめると十分間は引き止めて、相手の額を穴があくほど見つめるので、しまいにそこからおがくずが出てきそうになる。あいにくピュックラー夫人のほうはみんなに尊敬されていたから、夫が歓迎されていないことをちらとでも悟らせるわけにはいかなかった。そんなわけで、ミュラー夫人の提案は数週間、拒否されていた。夫たちは、家でひとりグラス片手に坐っていれば充分愉しいと言った。じつのところ、ピュックラー氏と同席するより孤独のほうがましだったのだ。けれども、ひとりで飲むのはやはりみじめなもので、妻が帰宅すると夫はすでにベッドにもぐりこんで寝ていることも多かった。

そこでいつもは静かなシュミット氏が沈黙を破った。ある夜、妻たちの外出中に四リットルのワインのボトルを持ってミュラー氏を訪ねていたのだが、まだその半分も飲まないうちに切り出した。こんなわびしい飲み方はもう終わりにしなければならない。ここ数週間で半年分も眠ってしまった。おかげで力が湧いてこない、と。「墓があくびをしてわれわれを待ってるよ」言った本人もいつもの癖であくびをした。「だが、ピュックラーは？」ミュラー氏が反対した。「墓より性質《たち》が悪いぞ」「われわれだけでこっそり会おう」シュミット氏は言った。「ブラウンの家に、あつらえ向きの大きな地下室がある」こうして秘密が始まった。そして秘密から——と私の父なら諭すだろう——ありとあらゆる罪が育つ。私は秘密を、地下室でマッシュルームを育てる堆肥のようなものだと想像していた。だがマッシュルームは美味しく食べられるから、秘密も育てば……父の道徳の教えには相反するふたつの意味があるとつねづね思っていたものだ。

それからしばらくはすべてがうまく運んだようだ。夫たちは愉しく酒を飲んだ——もちろん、ピュックラー氏抜きで。夫人たちも愉しい時間をすごした。ピュックラー夫人ですら、夜帰宅するといつも夫がベッドに入って夫婦の語らいを待っていたので愉しかった。誇り高いピュックラー氏は、町の時計が何度も時を打つあいだ、つき合う相手を求めてさまよっているなどと打ち明けることができなかったのだ。毎晩別の家を訪ねたが、毎晩ドアは閉ざされ、窓の明かりは消えていた。一度、ブラウン氏の地下室に集まっていた夫たちは、階上でノッカーが鳴るのを聞いた。ピュックラー氏は町の宿屋《ガストホフ》も定期的に訪ねた。夫連中の油断につけ入るように、不意打ちで訪ねることもあった。街灯が彼の禿頭を照らし、遅くまで飲んで帰宅する人が錐のような視線に出くわすこともたびたびあった。そんなとき、ピュックラー氏は相手が何を言おうと信じなかった。「今晩、ヘル・ミュラーを見なかったかね」とか「ヘル・シュミットはいま家にいるのかな」と別の酔漢を問いつめたりもした。仲間を求めてあちらを探し、こちらを探した。昔は自宅で飲み、妻に地下室の酒を取りにいかせることで満足していたが、こうしてひとりぼっちになってみると、飲んでもちっとも愉しくない。ヘル・シュミットとヘル・ミュラーが家にいないのならどこにいる？　まだよく知らない残りの四人はどこだ？　ピュックラー夫人は夫と正反対でまったく好奇心がなく、ミュラー夫人とシュミット夫人は上等のハンドバッグの留め金のように固く口を閉じていた。

避けられないなりゆきとして、ピュックラー氏はしばらくすると警察に訴えた。署長より下の人間とは話そうとせず、錐のような視線は署長の額に偏頭痛のように突き刺さった。眼は一点に集中していたが、ことばはあいまいに漂った。シュロスなんとかで——名前ははっきり思い出せない——無政府主義者の暴動があった。大公暗殺を狙ったものだという噂がある、云々。署長は椅子の上でもぞもぞと体を動かした。その手の大きすぎる事件に関心はなかったからだ。寄り眼の視線は、相変わらず署長の鼻の上の感じやすいところをえぐっていた。いつもそこから偏頭痛が始まる。署長は大きな音で鼻をかんで言った。「悪しき時ですな」日曜の教会で聞いた文句だった。

「秘密結社に関する法律はご存知でしょう」ピュックラー氏は言った。

「当然です」

「しかしながら、この警察の鼻先に」視線はさらに深くめりこんだ。「そのような結社があるのです」

「もっと具体的に話していただかないと……」

そこでピュックラー氏は、シュミット氏をはじめとする全員の名前をあげていった。

「彼らは秘密会合を開いています。みんな家にいないのです」

「私が知るかぎり、陰謀を企てそうな人たちとは思えないが」

「だからこそ危険なのです」

「ただの友だち同士じゃないかな？」

「それならどうしてこそこそと集まるのです」

「ひとり割り当てて調べさせますか」署長は気乗り薄に言った。かくして六人の集合場所を、ふたりの男が探しまわることになった。担当の警官は単純な男で、いきなり彼らの行方を尋ねはじめただけでなく、何度かピュックラー氏といっしょにいるところも目撃された。六人はすぐに警官がピュックラー氏の差し金で働いているのだろうと推測し、見つかるまいといっそう警戒した。ブラウン氏の地下室にワインをためこみ、入るところを見られないように万全の注意を払いながら、毎晩ひとりが飲酒をあきらめて、外でピュックラー氏と警官の眼を欺いた。ピュックラー夫人の耳に入ってもいけないので、集まりのことは妻たちにも話さず、相談が調わなくて各人がまたひとりで飲みはじめるふりをした。つまり、妻より先に家に帰れなかったときには、あれこれ嘘をつかなければいけないということであり、私の父が言うには、このあたりから罪が始まっていた。

たまたまシュミット氏がおとりになったある夜、ピュックラー氏を遠く町はずれまで誘い出したところ一軒の家のドアが開いていて、窓には心地よい赤い光が灯っていた。ひどく喉も渇いていたので、疲れていたシュミット氏は、そこを静かな宿屋だと勘ちがいしてなかに入った。太り肉の女性が温かく出迎えてくれ、応接間に案内されたときには、ワインが出てくるのだろうと思っていたが、三人の若い女性がさまざまな脱衣の段階でソファに坐り、くすくす笑いながら挨拶して、やさしいことばをかけてきた。ピュックラー氏が外をうろついているかもしれないので、シュミット氏は即座に出ていくわけにもいかず、ためらっているうちに、太り肉の女性が氷のバケツに入ったシャンパンのボトルと、グラスをたくさん持ってきた。そこで結局飲むために（シャンパンはあまり好みではなく、地元のワインのほうが好きだったのだが）居坐り、父が言うには、この秘密から第二の罪が生じた。しかし、この出来事は嘘と姦淫では終わらなかった。

そろそろ歓迎に翳りが見える時間になり、シュミット氏が窓の外を見ると、ピュックラー氏ではなく例の警官が歩道をうろついていた。距離を置いてピュックラーについてきて、ピュックラーがほかの男たちを探しにいったあと、監視を引き継いだにちがいない。どうすべきか。もうすぐ妻たちが最後のコーヒーを飲み終え、孫たちの話題も種切れになる。シュミット氏は親切な太り肉の女性に、外の通りにいる知人に会いたくないので裏口を使わせてもらえないだろうかと頼んだ。裏口はなかったが、彼女はあまたの手段の持ち主で、ほどなくシュミット氏を、そのころ農婦が市場でよくはいていたフープつきの大きなスカート、白い靴下、ゆったりしたブラウス、つばの垂れた帽子で飾り立てた。長いこと愉しみらしい愉しみがなかった娘たちも、大喜びで彼に頬紅とアイシャドウと口紅を塗りたくった。その恰好でシュミット氏が外に出ると、警官が驚きのあまりその場に立ち尽くしたので、彼はスカートを揺らして角を曲がり、脇道を一目散に逃げて無事家にたどり着き、妻が帰ってくるまえに顔の化粧を落とすことができた。

そこで終わっていれば万事丸く収まったのだが、さすがに警官はだまされず、秘密結社の会員たちは女装して町の娼館に足繁くかよっていますと署長に報告した。「だが、どうして女装する必要がある?」署長は訊いた。これに対してピュックラー氏は、自然の摂理に反した乱交であろうと示唆した。「無政府主義はすべてをひっくり返そうとするものです。男女のまともな関係すらも」「もっと具体的に話していただけませんか」署長はまた言った。痛ましいほどこの台詞が好きなのだ。しかしピュックラー氏は、細かい点には謎のベールをかけ、あえて触れなかった。

ピュックラー氏の狂信が怖ろしい展開を見せたのはこのあとだった。夜、通りで見かける大柄な女はみな男の扮装ではないかと考えたのだ。ハッケンフルト夫人のかつらをはぎ取ったりもしたし（夫人がかつらをつけていたことは、その日まで夫も知らなかった）、あろうことか彼自身も女装して通りに出没するようになった。服装倒錯者は別の服装倒錯者をおのずと見分けるから、やがては秘密の乱交の集まりに潜入することができるという理屈である。ピュックラー氏は小柄だったからシュミット氏より女装が似合い、日中、知人に見抜かれるとしたら、理由は視線が錐のように鋭いということだけだった。

男たちがブラウン氏の地下室で愉しく集まりはじめて二週間がたった。警官も捜索に飽き、署長もこれで本件は立ち消えになってほしいと思っていた矢先に、破滅的な決定がなされた。かつてシュミット夫人とミュラー夫人は、夫のワインのつまみにパイを焼いていたが、ふたりの夫はまたそれが食べたくなり、仲間たちにパイのことを話すと、思い出して唾が出てくるほどだった。そこでブラウン氏が、女をひとり呼んでみんなの分を作ってもらおうと提案したのだ。夜の終わりに数時間働くだけだから礼金は少しでよく、みんなが小遣い程度を出し合えばまかなえる。女の仕事は、ワインの集まりが続くあいだ、三十分かそこらおきに、できたての温かいパイを出すだけだった。ブラウン氏は地元紙に堂々と広告を出して求人した。その広告に〝男性クラブ〟と書かれていたので、ピュックラー氏が無駄骨を承知で、妻の日曜の礼拝用の黒い服を着て申しこんだ。それがなんとブラウン氏に受け入れられ――彼はピュックラーの評判しか知らず、本人を見たことのないただひとりのメンバーだった――かくしてピュックラー氏は謎の会合のまっただなかに入りこみ、彼らの会話をすべて聞くことができるようになった。唯一の問題は、料理がほとんどできないうえ、地下室のドアに耳を向けすぎてパイをたびたび焦がしてしまうことだった。二日目の夜、ブラウン氏は、もっとパイをうまく焼かなければほかの人を探すしかないと言い渡した。
しかし、ピュックラーは心配しなかった。署長に伝えるべき情報は充分仕入れたからだ。捜査でなんの成果もあげられなかった警官が同席する場でそれを報告するのは、じつに気分がよかった。
ピュックラーは耳にした会話を書き留めていた――長い沈黙や、ジョッキのゴボゴボいう音や、若いワインのせいでときどき生じる失敬なガスの音だけを除いて。報告書は次のようなものだった――

××通り、二十七番地のブラウン氏の地下室でおこなわれた秘密会合に関する調査報告。調査員は偶然に以下の会話を耳にした。

ミュラー　あと一カ月雨が降らなければ、ワインのブドウの収穫は去年よりよくなるな。
不特定の声　うー。
シュミット　先週、郵便配達人が足首の骨を折りそうになったらしい。階段ですべって。

ブラウン　六十一年分のブドウの収穫高を憶えとるぞ。
ドベル　パイの時間だ。
不特定の声　うー。
ミュラー　あの牝牛を呼ぼう。

調査員が呼ばれ、パイのトレイを置いていく。

ブラウン　気をつけろ。熱いぞ。
シュミット　こいつは炭になってる。
ドベル　食えない。
カストナー　もっとひどいことになるまえに馘にしたほうがいい。
ブラウン　週末まで金を払ってる。そこまで猶予をやろう。
ミュラー　正午で十四度だ。
ドベル　役場の時計は進んでる。
シュミット　町長が飼ってる黒ぶちの犬を憶えてるか。
不特定の声　うー。

カストナー　いや。どうして？
シュミット　おれも思い出せない。
ミュラー　子供のころ、よく干しブドウ入りのプディングを食べたんだが、いまは誰も作らないな。
ドベル　八七年の夏だった。
不特定の声　何が？
ミュラー　カルニッツ町長が死んだのが。
シュミット　八八年だ。
ミュラー　ひどい霜が降りた年だ。
ドベル　八六年ほどじゃないよ。
ブラウン　ワインにとっちゃひどい年だった。

報告書はこの調子で十二ページ続いた。「これは全体どういうことだね？」

「それがわかれば、すべてわかります」

「無害に思えるが」

「それならどうしてこそこそ集まるんです？」

警官が不特定の声のように「うー」と言った。

「私の感触では」ピュックラーが言った。「やがてパターンが見えてきます。年月に注目してください。調べる必要があります」

「八六年には爆破事件があったがね」署長は疑わしげに言った。「大公のいちばんの芦毛の馬が殺された」

「〝ワインにとっちゃひどい年〟」ピュックラーは言った。「未遂事件でしたね。ワインはできなかった。大公の血も流れなかった」

「タイミングがずれたのだ」署長が思い出した。

「〝役場の時計は進んでる〟」ピュックラーが引用した。

「まだ信じられない」

「暗号です。解くためにはもっと材料が必要です」

署長はいくらかためらいながら、今後もピュックラーが報告を続けることに同意した。とはいえ、パイの問題がある。「腕のいい料理人に手伝ってもらわないと」ピュックラーは言った。「そうすれば中断なしで聞くことができるので。料金は余計にかからないと言えば、彼らも反対しないでしょう」

署長が警官に言った。「きみの家で食べたパイは美味かったな」

「自分で作りました」警官が暗い声で言った。

「ならば駄目だ」

「なぜです」ピュックラーが訊いた。「私が女装できるなら、彼だってできますよ」

「口ひげがあるのに？」

「上等のカミソリと石鹼の泡があれば大丈夫です」

「一人前の男にそういうことを要求するのもなあ」

「法に仕えるためです」

それで決まりだった。警官はこの事態をまったく喜ばなかったけれども。ピュックラーは小男だから妻の服を着ることができたが、警官には妻がいなかった。やむなくピュックラーは、自腹を切って衣装を買うことに同意した。店員が早く家に帰りたがっていて、錐の視線に気づきにくい夕方遅くに店に入り、サイズの合うスカートとブラウス、ブルマーを選んだ。結局人目につかずにはいられなかったこの奇妙な買い物を、私の父がどんな罪に分類するのかはわからない。すでに嘘と姦淫は出てきた。醜聞――おそらくそれが秘密から生まれる三つめの罪なのだろう。なぜなら、遅くに店に入ってきたひとりの客が、ちょうどブルマーを持ち上げて尻の部分の大きさを確めていたピュックラーに気づいたのだ。その話が女という女に――ピュックラー夫人を除く――どれだけ早く広まったかは想像にかたくない。次の縫い物パーティに参加したピュックラー夫人は、みんなの様子がおかしいと思った。敬意からか、同情からか、夫人が口を開くと誰もが注目して聞き入り、誰ひとり異を唱えず、夫人はトレイを運ぶことも、カップにコーヒーを注ぐことも許されなかった。まるで病人になったような気分で頭痛がしはじめ、早めに家に帰ることにした。仲間の夫人たちが、彼女の知らないことを知っているように互いにうなずき合うのがわかった。家まで送っていきましょうとミュラー夫人が申し出た。

当然ながらミュラー夫人は、そのあと急いで仲間のところに引き返して報告したのである。「家に着いたら、ヘル・ピュックラーはいなかったんですよ。もちろん気の毒なあのかたは、ご主人がどこにいるのか知らないふりをしてたわ。かなり動揺して、いつも帰ったときには先にいて迎えてくれるのにと。警察にご主人の行方不明を届け出ようとしてましたけど、なんとかやめさせたんです。彼が何をしてるか、ひょっとすると本当に知らないんじゃないかしら。町では無政府主義者が暴れたり、いろいろおかしなことが起きているなんてつぶやいたり。それに信じられます？　ヘル・ピュックラーは、ヘル・シュミットが女装してるところを警官が見たなんて言ってるそうよ」

「あのちび豚」シュミット夫人が言った。もちろんピュックラー氏のことだ。シュミット氏の体型は自宅のワイン樽と同じだったので。「そんなこと想像できます？」

「注意をそらそうとしてるんですよ」ミュラー夫人が言った。「自分の悪徳から。だって次に何が起きたと思います？　寝室に入ると衣装箪笥の扉が開いていて、フラウ・ピュックラーが見たところ、日曜の礼拝に着る黒いドレスがなくなってたの。〝やっぱりあの話は本当だったんだわ〟と言ってました。〝ヘル・シュミットを探さないと〟って。でも、そこでわたしが、彼女の服を着るにはそうとう小柄な人でないとだめでしょうって指摘したんです」

「彼女は顔を赤らめた？」

「本当に何も知らないんだと思いますよ」

「かわいそうに。なんて気の毒な」ドベル夫人が言った。「それにしても、女装して何してるんでしょうね」夫人たちは考えはじめた。ここで私の父なら、嘘、姦淫、醜聞の罪にもうひとつ、猥談を加えるだろう。しかし、まだ罪のなかでももっとも深刻なものが残っていた。

　その夜、ピュックラーと警官はブラウン氏の家に来ることになっていたが、ピュックラーの女装話がすでに男たちの耳に入っていることは知らなかった。ミュラー夫人が奇妙な出来事について夫に話し、ミュラー氏はそこではたと、料理人のアンナが錐のような視線で物陰から彼をのぞき見ていたことを思い出したのだ。集まった夫たちにブラウン氏は、料理人がパイを作るのに手伝いをひとり連れてくるが、追加料金は要求していないと言った。その話を聞いた静かな男たちがどれだけ熱心に議論したか察しがつくだろう。ピュックラーの動機はなんだ？　あの男のことだから、よからぬことを企んでいるにちがいない。ひとつの理論は、仲間はずれにされた腹いせに、手伝いの力を借りてパイに毒を盛ろうとしているというものだった。「ピュックラーならそのくらいのことはやりかねん」ドベル氏が言った。疑うに足る理由は充分あった。だからこそ正義漢の父は、秘密会合の数ある罪のなかに、くだらない疑惑は含めなかった。男たちはピュックラーを迎える準備を始めた。

ピュックラーがドアを叩き、警官が黒いスカートをはいた巨体でうしろに立っていた。ピュックラーがガーターを買うのを忘れたので、両脚の白いストッキングがだらしなくブーツの上に垂れていた。二度目のノックで、上の窓からの爆撃が始まった。ピュックラーと警官は口にするのも憚られる液体を浴びてびしょ濡れになり、丸太をぶつけられた。落ちてきたフォークが眼に刺さりそうになった。警官がまず逃げ出した。巨大な女が通りを疾走しているのは珍妙きわまる光景だった。ブラウスの裾がウエストバンドから飛び出し、飛んでくるものをよけながら走るのに合わせて帆のようにはためいた。いまやトイレットペーパー、割れたティーポット、大公閣下の写真まで飛んできていた。

ピュックラーは麺棒が肩に当たっても逃げ出さなかった。たまさか勇気が湧いたか、当惑していたのだろうが、パイ作りに使うフライパンが当たるに及んで、遅まきながら警官のあとを追った。そのとき溲瓶が頭にぶつかり、ピュックラーは溲瓶を兜の面頬のようにすっぽりとかぶって通りに倒れた。はずすには金槌で叩き割らなければならず、そのころには頭への打撃か、倒れた衝撃か、恐怖か、あるいは溲瓶による窒息か――窒息説が有力ではあったが、とにかく誰にもわからない理由でピュックラーは死んでいた。むろん無政府主義者の陰謀があったかどうかという捜査は、その後何カ月も続けられ、それが終わるまえに署長はひそかにピュックラー夫人と婚約していた。そもそも人気のある女性だったから、誰も彼女を責めることはできない。ただ私の父は、この件が秘密にされていたことに不快感を示していたが（署長はピュックラー夫人に懸想していたから捜査を引き延ばしたのではないか、とまで言っていた。そのため彼女の夫の告発を信じるふりをしたわけだ）。

純法律的に見れば、これは議論の余地なく殺人――違法な暴力行為による殺害――

だが、約六ヵ月後、法廷は六人の男に無罪を言い渡した。「しかし、神の審判がある」父は話の終わりにかならずこう言ったものだ。「神の審判で殺人の罪が見逃されることはぜったいにない。まず秘密に始まって――」おまえのポケットに秘密がたくさん詰まっているのはわかっているぞといった眼で私を見た。じつは図星で、次の日に学校で二列目の金髪の女の子に渡そうと思っている手紙などが入っていた。「――ありとあらゆる罪で終わるものなのだ」私に念押しするために罪をもう一度数え上げる。「嘘、酩酊、姦淫、醜聞、殺人、警察の買収」

「警察の買収？」

「そうだ」父はぎらつく眼で私を見すえて言った。ピュックラー夫人と署長のことが念頭にあったのだと思う。そして話はクライマックスを迎える。「男が女の服を着るなど――おぞましいソドムの罪だ」

「ソドムって？」私は期待に胸躍らせて訊いた。

「おまえの歳では」父は言った。「まだ秘密にしておかなければならないこともある」

慎み深いふたり　Two Gentle People

鴻巣友季子訳

初夏のある日、パリの公園で中年の男女がひとつのベンチに座る。黙って孤独な時間を楽しんでいたふたりは、そのうち言葉を交わすようになる。やがて陽が傾きかけて……。

中年のふたりにはそれぞれの鬱屈がある。イギリス人の祖父とアメリカに渡った父をもつ男は、文化が熟成しないアメリカでは寛げず、ヨーロッパの旧世界が好きだと言い、フランス人の女は英語がなかなか流暢だが、結婚前にイギリスのリゾート地にある語学学校で学んだ付け焼刃だと言う。住居区やチーズを買う店などに各々の生活が垣間見える。

英語にフランス語を取り混ぜながら、ちぐはぐで不器用な会話がつづいていく。文章のでこぼこぐあいが、ふたりの関係のぎこちなさを物語ってもいるだろう。ほんのり温かなひと時と冷ややかな現実——可笑しみと悲哀の余韻を残すグリーンの名作である。（訳者）

　そのふたりはもうだいぶ前から、モンソー公園のベンチに言葉も交わさず座っていた。胸おどるような初夏の日で、かすかな風のそよぎに薄く吹きつけたような白い綿雲が空をひとめぐりしている。その微風《そよかぜ》は今にもやんで、抜けるような無辺の蒼穹となりそうな雲合いだったが、時間を考えるとそうは行かないだろう。陽が沈むほうが先だろうから。

　これがもっと若い人たちであれば、偶然の出会いにもってこいの日だったのではないか。見わたすかぎり、赤ん坊をのせた乳母車と乳母たちがどこまでも列をなして恰好のバリアとなり、それに隠れてこっそりと。ところが、ふたりはどちらもすでに中年で、過ぎ去りし青春よもう一度、などという幻想を育む気もなかった。もっとも男性のほうは自分で思っているより見場もよく、品行方正の印のような旧風のなめらかな口ひげをたくわえていたし、女性のほうも姿見を見て本人が思っているより実際はきれいだった。謙虚であり、人生に幻滅しているのが、双方に共通することだ。緑色をした金属の座面に五フィートほど離れて座っていたが、見ようによっては、連れ添ううちによく似てきた中年夫婦に見えなくもない。ふたりの足元には、薄汚れた使い古しのテニスボールみたいな鳩たちが、見向きもされずにころがっている。ふたりはどちらも時おり腕時計にちらりと目をやるものの、たがいに顔を見合わせることは決してなかった。なぜなら、どちらにとっても、この孤独にして心安らぐ時間はかぎられた貴重なものだから。

男性は上背がありやせ形。いわゆる「繊細そうな顔立ち」をしており、実際、この常套句が似合う男だった——顔には、端正ではあるが人好きのする平凡さがある。きっと口をきいても、無神経でがっかりということはなかろう。男というのはたとい想像力に欠け凡庸であっても、繊細でいられるのだから。傘を持参してきたところを見ると、用心もいいようす。女性はといえば、まず目につくのは脚だろう。長くて美しいが、上流社会の肖像画でよく見るお堅い脚だ。顔つきから察するに、今日という夏の日をもの寂しく過ごしているようだが、それでも腕時計の指図にしたがって、どこか屋内に引っこむのは気が進まないらしい。

会話を交わすはずのないそんなふたりが話すきっかけとなったのは、十代とおぼしきふたりの暴れ者らが通りかかったからで、ひとりは肩に提げたラジオをうるさく鳴らし、もうひとりはせっせとエサをつつく鳩たちを蹴散らして歩いた。そのひと蹴りがたまたま命中したらしく、男たちがけたたましいポップスを流しながら行き過ぎると、その跡に、よろめく鳩が一羽のこされた。

ベンチの男性が傘を乗馬鞭のように握りしめて立ち上がった。「まったく、けしからん悪党どもだ」（英国作家ディケンズの小説で有名な罵倒句）そう声高に言う口調は、アメリカン・アクセントがわずかにあるために却ってエドワード時代の英国人風に聞こえた——ヘンリー・ジェイムズならこんな喋り方をしそうだ。

「まあ、鳩さんたらかわいそうに」女性も口をひらいた。痛手を負った鳩は小石をはね飛ばしながら、砂利の上でもがいていた。片翼は力なくだらりとして、きっと片脚も折れてしまったのだろう。ぐるぐる円を描くばかりで立ち上がれずにいた。他の鳩たちは気にする風もなく、砂利に落ちたパンくずを探してよそへ移動してしまった。

「ちょっと失礼、あちらを向いていてくださらしてください」男性は言うと傘をベンチに置き、バタバタと羽を打っている鳩のそばへ足早に近づいた。かと思うと、鳩をひろいあげ、慣れた手つきでその首をひねった――それなりの育ちをしてきた人間であれば、だれしも身につけているべき技である。あたりを見回してゴミ箱を見つけると、そこへ亡骸をきちんと収めた。

「他にどうしようもありませんからね」男性はベンチにもどってくると、申し訳なさそうに言った。

「わたくしにはとても出来なかったでしょう」フランス人らしき女性は文法に気をつけながら慣れない英語で応じた。

「命を奪うのはわれわれ男の特権ですからな」得意がるようすはなく、皮肉な口調である。

次に男性がベンチに腰をおろしたとき、ふたりの距離は前より縮まっていた。今日の天気のこと、初めて夏らしい日になったことを、気がねなく話しあえるようにもなった。先週はこの季節にめずらしいほど寒うございましたね、それに今日になっても……男性は女性の英語が流暢なことに感心してみせ、それに引き替え自分はフランス語ができなくてと詫びたが、女性はこう言って彼の気を楽にさせてくれた。にわか仕込みの語学ですわ。ケントのマーゲイトにある英語学校で少々「たしなみ」ましたの。

「ああ、海辺のリゾート地ですね?」

「でも、海は毎日ひたすら灰色で」女性がそう答えると、しばしふたりはおのおの黙りこんでもの思いにふけった。そのうち彼女は死んだ鳩のことを思いだしたのだろう、軍隊にいらしたことがおありなのですか、と尋ねた。「いやいや、戦争が始まったときには四十をすぎておりましたから」男性はそう答えた。「政府の派遣で働いていたんです、インドで。インドはよかったなあ」と言ってアーグラやラクナウ（ウッタール・プラデーシュ州。どこの州にも属さない現デリー首都圏と隣接する）、デリーの旧市街のことを語る彼の目は、なつかしい思い出に耀きだした。曰く、いわゆるニューデリーはどうも好かんのです。あのあたりはなんとかいうイギリス人が設計したのでしょう、ええと、ラッチェ、ラッチェ、ラッチェ、なんだったかな？（イギリスの建築家エドウィン・ランドシーア・ラッチェンス）まあ、そんなことはともかく。ニューデリーを見るとワシントンを思いだします。

「ということは、ワシントンもお気に召しませんの？」

「ええ、じつを言いますと」男性は答えた。「自分の国はどうも居心地がよろしくない。おわかりでしょう、わたしは古いものが好きでしてね。信じられないかもしれませんが、イギリス人に囲まれていても、インドで暮らすほうがくつろげるんですよ。それはこのフランスでも同様のようです。以前、祖父がニースでイギリス領事をしておりまして」

「当時はあそこのプロムナード・デ・ザングレ（イギリス人の散歩道。ニースの海岸通り。裕福なイギリス人が家を構えていた）も、さぞかし新しかったでしょうね」女性はそうつづけた。

「ええ、でも今ではだいぶ年季が入りました。一方、われわれアメリカ人の造るものは、美しく老いるということがない。クライスラー・ビルしかり、あちこちにあるヒルトン・ホテルしかり……」

「ご結婚なさってます？」女性は尋ねた。男性は一瞬ためらったのちに、「ええ」ときっぱり答えた。正確の上にも正確を期すような口調だった。彼は手をのばして傘を探り当てた――赤の他人を相手にこれほどあけすけに身の上話をするという信じがたい状況でも、傘をつかむとなんだか安心感があった。

「わたくし、お訊きすべきではありませんでした」女性は文法になおさら気をつけて応じた。

「いやいや、そんな」男性は、いっこうに構わないという気持ちをぎこちなく伝えた。

「お話に興味がわいたんですの」と言って、小さく微笑んで見せる。「そうしたらさっきの質問が口をついて出たのです。思わず《アンプレーヴュ》お訊きしてしまって」

「そう言うあなたこそ、ご結婚は？」と男性も尋ねたが、相手をくつろがせようとしたまでである。すでに彼女の結婚指輪には気づいていた。

「ええ、しております」

　ここまでで互いのこともだいぶわかったようだし、そろそろ名乗らないと失礼になるだろうと男性は感じてこう言った。「わたしはグリーヴズと申します。ヘンリー・C・グリーヴズです」

「わたくしはマリー・クレール。マリー・クレール・デュヴァルと申します」

「なんとも気持ちの良い午後でしたな」グリーヴズと名乗る男性は言った。

「けど、陽が沈むと少し冷える時季ですわね」ふたりはまたもや無難な話題に逃げて、たがいに臍《ほぞ》をかんだ。

「きれいな傘をお持ちですね」女性はそう言った。実際、きれいな傘で、金の環がひときわ目を惹き、環に彫られたモノグラムは少し離れたところからも見てとれる。Hは見紛いようがない。そこにCかGが絡みつくようにデザインされていた。

「貰いものです」男性はうれしくもなさそうに答えた。

「先ほど鳩を始末なさった態度、ごりっぱでしたわ。わたしときたら、臆病《ラーシュ》で」

「そんなことは断じてありませんよ」男性はやさしく答えた。

「いいえ、だめですの」

「だれにだって腰の引けるものはある。それだけのことでしょう」

「でも、あなたは違いますわ」女性はまた鳩のことを思いだし謝意をこめた。

「いやあ、わたしだって臆病者ですよ」男性はそう返した。「人生のある部分ではまったく及び腰で」それに続けて、いまにも個人的な打ち明け話が始まりそうだったが、すんでのところで女性が彼のコートの裾をつかんで引っぱり戻した。裾をつかんだというのは、なにも比喩ではなく文字通りである。彼女は男性の上着の裾を持ちあげながら、声を高くした。「あらっ、塗り立てのペンキにでも触ったんじゃありませんこと」この作戦は功を奏した。女性の衣服も汚れたのではと、男性の注意はそちらにそれたからだ。しかしベンチをよくよく調べたところ、汚れの元はこのベンチにはないようだった。「そういえば、うちの階段のペンキを塗り直してましたな」

「このあたりにお家を構えてらっしゃる?」

「いえ、アパルトマンの四階に住んでまして」

「アサンスール付の?」

「エレベーターは残念ながら付いておりません」男性は侘びしげに答えた。「パリ十《ディス・セ》七区《ティエム》にあるかなり築年数のいった建物です（十七区は住宅地）」

男性の知られざる人生のドアが細く開いたところで、女性もそのお返しになにか身の上を打ち明けたいと思ったが、あまり喋りすぎはよろしくないだろう。今まさに、なにかの「瀬戸際」にいると思うと、めまいがしそうだった。結局、男性の話にはこのように応じた。「うちのアパルトマンは気が滅入るほど新しいんですよ。八区《ユイティエム》にあるんですが。ドアは手を触れなくても自動で開きますの。まるで空港です」

これを機に、双方から盛んな打ち明け話の応酬がはじまり会話は弾んだ。女性が、いつもチーズはマドレーヌ広場の界隈（フォション、エデュアールなど高級食材店が軒を連ねる）で買っていること。〝ユイティエム〟の彼女の住む側――ジョルジュ・サンク大通りの近くだとか――からはけっこうな遠征になるが、一度など、すぐ隣でシャルル・ド・ゴール将軍の奥さまの「イヴォンヌおばさん《タント・イヴォンヌ》」がブリーチーズを選んでいるのに気づき、通ってくる甲斐があると思ったこと。一方、男性のほうはチーズを、近場のトックヴィル通りで買っていると言う。

「ご自分で買われますの？」

「ええ、買い物は自分でね」男性は急にぶっきらぼうな口調になった。

すると女性はこう言った。「少し冷えてきましたわね。もう参りましょうか」

「この公園にはよくいらっしゃるんですか？」

「いいえ、今日が初めて」

「ほう、奇遇ですなあ」男性はそう返した。「わたしも今日が初めてですよ。こんなに近くに住んでいるのにね」

「しかもわたしはあんなに遠くに住んでいるのに」

ふたりは謎めいた神の思し召しを感じ、なにやら畏まって顔を見合わせた。男性はつぎにこう切りだした。「これから軽く食事をごいっしょする時間はないでしょうね？」

女性は胸はずむあまり、ついフランス語が出た。「わたしはかまいませんが《ジュ・スィ・リーブル・メ》、あなたは……きっと奥様《ヴォートル・ファム》が……？」

「うちのはどこかよそで食べますから」男性は答えた。「でも、そちらのだんなさまは？」

「主人なら十一時より前には戻りませんわ」

男性は、公園から歩いてほんの数分のところにある〈ブラッスリ・ロレーヌ〉に行きませんかと提案し、女性は彼があまりお洒落で華やかな店を選ばなかったのでうれしくなった。ブラッスリーの堅実で庶民的な雰囲気に、彼女はすっかり気持ちが落ち着き、自分はほとんど食欲がなかったが、くつろいだ軍人たちがワゴンに何台ものザワークラウトを着々と制覇していくのを見るのは愉しかった。おまけにメニューも思いのほか豊富で、あれこれ話しあっているうちに、夕食をともにするという予想外に親密な場でまたもや緊張した空気もほぐれてきた。料理の注文がすむと、ふたりは同時に口をひらいた。「まさかこんなことになるとは……」

「縁は異なものと申しますが」と男性は言い添え、思わず知らず、ふたりの会話にどっしりとした銘文入りの記念碑を据えつける形となった。

「お祖父さまのことを話してくださいな、領事をされていたという」

「直接は知らないのですよ」男性は答えた。レストランのソファに納まると、公園のベンチで気楽に話すようには行かなかった。

「では、お父さまはどうしてアメリカへ？」

「冒険心というところでしょう」男性は言った。「ちなみにわたしをヨーロッパに連れ戻したのも、この冒険心ですが。父が若いころは、アメリカと言えばコカコーラに、《タイム》や《ライフ》という時代ではなかった」

「それで、冒険《アバンチュール》は見つかりまして？　あら、こんなこと訊くなんてわたしも馬鹿ね。もちろん、こちらで結婚なさったのでしょう？」

「いえ、アメリカから連れてきたんです。気の毒なペーシェンス（poor patience は忍耐力が乏しいという意味も。シェイクスピア「オセロ」第一幕第三場より）」

「気の毒というと？」

「あれはコカコーラが好きでして」

「でしたら、こちらでも買えますよ」女性は今回はわざととぼけて返した。

「そうでしょうとも」

ソムリエが来ると、男性はサンセールのワインを注文した。「お気に召すと良いのですが」

「ワインはくわしくありませんの」女性は答えた。

「おや、てっきりフランスのかたというのはみんな……」

「そういうことは、どこの家も主人に任せますのよ」女性がそう答えると、こんどは彼のほうが胸におぼろな痛みを感じた。いまや妻だけでなく夫の幻もこのソファ席にあらわれて、女性の隣に座っており、ふたりは舌平目のムニエルを食べるのに忙しいという顔で、会話も交わさずに暫くをすごした。とはいえ、沈黙しても現実から逃げることはできなかった。このしーんと静まった場で、女性のほうが勇気を出して再び会話の口火を切らなければ、妻と夫の亡霊はますますどっかりと腰をすえていたろう。

「お子さんはいらっしゃいます？」彼女は尋ねた。

「いいえ、そちらは？」

「おりません」

「いないのを悔んでおられる？」

女性はこう答えた。「人間って、つねになにかしそこねて悔んでいるんじゃないかしら」

「少なくとも、わたしは今日、モンソー公園に居合わせて良かった」

「ええ、同感だわ」

その後の沈黙は心地よい沈黙となった。妻と夫の亡霊は去り、ふたりきりにしてくれたから。一度など、ふたりの指が砂糖容れの上で触れあった（ふたりともデザートに苺を選んでいたのだ）。どちらもそれ以上なにか訊こうとは思わなかった。こんなによく知り合えた気がする相手はかつていなかった。なんだか満ち足りた結婚生活のようだった。たがいに意外な面を見いだす段階はすぎ――嫉妬の試練ものりこえ、中年期を迎えてふたりの心はいま、静穏そのものである。それでも時間と死だけが敵として残り、食後のコーヒーは老境の訪れる前ぶれのように思えた。こうなると、悲しみを瀬戸際で止めておくのには食後のブランデーが入り用だったが、飲んでも効果はなかった。ふたりは時間単位で生きる蝶のように、夕方からの間に一生ぶんの時間をすごした気がしていた。

男性は目の前を行きすぎた給仕頭を見て、ふと言った。「なんだか、葬儀屋みたいな顔つきだな」

「ほんとね」女性も言った。男性が勘定を済ますと、ふたりは店の外に出た。断末魔の苦しみもかくやという辛さに、品の良いふたりは長らく抗えそうになかった。男性がこう切りだした。「お宅まで送りましょうか？」

「いいえ、けっこうです。本当におかまいなく。お宅はここからすぐなのでしょう」

「でしたら、そこのテラスで一杯いかがですか？」と、誘いかける口調には寂しさが見え隠れしていた。

「このへんにしておいたほうが良さそうですわ」女性が答えた。「何から何まですてきな夜でした。あなたって本当にすてきな人《テュ・エ・ヴレマン・ジャンティ》」テュという親しい間柄でしか使わない二人称を使ってしまってから気づき、それに気づくフランス語力が相手にないことを願った。ふたりは住所も電話番号も交換しなかった。どちらにもそんなことを持ちかける度胸はなかった。人生にここぞという時が訪れたというのに、どちらにとっても遅すぎたのだ。男性は女性にタクシーをひろってやり、彼女を乗せた車が煌びやかにライトアップした凱旋門の方角へ走り去る一方、彼はジュフロワ通りを歩いてアパルトマンに向かった。若い頃には臆病とされるものも、中年にとっては分別に他ならないが、それでも人は分別を恥じることがある。

マリー・クレールはアパルトマンの自動ドアを抜けながら、例によって、空港か非常口みたいだと思っていた。六階にあるフラットに入っていく。ドアを開けると正面に、深紅と黄色の陰惨なトーンの抽象画があり、彼女をよそ者のように出迎えた。

できるだけ物音をひそめてまっすぐ自分の部屋へ行くと、入ってドアに鍵をかけ、シングルベッドに腰をおろした。壁越しに、夫の話し声と笑い声が聞こえてきた。今夜のお相手はだれかしら。トニかフランソワか。フランソワというのは玄関の抽象画の作者であり、トニというのはバレエダンサーで、目のついた小さな石の男根像《ファルス》のモデルをしたことがあるのだと、とくに初対面の相手には得意げに話してみせる。この石像はリビングの特等席に飾られていた。マリー・クレールは服を脱ぎはじめた。隣室の声が蜘蛛の糸をつむいでいくのをよそに、彼女の頭にはモンソー公園のベンチやザワークラウトのワゴンがならぶ〈ブラッスリ・ロレーヌ〉の情景が甦ってきた。自分が帰宅したのに気づけば、夫はすぐさま行為に移るだろう。妻が隣にいると知ると興奮するらしい。夫の声は「ピエール、ピエール」と責めたてるように言っていた。ピエールというのはお初の名前ね。彼女は化粧台の上に指をひろげて指輪をはずしていくと、苺にかけた砂糖の壺を思いだしたが、隣室から小さな甲高い叫び声や忍び笑いが聞こえ、砂糖壺は目のある男根像に姿を変えた。マリー・クレールはベッドに横になると、耳に蠟製の耳栓をつっこみ、目を閉じて考えた。十五年前にモンソー公園のベンチに腰かけ、哀れみの心から鳩を殺める男の姿を見ていたら、人生はどれほど変わっていたろうか。

「あら、あなた女性の匂いがする」ペーシェンス・グリーヴズはベッドに二つ重ねた枕に半身をあずけながら愉快そうに言った。上の枕にはところどころ煙草の茶色い焼け焦げがついていた。

「まさか、そんなことないだろう。思い過ごしだよ」

「だって、十時までには帰ると言ったじゃない」

「二十分遅れただけだろう」

「ドゥエ通りにいたんでしょう。あのへんのバーで、娘《フィユ》でもひっかけようとして」

「モンソー公園で休んで、〈ブラッスリ・ロレーヌ〉で夕食をとってきただけだよ。いつもの薬をとってやろうか？」

「眠りこませて、わたしが求めてこないようにってわけね。そういう魂胆でしょ？もう年が年だから、ひと晩に二度できないものね」

グリーヴズはツインベッドを隔てるテーブルからカラフェをとりあげて水を注ぎ、

水薬を調剤した。ペーシェンスがこんな気分のときは、自分がなにを言っても裏目に出るばかりだろう。ペーシェンスもかわいそうに。彼はそう思いながら、赤い巻き毛に囲まれた妻の顔のそばに、水薬を差しだした。この女はアメリカが恋しくてたまらないんだ――ここでもコカコーラが同じ味だなんて、決して思えないだろう。しかし幸いなことに、今夜は最悪の展開にはならないようだ――妻はそれ以上言い争おうとせず、グラスの薬を飲んでくれた。その横に腰かけたグリーヴズの脳裏には、ブラッスリーの表の通りが甦り、あの女性が、もちろんうっかりとだろうが、「テュ」と呼んでくれたのを思いだしていた。

「ねえ、なにを考えているの？」ペーシェンスが尋ねてきた。「気持ちはまだドゥエ通りにいるの？」

「人生は変わっていたかもしれない、そう考えていただけだよ」彼は答えた。

これが今の人生につきつけた彼の最大の抗議だった。

祝　福　The Blessing

高橋和久訳

ここには思いがけない祝福のかたちが描かれている。報道機関の社内事情や取材先での情事といった背景が与えられるのはいかにもグリーンらしいが、知識人であると目される主人公（たち）の理性的推論、或いは理屈と「単純」な信仰との対照、そして前者の後者への屈服という逆説が何よりこの作者の面目躍如たるところだろう。さらに言うまでもないことだが、祝福される対象が一般に好ましくないとされているものであるという点もこの逆説を強化する。大酒飲みや喫煙家には格別の余韻を残す短篇と言えようか。なおここで描かれている儀式がカトリックのものであることは明らかであり、特定されていないこの国はイタリアであると推測される。さらに断定は出来ないが、取材地の近くにあるらしい「男女の同性愛者やイギリス人観光客に人気のリゾート地」はカプリ島を強く示唆すると付言しておこう。（訳者）

大司教は十五分ほど遅れた。ウェルドは鬱陶しいほどにまばゆい空の下、波止場に集まった群衆の中に否応なく押し込まれ、その遅れに憤りを覚えた。だいたいその場にいるのが馬鹿馬鹿しく思える。この式典はとてもではないが明日の新聞の二段分にも値しない。支局のある首都からの汽車賃すら無駄ではないか。上司のスマイリーは、窺い知れない何らかの理由で、自分を一日支局から追い出したかったのではないか――そんな疑念に取り憑かれる。ひょっとして、だれか重要人物がロンドン本社からやってくるのか……。小さな反戦デモを報じたウェルドの記事が高評価を得て、主要ニュース頁のトップを飾ったとき、スマイリーは内心面白くなかった。外事部の編集副主幹について「あいつはニュースバリューの何たるかがまったく分かっていなかったな」という侮蔑的な言葉を吐いていた。

「分かったもんじゃないぜ」スマイリーはその日の朝、スマイルにそぐわない苦虫を嚙み潰したような表情を浮かべて言ったのだった、「あんたのお気に入りの反戦主義者たちが集まって抗議デモをするかもしれんぞ」

「まずあり得ませんね。それに、たとえそんなことになったとしても……」

「式典そのものを記事にしたらいいさ。あんたの書くものはなかなか皮肉が効いているからな。まあクロウはそう考えている、ということだが」（クロウが編集副主幹だった）「社のお偉方の中にカトリックはいないはずだ——おれの知る限りでは」

だが、それは本当だろうか？　もしかすると南へと派遣されたのはそれが理由かもしれない。こちらがドジを踏むように仕向けて、ロンドンでの評判に傷をつける——それがスマイリーの狙いではないのか。

港に到着すると、ウェルドはまっすぐ町の中心部にある食堂《タベルナ》へと向かった。そこに行けば同業の仲間に会えるだろうと思ったのだ。とはいえそれも、彼以外にこんなつまらないことのためにこんな遠くまでわざわざやってくる人間がいればの話だった。

しかし彼は悪く考えすぎていた。少なくとも通信社は若手の記者を送り込んでいた——APのヒューズ、UPのコリンズ、ロイターのタンブリル。それにもちろん地元の報道機関の連中。《テレグラフ》と《エクスプレス》両紙の記者の姿はなかった。

ウェルドが店に入ると、地元の記者の一人が、アーティチョークから作ったとんでもない食前酒を飲みながら、タンブリルの質問攻めに遭っている最中だった。タンブリルはひどく真面目な若者だが、事情が事情なので、ヒューズも彼の味方をしていた。ヒューズは明らかに、ウェルドと同じくらいここに送られたことを面白くなく思っていた。

「タンブリルの質問にまだ答えていないじゃないか」ヒューズが言った。

「ああ、あんたたちみたいな異教徒には分かってもらえそうもないからね」相手は「異教徒」という言葉を発して微笑んだが、それはイギリス人が「ろくでなし」と口にしたときに浮かべるような微笑だった。

「あなたが言ったんですよね」タンブリルは執拗だった、「これは不当な戦争だと思うと」バーテンダーに話の内容を悟られないことをどこかで期待して、彼らは英語を使った。

「そうだな……まあ考えてみれば……」

「不当な戦争に使われることになる武器を、どうして祝福できるんでしょう？」

「あんたの心配が、祝福を受けるとその武器の威力が増すのではないかということなら、そんなことにはならないと思うがな」

「有毒ガスボンベも祝福するわけですか？」

「それは話が違う。そのボンベはガスを入れるだけ——人間を入れるわけじゃない」

「一体全体どんな意味があって……？」

「全体が一体になる意味などないさ。請け合うよ、一体となる意味などない」

「詭弁を弄してはぐらかすなよ」ヒューズが言った。

コリンズがウェルドに言った、「何を飲んでる？」

「ニグローニ（ジン・ベルモット・カンパリから作るカクテル）」

「どうしてここに？」

「君こそどうして？」

「ひょっとするとデモがあるかもしれない、とケイパーの奴が考えたのさ」

「反大司教の？　ここで？　あり得ないな」

「おれもそう言ったさ。マーサと海に行くつもりだったんだ。マーサのことは知っているだろう？」

「ああ、知っているとも」マーサは肉付きがよく、何にでも触手を伸ばす女で、ナチ思想に心底共鳴しているのではと疑われるドイツ人通信員を夫に持っていた。誰彼のへだてなくひたすら親身になって男たちの必要に応えてくれると噂されていて、多くの男は彼女の夫を裏切る道徳的義務を強く感じるのだった。

「どうして連れてこなかったんだ?」

「連れてきたよ。待ち合わせの場所は」——彼は男女の同性愛者やイギリス人観光客に人気のリゾート地の名を挙げた。

「ゆっくりする時間はあまりないだろうよ。こうした式典は決まって遅れる——祈禱はやたらと長引くしな」

「なあ、ちょっと手助けを頼みたいんだがな。タンブリルは聞く耳を持たないし、ヒューズには——こっちには想像するしかないあいつなりの理由があって——助けを期待できない。万事終わったら、グランド・ホテルに電話してくれないか、ということなんだ——もちろん、何か思いがけない事件が起こったら、ということだが。こうした式典はさんざん見てきた。今回の記事はもうすっかり書き上げてある——ただ保険をかけておきたい、それだけのことなんだ」

「いいとも。五時から六時の間に電話しよう。ひどく暑くなりそうだな」

「演壇のご託宣取材用に何がしか用意されることだろうよ」

「演壇には興味がないな。記事になる可能性があるとしたら、それは見物に集まった人間のほうだ」

「何とも楽天的な奴だな、ウェルド」

「可能性があるとしたら、と言ったろう。何を飲んでる？」

「カンパリソーダ。一本どうだ？」

「もらおう」ウェルドは差し出されたタバコ——その日の十本目だった——を手にすると、それが仇でもあるみたいに一気に喫った。夕方近くになると、喫煙者特有の咳が否応なく出てくることは分かっていた。乾いた喉がヒリヒリし、短い夜の間ずっと眠れずに、五時になって鎧戸の隙間から差しこむ陽射しを迎えることになる。式典が終わるまで喫わないと決めていたのだが、ニグローニのせいで誘惑に弱くなっていた。

「それが殺すことになる人たちはどうなんだ？　武器が祝福されるとかれらの助けになるのか？」ヒューズが再び攻撃を始めた。

「あんたたちが決まって記事にする〝非武装の野蛮人〟のことかい？」

「俺はしていないさ。通信社で働いていると、言い回しに凝るなんてことは許されない。《エクスプレス》紙と《メイル》紙じゃ好みがまったく違うからな。こちらは新聞社にいわゆる事実を届け、皮肉やら義憤の味付けはここにいるウェルドみたいな連中に任せるんだ」

二時間後ウェルドは波止場に立っていた。周りの群集からはニンニクと服地にしみ込んだ汗の臭いが立ち上る。彼は長身で、肩を並べた警官が隊列を組んで前をふさいでいたが、その向こうを容易に見渡すことができた。演壇は用意されておらず、そのときがきても、式典と呼べるほどのものはなかった。輸送船と群集の間には戦車が一列に並んでいる。迷彩を施されて古びて見えるのは、町の駐車場に並んで、買い手がつくかスクラップ場行きになるのかを待っている中古車さながら。搭乗員たちは、自分は無関係だとでもいった様子で、戦車から少し離れたところをぶらついていた。ウェルドのすぐそばで子どもがいつまでも泣き叫んでいたが、やっと母親の乳にありついておとなしくなった。輸送船の旗、税関の壁に貼られたどぎついポスターだけが、陽光の照り返す水平線の彼方で続いている間抜けな戦争に熱くなっている人間がいないわけではないことを示していた。群衆には熱気のかけらも感じられない。かれらは自分と同じように、何か起こるかもしれないというので、ここに集まってきたようにウェルドには思われた。その場の女性たちのせいで全体の色調が黒っぽくなっており、国家の一部は戦争準備をしているというより喪に服そうとしているのではという感覚が彼をとらえた。

彼が振り返って線路の向こう側に広がる家並みに目を遣ると、旗の代わりにまばゆいベッドカバーが窓から吊るされていた。そのときだれかの命令する声がして、彼が視線を戻すと、搭乗員たちがそれぞれの戦車の脇でさっと気をつけの姿勢を取り、整列した彼らの間を、深紅の絹の縁飾りのついた黒い法衣に身を包んだ小柄な老人がゆっくりと歩を進めている。頸垂帯を両肩から下げ、すみれ色のストッキングを着用し、注意深く運ばれる足先の靴は銀のバックルで留めてある。コッタ（主にカトリックの聖職者が法衣の上に着る短い白衣）に施されたレースは彼自身と同じくらい古びて見えた。彼よりはるかに大柄な若い司祭が紫のビレッタ（カトリックの聖職者の用いる四角形の法冠で、聖職者の位階によって色が異なる。紫は司教が用いる）を持って後に従っている。随行する司祭たちの足並みが不意に少しばかり乱れ、眩しい陽射しの中、彼らは羽毛のようにどこかへ飛散してしまうかと思われ、ウェルドはハトが、小さな肉付きのいいハトが羽をむしられているような気がした。今や群衆が歓声を揚げていた——つまるところ、葬式ではないのだ。大司教は各戦車の前に来ては歩を止め、そのたびに司祭が大きな祈禱書を差し出す。大司教はその一節を読むのだが、まるで目の前ほんの数センチしか見えないとでもいった風に、頁に顔がつくほど身体を屈めるのだった。それから別の司祭が手提げの香炉を大司教に渡し、彼がそれを左右に振ると、海からの風は微風だったが、それに乗って青い煙が群集の方に押し戻され、しばらくの間、甘い香りで汗とニンニクの臭いが消えた。

「神の母よ、ああ、麗しき神の母よ」ウェルドのそばにいた男が言った。ウェルドが見ると、その男は泣いていた。彼は衝撃を受けた。これほど蒙昧な信仰の姿に接するのは初めてだった。男の顔は皺くちゃで、風に吹かれて地面に落ち、ずっとそのままになっていたリンゴを思わせる。「善き老人よ、善き老人よ」男は繰り返し続けた。

「ああ、神の聖人よ」口調にはこの港町ではなく、田舎のなまりが窺える。ウェルドはその男の信心深さに、その単純さに苛立ちを覚えた。それとも苛立ったのは日中の暑さのためだったたか。

「これは聖なる戦争というわけですか」彼は軽蔑したように言った。

その老人は驚いた顔を彼に向けた。「これは呪われた戦だ」彼は言った。「村の男二人、二度と家に帰ってくることはないだろう。自分らがどうしてあっちまで行って戦わねばならん？　戦を生むのは悪魔だ。神ではない」

「それなら悪魔に戦車を祝福させればいい」

「悪魔は祝福などしない。祝福のしかたを知らん」

「あなたは戦争に反対している」ウェルドは言った、「それでいながら大司教が戦車に祝福を与えることに何の問題もないというのですか？」

「大司教が戦車を祝福するのがなぜいかんのだ?」老人が尋ねた。大司教が通り過ぎていき、老人は拍手を送りながら、叫んだ「聖人よ、聖人よ」その口振りには、まるで彼と大司教との間で冗談を分かち合っているかのような、はしゃいだ気分が現れていた。数人の子供たちの放ったクラッカーのテープが警官隊の頭上に舞い、式典は終わりに近づいた。デモはなかった。聖なる呟きが聞こえなくなって、香の匂いも消えていった。

ウェルドはこの国の言葉がそれほど達者ではなかったので、単純な言葉遣いで言った、「分かりませんね。あなたは呪われた戦争だと言う。そこに並んだ戦車は槍や旧式のライフルで自分たちの国を守ろうとする男たちを殺すことになる。あなたの聖なる大司教はどうしてそんな悪の道具を祝福できるのです?」

「自分だって、あんなものはとても好きになれん」老人が言った、「醜くて危険極まりない。だがな、祝福したいという気持ちがあれば、祝福するのさ」

「分かりませんね」

「わし自身、ずいぶんと祝福しているぞ」老人は言った。「愛したいが、どうにも愛せないときにな。両手を伸ばして言うのだ、自分はこれを愛せないけれども、ともかく祝福します、神よ許したまえ、と。家の踏鋤は柄がすぐに緩んでしまう代物でな、そいつで足を切っちまった。だから祝福した——祝福するか壊すしかなかったし、そいつを壊してもすぐに代わりがあるという身分じゃなかったからな。それから毎週、文句を言いにやってくる女がいる。わしの犬のことでな。去勢処理をしてくれ、と言うんだ、哀れな女だよ。そんなことはできん。自然に反することだ。その女はわしを悪しざまに罵る。わしは手を差し出し——気づいてみると女、その哀れな女を祝福しているのだ。愛することはできぬからな」

ウェルドには話の筋が見えなかった。ひどく単純な風景に囲まれているのだが、それなのに、どの道も先は迷路になっていて出口が見えない——そんな場所に連れてこられた感じだった。

「でも大司教が」彼は言った、「あんな風に正装し、香炉を使い、祈りを捧げて……」彼は言った、「世界中のだれもが知っていますよ、あなたの国はマスタード・ガスを使って……」彼は急に口を噤んだ。貧農の老人相手に何とも馬鹿げた言いがかりではないか。「それにここに並んだ戦車は……」

「醜くて危険極まりない代物だ」老人は繰り返した。「新しい鋤ほどにも光らない。まるで発疹チフスか何かに罹ってでもいるみたいじゃないか。大司教はそいつらを憎んでいるかもしれん——自分は驚かんね。憎んでいるものは祝福するしかない。わしも憎んだ記憶がある。大きな灰色のネズミでな、わしの小さな雌鶏を食いよった。やっとのことで追い詰め、それから両手を差し出して祝福したさ。そのあとそいつは死んだよ。司祭の車に轢かれてな。そこの戦車も死ぬかもしれんぞ、それに乗った哀れな連中も一緒に。祝福が命を救うなどという話は聞いたことがない。だがな、祝福したいと思えば祝福するんだ。愛した方がいいだろうが、いつも愛せるとは限らんから」

ウェルドが町中のタベルナに戻ったときには五時を過ぎていた。グランド・ホテルにいるコリンズに電話をしたが、コリンズの返事はいかにも不機嫌だった——期待したほど楽しい午後にはならなかったのか、電話をしたのが間の悪いときだったのか。電話口から女の笑い声が聞こえるような気がした。コリンズは言った、「何か面白いことがあったら電話してくれと言っただろう」

「何もなかったよ」

「ああ、わかった。じゃあな」それだけ言うと、彼は一言の礼もなく電話を切った。

ウェルドが電話をしている間に、ヒューズとタンブリルがバーにやってきて、ウィスキーの奢り合いというつもの儀式が始まった。気づくと、ウェルドはタバコの箱をなくしていた。おそらく人混みの中で盗られたのだろう。「プレイヤーズを一箱」

彼はバーテンダーに言った。長くて暑い午後のほこりのせいで喉がかさついていた。タバコは何の足しにもならない。また咳き込むだけのこと。彼はタバコの上に手を伸ばしたまま、一瞬ためらった。もう少し待てるのではないか――そう、ウィスキーの三巡目まで。

「ウェルドを見ろよ」ヒューズがタンブリルに言った、「タバコを祝福しているぜ」

「ぼくはウィスキーを祝福しよう」タンブリルはそう言いながら、グラスの上で手を走らせた。「麗しき畑の恵みよ、麗しき黄金色の液体よ。愛しいおまえへのぼくの愛は可愛い戦車への大司教の愛にも負けないぞ」

「愛するものを祝福しはしない」ウェルドは言った。

「じゃあ君のタバコはどうなんだ？」

「タバコはぼくの敵さ。しまいにはぼくを殺すことになる」彼はもう我慢が出来なかった。一本火をつけると、たちどころに咳が出た。「祝福が命を救うなどという話は聞いたことがない」彼は言った。その言葉は耳慣れた引用句のような響きがした。

一九六六年

戦う教会　Church Militant

田口俊樹訳

一九五〇年代、のちのケニア独立の契機となるマウマウ団の乱を背景幕に、キリスト教の布教に腐心する神父たちと、そんな彼らに難題を吹っかける大司教によってばたばたと、それでいてどこかしらのんびりと演じられる寸劇である。現場の人間と現場を知らない上司の扞格《かんかく》というのは、どんな組織にも見られる、対立劇の定番のひとつと言えるかもしれない。が、本篇の読みどころは、まさに革命前夜、死と隣り合わせの状況に置かれているのに、大司教だけでなく、現場をよく知る神父の言動もまたどこかしら浮世離れしているところだろう。といって、それが戯画にはなっていない。そこがまたこの作品のミソだ。軽い筆致ながら、信仰を持つとはこういうことか、と訳者なんぞは思いがけず真面目に考えさせられた。

加えて、全体に漂う温かいユーモアがなんとも心地よい小品。(訳者)

ドネル神父のちゃちな古いジープに乗って居留地から出ようとしたところで、大司教の運転するキャディラックとすれちがった。キャディラックは私たちから数ヤード離れて停まった。立ち並ぶコーヒーの木と木のあいだに。ドネル神父もジープのブレーキを踏んだが、そこで文句を垂れた。「昼食のあと、きみの友達のところに寄ったりしなければ、鉢合わせすることもなかったのに」そう言って、不承不承車を降りると、キャディラックの運転席に着いている大司教のところまで歩いていった。キャディラックの後部座席には女性が何人も乗っていた。みんな奇妙な灰色の服を着て、どの服にも灰色のリネンの十字架が縫いつけられていた。

ドネル神父は大司教と話しおえると、もの思わしげな顔で戻ってきた。「このまま行くのはかまわないが、お茶の時間にはニグル伝道所まで来てほしいそうだ。大司教自身はこれから私の伝道所に行くそうだ。片眼のパッツィのほかにも誰かいてくれるといいんだが」

「あの女性たちは誰なんです？」と私は尋ねた。

陰気であいまいな答えが返ってきた。「なんとも嫌な予感がする」

その日の午後、私たちはケニヤのキクユ族の居留地のへりでひとりで暮らしている実に勇敢な数人の女性入植者を訪ねた。廊下にはショットガン、膝の上にはリヴォルヴァー、針金フェンスのそばには守りを固めてうずくまる大きなボクサー犬といった風情に、私はアメリカの初期入植者たちを思い出し、彼らの暮らしぶりはいかばかりのものだったのだろうかと思った。ドネル神父はと言えば、訪問のあいだずっと心ここにあらずといったふうだった。数週間前に神父の伝道所が襲撃されたことに女性のひとりが触れても、いつものように面白い話をする気にもなれないようだった。「ああ、彼らも哀れな連中だよ」としか言わなかった。「分別というものが持てないんだから」

「でも、神父さまも森のほうに二十ヤードいらしてなかったなら――」

「彼らは誤った道を歩かされている」と神父は言った。

ニグル伝道所は、丘の上にあるドネル神父のブリキ小屋のような伝道所とはいかにも対照的なところだった。居留地の外側——ヨーロッパ人の所有地——にあるその建物は、厄介なことが少なかった頃に長期の使用にも耐えうるよう建てられたもので、どこかしらラッチェンズ（二十世紀初めのイギリスの建築家）が設計した軍隊の兵舎を思わせた。ドネル神父は、その建物を遠くから見ただけで、もったいぶった金持ちの親戚のところに連れてこられた貧しい少年さながら、悪戯心が騒ぎだしたようだった。

「ひとつシュミット神父をからかってやろう」と彼は言った。「彼も哀れな人だよ。あの信心深い尼さんたちと年がら年じゅう一緒なんだから」

「あそこでも何かトラブルがあったんですか？」と私は尋ねた。

「トラブル！」とドネル神父は自慢のアイルランド訛りでオウム返しに言った。「あそこには五十人もの自警団がいるんだからね。だから、犬が一声でも吠えようものなら、ロケット弾が飛ばされ、デヴォンシャー連隊が車道を撃ちまくるだろうよ。そんな場所を相手にして、マウマウ団（一九五〇年代イギリスの植民地支配に反発して「マウマウ団の乱」を起こしたケニヤのキクユ族を中心とするグループ）の哀れな連中にいったい何ができるというんだね？」

私たちは、ニグル伝道所のイタリア風礼拝堂のすぐ近くに、ドネル神父の車のギアが許すかぎり静かにジープを停めると、車を降りてシュミット神父を探した。大きな広場に出たところで、せかせかと通り過ぎようとした尼僧をドネル神父が呼び止めた。

「こんにちは、シスター！」

「こんにちは、神父さま」

「私を避けようとしたね？　卵をせびりにきたとでも思ったんだね、ええ？」

「ただ気がつかなかっただけです、神父さま」

「実は、シスター、きみたちみんなに悪い知らせがある」

「悪い知らせ？　キマティ（マウマウ団の指導者）のことですか？」

「なんだって？　あの哀れな未開人のことかって？　そうじゃないよ。大司教がここにお出ましになる。今すぐにも！　新品のキャディラックに乗って」

「でも、いったいどんなご用で？」

「困ったことになるかもしれない」そう答えたときにはドネル神父はもう歩きだしていた。

シュミット神父は自室にいた。鎧戸を閉めて陽射しをさえぎり、椅子をふたつ並べた上でぐっすりと眠っていた。ひどく年老い、雪のように白い髪をしたその姿を見ていると、最後の眠りにつくのもそれほどさきのことではないように思われた。私にはそんな彼を起こすなどとてもできそうになかったが、ドネル神父に遠慮はなかった。

「シュミット神父、シュミット神父！」と大声で呼びかけた。

シュミット神父は白く太い眉の片方をもたげたものの、「ああ、きみか」とだけ言ってまた眠りに戻りかけた。

「起きてください、神父。大変なことになったんです」

シュミット神父はしぶしぶ足を床におろした。「また襲撃されたのか？　ゆうべ銃声は聞こえなかったが」

「もっとひどいことが起きたんです、シュミット神父。牛を追い散らされ、鶏を殺されてしまったんです。それで、神父の自家製ワインを少し分けていただけないかと思いまして」

「何本かはあげられると思うが……しかし、ワインと牛といったいどういう関係があるんだね？」

「井戸に毒を入れられたんです。だから飲めるものが何もないんです、神父。荷物を運んでくれる者も六人ほど必要です」

「車はどうした？」

「焼かれてしまいました」

「じゃあ、どうやってここまで来たんだね？」

「ずっと歩いてきました」

老人はよろよろと立ち上がると、食器戸棚のところに向かった。一番下の棚に罎がぎっしりと並んでいた。

「お腹がぺこぺこです、神父。そこにある分は全部要りそうです」

「まだ中身を入れてないんだよ。樽まで持っていかないと」

「それとパンを、神父。パンももう底をついてしまってるんです」

シュミット老神父はしわがれ声でぶつぶつと不平をこぼしながら、パンの塊ふたつとバター半ポンドを取り出して言った。「うちにあるのはこれだけだ、ドネル神父」

「あと卵も」

老神父は陶磁器の皿から卵を三つ手に取った。

「あと牛の脇腹肉も、神父」

「いったいなんでここに牛の脇腹肉なんぞがある？　私が肉を食べないことはきみもよく知っているだろうが。そういうものが欲しければ、係のシスターのところへ行きたまえ。ビスケットならここに少しあるから、坐って食べていくといい」

ドネル神父はこの悪ふざけをどこまで続けるつもりなのだろう、と私は思った。缶にはビスケットがほんの少ししか残っていなかったのだ。ドネル神父がその缶に指を突っ込むと、シュミット神父は苦虫を嚙みつぶしたような表情になり、それを見られまいと顔をそむけた。

「ご覧よ、この顔」とドネル神父は私に言った。「インド洋からこっち彼ほど甘いものに目がない人はいないんだ。心配無用です、神父。ちょっとふざけてみただけですから」

シュミット神父は大きな黒いブーツに視線を落として言った。

「きみはいったいいつになったら大人になるんだね、ドネル神父？」

「まあまあ、そう怒らないでください、神父。私もいつかはちゃんとあなたと同じ年になりますから。それより本物の知らせがあります。大司教がもうすぐにもここに見えます、車いっぱいにご婦人たちを乗せて」

「ご婦人たち？」

「シャルル・ド・フーコー修道女会です」

「女性ならここにはもう充分いるのに？」

「彼女たちはここに用があるわけじゃないんですよ、神父。居留地の土地を一区画欲しがってるんです」

「彼女たちの生活費は誰が工面するんだね？」

「彼女たちは自分たちの小屋を建てて……土地を耕して……原住民の女たちと同じように生活したがっているんです。私は病院で看護婦として働いてほしいと言ったんですが。そういうことはしないんだそうです。汚物を処理する仕事ならやるとは言いましたが。〝だったら私の学校で教えるのは？〟とも言ってみたんですが、それも駄目でした。床は掃いても教えはしないというわけです。〝私の小さな伝道所にはあなたたちを置く余裕はありません〟と言うと、伝道所の外の土地を少しもらえればいいと言う。〝半ヘクタールもあれば充分です〟なんてね。〝土地はキクユ族のものでしょうが〟と言ってやりました。〝こんなに大変なことになっているのに、どうすれば彼らに土地をくれなんて言えます？〟。そう言ってやりました。そうしたらこう言われました、〝神がこの地にわたしたちをと思し召せば、半ヘクタールは神がわたしたちにくださいます〟と。何がヘクタールですか。こういう女性を相手に何ができます？」

「大いにまちがったことだ」とシュミット神父は言った。「彼女たちはヨーロッパにいるべきだ」

「北にはああいう人たちが大勢いますが」

「北はこことはちがう。砂漠なら愚かな真似をする場所などいくらでもある」

「大司教のお出ましだ」キャディラックが柔らかな音を立てて停まったのに気づいてドネル神父が言った。

シュミット神父が大司教を出迎えにいき、ドネル神父は私に囁いた。「彼はまさに聖人だね、そういう人間がいるとすれば」

「大司教が？」

「まさか。まあ、大司教も彼なりにいい人だけれど……」

大司教が部屋にはいってきた。首から下げられた大きな十字架がわずかに曲がって腹の上にのっていた。

「ごきげんよう、ごきげんよう。また会えて嬉しいかぎりだ。今日は最高の運転日和だね。道さえちゃんとしていればの話だが。ちょっと市《まち》から出たくなってね。ご婦人方はその口実だ。いやいや、お茶はけっこう。ありがとう。そのビスケットをひとつだけいただこう。ありがとう、ありがとう。今、ここのシスターがご婦人方を案内してくれている。でも、礼拝堂を見せてもらったら、すぐに出発しなくてはね。近頃はとても物騒だから。あまり遅くならないうちに帰りたい。ああ、ありがとう、ありがとう。なんだか私ひとりで全部たいらげてしまいそうだ。ご婦人方のことを説明しにきただけなのに。彼女たちはフランス人なんだ。きみと同じだ、神父」

「私はフランス人ではありませんよ」とシュミット神父は言った。「あなたがイギリス人でないのと同じくらい」

「ああ、まさに《トゥシェ》、まさに《トゥシェ》」と大司教はにこやかに笑いながら言った。どこまでも愛想のいいその笑顔は野球の試合のチアリーダーを思い出させた。

「彼女たちはいったいここで何をしようというのです？」とシュミット神父は尋ねた。

「シャルル・ド・フーコー修道女会のことはきみも知っているだろう？　原住民と同じように働ける土地を欲しがっている」

「このあたりは女性が住めるようなところではありませんよ」とシュミット神父は言った。

「だからいいんじゃないか。それが彼女たちの使命なんだから」大司教はヴェストからビスケットのくずを払い落として言った。「市《まち》のモラガンビの一区画を彼女たちに与えることにしたんだ」

「でも、あそこはひどいところじゃないですか」とシュミット神父は言った。「土の中から絞殺死体がたくさん出てきた場所でしょうが。彼女たちも全員咽喉を切り裂かれるのがおちです」咎めるようにそうつけ加えた。

「それが彼女たちの使命だということだ、神父。それが使命なのさ。きみは即物的すぎるよ。われわれはみな使命を持っている。きみも、私も、ドネル神父も。人は他人の使命に干渉してはいけないよ」

「修練士に使命感を抱かせることになどまるで関心のない指導者が五十五年前にひとりいたのを覚えていますが」

「私が今話しているのは修練士のことではないからね、神父。さっきも言ったが、きみはここの大勢のシスターに世話をしてもらって快適に過ごしているものだから、即物的になりすぎてるよ」

「彼女たちはひと月ともちませんよ。誰が彼女たちの面倒をみるんです?」

「自分たちでなんとかするさ、神父」

「彼女たちは女性なんですよ」とシュミット神父は悲しげにせつなげに言った。

大司教は〝ご婦人方を正式に紹介するために〟ドネル神父を薄暗くなってきた広場へ連れていった。いかにも指導者然として、きびきびと歩くその姿を見るかぎり、大司教が自らの使命になんの疑いも抱いていないのは明らかだった。

シュミット神父は空《から》になったビスケットの缶をまえにぽつねんと坐っていたが、自らの思念に首を一度横に振った。

私はどうすればそんなシュミット神父を元気づけられるか考え、取材に訪れているジャーナリストという部外者ながら、言ってみた。「この食器戸棚の中の空き壜ですが……」

　神父が老いた眼を上げた。

　私は続けて言った。「ドネル神父のジープの後部座席に五、六本積んで走りだしたら、絶対大きな音がしますよね……その音を聞いたら大司教はどう思うでしょうね。ドネル神父はいったい何をしにここに来たのかと──」

　シュミット神父は立ち上がると言った。「それはとてもいい考えだ」そう言って、大きなブーツを履いた足で食器戸棚のところまで歩いた。大司教とドネル神父は熱心に話し込んでおり、ふたりとも私たちが空き壜をジープに積んでいるのに気づかなかった。シュミット神父は私がジープに壜を積み込むあいだ、私と彼らのあいだに立ち、両足を広げて踏ん張り、法衣のカーテンをつくった。壜を積みおえて戻ると、大司教は自分が連れてきた、ことばも何もわからないフランス人女性に囲まれ、ドネル神父に別れの挨拶をしていた。

「こんなときに」とドネル神父は言っていた。「あの哀れな連中に土地をくれなんて言えませんよ。たとえ半エーカーだって」

「使命の手助けをするということだ」

「キクユ族がそんなことを理解してくれるとでもお思いなんですか？　彼らは自分たちの土地を私たちに盗まれているだけだと思うに決まっています。実際、われわれは盗んでるんじゃありませんか？」

「神のためだ、神父」

「この土地はもとより神のものでしょうが。私たちがいてもいなくても」ドネル神父は腹立たしげにジープに乗り込んだ。私もそのあとに続いた。「それではごきげんよう、閣下」

「ごきげんよう、神父。いずれにしろ、考えてくれたまえ。最後にはきみも私の意見に賛成してくれるものと信じている」

「ごきげんよう、シュミット神父」

「ごきげんよう、ドネル神父」

ドネル神父が車を出すと、壜がぶつかり合って、カンカンとにぎやかな音を立てた。私はうしろを振り返った。大司教にその音が聞こえた様子はなかった。それはドネル神父も同じだった。居留地にはいったあとも彼は考えにふけっていた。私がかわりにヘッドライトをつけなければならないほどだった。次第に濃さが増す闇の中、壜が立てる音に不安になって私は言った。「あの……この壜だけれど……」

「墁？」

「こんな大きな音を出して走っていると、マウマウ団が……」と私が落ち着かない気持ちで言うと、ドネル神父は言った。

「あの哀れな連中にいったいどうやったらわかってもらえる……？」

一九五六年

拝啓ファルケンハイム博士

Dear Dr Falkenheim

若島　正訳

グロテスクなクリスマス・ストーリーだが、この短篇を読むと誰しもグリーンと精神分析の関係について思いをめぐらせてみたくなるはずだ。実はこの両者には浅からぬ縁がある。自伝によれば、グリーンは十代の頃、父親が校長を務める寄宿学校にいて、その単調な生活に心底うんざりし、そこからの脱出をはかって、自殺の真似事や家出を試みたことがあった。その結果、当時としては異例なことに、半年間ロンドンで精神分析医の診察を受けることになったのだ。グリーンが十六歳のときである。ケネス・リッチモンドというこの精神分析医は、文学にも理解があり、グリーンを文学の道に誘った一人である。また、診察を受けていたあいだ、グリーンは夢日記をつけていたという。グリーンの夢に対する関心はこの頃から始まった。

（訳者）

拝啓ファルケンハイム博士

息子が幼い頃、サンタクロース伝説にまつわる事件でトラウマになる体験をしたことについて、報告書（症例と呼ぶ方がいいのでしょう）を作成してほしいというご要望でしたね。私はできるかぎり正確な記述を心がけ、自分の気持ちも包み隠さずに述べようと思います。子供を分析することが、ある程度はその親も分析することになるのは、充分に承知しているからです。男性にとって、「一体」（マルコの福音書より。夫妻になることを指す）という言葉は妻よりも我が子によく当てはまるように思えてなりません。この週末のあいだずっと、お勧めいただいたドッペルドルフ博士の著書を夢中になって読みふけり、ずいぶん勉強させてもらいました。たとえば、無意識で人間は言葉遊びをする癖があるとか、無関係に見えるものが深い意味を持っているとか。ですから、この報告書に無関係な話が多くても、どうか驚かれないようにお願いします。先生のご要望は簡潔な報告書でしたのに、もう流し書き（走り書きと書くべきでしょうか）になってしまいました。しかし、先生は本当に簡潔なものをお望みなのでしょうか？　ドッペルドルフ博士の著書を読み終えてみると、そうとも思えないのです。

この手紙が軽々しい口調になっていることはわかっておりますが、先生ならきっとその軽々しさの底にあるものを見抜かれるでしょう。毎年十二月になると、息子は目にあざをこしらえるか、口元から血を流して学校から帰ってきます。それでもなお、周囲が敵だらけの世界の中で子供が見せる、あのすさまじい勇気というものをけっして失ってはいません。それというのも、現実がどんなものかを知っているのが我々の方だとは、息子にはどうしても信じられないのです。息子から見れば、私はエッソとシェルの石油価格競争にしか関心がなく、妻は婦人会にかかりっきりなので、私たち二人のほうも、息子の自尊心を尊重し、見て見ぬふりをしないといけないのです。傷なんてなにもない、怪我をしたのはうっかり煉瓦壁にぶつかってしまったせいなのだ、と。

問題の事件当時、息子は六歳でした。私が妻子とともにイギリスからカナダに移ってわずか数ヵ月。ロッキー山脈の麓、高度三千フィート以上のところにある、鋼鉄とネオンの都会にはまだ慣れていなかった頃です。イギリスにいたときにくらべれば、雲の上にいるかと思えるほど空は高くまた広く見え、空気は湖水のように冷たく新鮮でした。郊外にある〈安楽荘〉と呼ばれる私たちのバンガローからは、ベージュ色のなだらかな牧草地の向こうに、雪をかぶったロッキー山脈の頂が見えました。しかも、その色彩が刻々と変化するのです。硬質でまばゆい白色のこともあり、薄い薔薇色のこともあり、嵐雲のような濃い青色に染まるときすらありました。

　こんなことを書いたのは他でもありません。西洋のはずれに移り住んでも、私たちは少しも異国にいるとは感じなかったという点を言いたいからです。感じたものがあるとすれば、それは爽快感であり、自由であり、新しい生活が始まるという意識でした。わずか数カ月で私たち一家が逃げ出すことになった、むごい衝撃的事件を予期させるようなものは、たしかになにもなかったのです。私たちは二度とそこに戻りませんでしたから、息子がその町について今でも憶えていることは、六歳の頃の本当の記憶にちがいありません。息子がその思い出を語るときには、さまざまな光景が奇妙に混ざっています。スーパーにカウボーイのような恰好でウィータビックス（シリアルの一種）を買いにくる男たち。パーキンスン・ビルディングの屋上にある駐車場。そこに停めた車の中から見える、川や家並や山々。駅の貨車の中で唸り声をあげ足を踏みならしている家畜の大群。ロッキー山脈の上にかかるアーチ状の雲。それはチヌークと呼ばれる暖風の到来を告げるものであり、数時間も経たないうちに温度が零下二十度から三十五度まで急激に上昇するのです。そしてもちろん、先生が調査なさろうとしている、あの恐ろしい思い出があるのですが、それについて息子はめったにしゃべろうとしません。

イギリスにあった伝説は、みなカナダ西部にもありました。イースターのウサギはなくてもイースターの卵はあるし、まだクリスマスも近づかないうちから、パーキンスやブラウンといった大店舗では、地下の玩具売場で白い顎髭をつけた男が子供たちにガムや紙帽子を配りはじめるのです。そういう男たちは本物のサンタの代役にすぎない、という暗黙の了解が子供たちにはあるようです。それとも、カソリック教徒が信じている、同時にいくつもの場所に現われることができるあの聖人たちと混同しているのでしょうか？　おそらく、サンタクロースが大勢いるというのは、子供たちが日曜学校で教わりたやすくのみこむはずの三位一体説と同じで、さほど不思議なことでもないのかもしれません。もしうるさく質問したりすると、それは不可思議な神秘なのだよと教わるのでしょう。もっとも、大人になっても事情は変わりませんが。

息子は十一月にはもうクリスマスの贈物リストを作っていました。そのリストにあるどの品物も、パーキンスやブラウンの店で老人がさげている袋の中にはなさそうな物ばかりでした。息子がそんなことを期待していたとは思えません。ご承知のように、親は子供のことを少しもわかっていないものですが、私たちは息子がサンタクロースの存在を信じているかどうかさえあやふやだったのです。教育水準が高いイギリスから来たせいで、息子は最初の学期に一クラス上に進級し、七、八歳の懐疑的な年長児童と一緒に勉強していました。私自身の子供の頃をふり返ってみると、両親に気をつかってサンタを信じているようなそぶりをした時期があったように思います。靴下を吊るしたり、私が起きている場合を考えてサンタの衣装でこっそりと寝室に忍び込んだりする儀式を、両親は明らかに楽しんでいました。そしてたしかにあるクリスマスの晩、私は実際にぱっちりと目を開けていて、サンタクロースが父親と同じ十一サイズの茶色いデルタ印の靴を履いているのを目撃したのです。デルタという言葉がどうして記憶に焼き付いたのか、考えてみれば奇妙な話です。たぶんこの件についても先生なら解釈を出されるでしょう。おそらく、ナイル川のデルタ――モーセとパピルス――七つの天災――という具合に。五十シリングの靴一足で、なんと遙かな旅ができるものでしょうか。

私は妻に言いました。「今年はサンタクロースのことは黙っていようじゃないか。イギリスと縁を切ったんだから、サンタクロースとも縁を切ってもいいだろう」

「あの子の靴下にどんな可愛い贈物を入れてあげようかって、探すのは楽しいものよ」そんなふうなことを妻は言いました（会話はできるだけ正確に記録するつもりですが、なにしろ六年もたってしまうと……）。「どうせもうじき、絹のネクタイやエズラ・パウンド全詩集を買ってやることになるはずですもの」

「まあ、靴下の贈物はもうしばらく続けてもいいだろう。ただ、それとサンタクロースの話を別にするだけだよ。なんだったら、福捜し（おがくずなどを入れた桶の中のおもちゃを捜す遊び）に取り替えてもいいし」

「そうしたら、踵《かかと》のところにミカンを詰めておくこともなくなってしまうわ」

その年、息子が作ったクリスマスの贈物リストは、まるで北大西洋条約機構《NATO》が作成したみたいで、少しぎょっとさせられました。最初に挙げられていたのは、パーキンスの店のウィンドーに飾ってあった、宇宙銃と戦略核兵器だったのです。いちばん罪がなさそうに見えるものですらガイガー測定器でした（ウラニウムの用途に目をつむればの話ですが）。

「こんなリストを作るんだから、あの子がまだサンタクロースを信じているはずがないだろう」と私は言いました。

「どうして？　あなたも子供の頃、おもちゃの兵隊や空気銃をせがんだんじゃないの？　世の中が進歩しただけよ」

「戦略核兵器でヒロシマを爆撃するというおもちゃは、まだ誰も考えついていないだろうな。来年のクリスマスに向けて、新案特許でも取っておきたいところだね」

しかし次の年には、サンタクロースはいわばすっかりあの世行きになってしまったのです。

サンタクロースの廃止を今年にするか来年にするか、私たちはまだはっきりと決めかねていました。そこへ妻が、われわれ都市周辺部に住む人間の必要を満たしてくれる大手スーパーでの買物から、いくぶん興奮した様子で帰ってきたのです。(主婦が買物のために車で町まで出かける必要はまったくありません。なぜなら、ウィータビックスは言うまでもなく、洗濯機からペーパーバックまで、この近くの店でなんでも買えるからです。それに、五百台はゆうに収容できる広い駐車場まで完備していました。）妻は私に言いました。「サンタクロースがクリスマス・イヴに空からやってくるんですって」

「空からだって？　トナカイを連れてか？」

「ヘリコプターよ。ちょうど日没前に駐車場に着陸するらしいわ」

「なるほど、たしかにここは文明の最先端だな」

「ブラウンのヘリコプターなの。パーキンスを出し抜く作戦よ。私たちのところが、サンタが巡回する最後の店ってわけ。コリンにとって今度がサンタクロースの見収めになるとしたら、願ってもない話じゃない」（私たちの態度はだいたいこんなものでした。息子にもサンタクロースにも気をつかい、なにかうまい手はないかと――つまり、あの子にやさしく現実を教える手はないかと、模索していただけなのです。私の両親がそんなに苦労したような記憶はありません。）

とにかくそういう次第で、父親代わりにスーパーが準備万端整えて、サンタクロースがヘリコプターでやってくることになったのです。料金はなし。まったく無料で見せてくれます。アメリカ流の宣伝はなんとも気前がいいものです。もちろん、この催しは町のあらゆる大事業家や団体の協賛を得ていました。預言者エリヤは戦車に乗って空に舞い上がりましたが、サンタクロースは空から舞い下りるというわけです。もっとも、エリヤの物語は私みたいな大人向けであるのに対して、サンタクロースは子《キッ》供《ド》向けですが。（私はこのキッドという言葉が大嫌いです。キッドとは子ヤギの肉でもあり、戦時中ギリシャにいた頃、私の大好物だったのです――自分の子供を子牛の《エスカロプ・》カツ《ド・ヴォ》と呼ぶようなもので、ばかげています。）

　しかしここは否応なしに話をクリスマス・イヴへ戻さねばなりません。ガラス張りのスーパーの外にある駐車場には、ロープで仕切られた家一軒の敷地もないくらいの狭い場所がヘリコプター着陸用に設けられ、私たち三人はヘリが町での巡回を終えて、冷気の中を上空からやってくるのを待っていました。「イギリスじゃこうはいかないわね。ここのクリスマスは素敵だわ」と妻が言いました。私と妻は、ここは広々としていていいとか、ヨーロッパは狭苦しいとか、高度三千フィートにあるこの町の広告業者は想像力が壮大だとか、そんなことを話していたと思います。オコンナー神父もその場に居合わせ、カウボーイハットや、毛皮の尾飾りのついたデイヴィー・クロケット帽や、ジーパンや、タータンの裏地が付いたウィンドブレーカーといった恰好をしている、教区から集った子牛のカツ《ヴィール・カトレット》の群れと一緒に待っていました。まもなく太陽がロッキー山脈に沈む頃となり、広く澄みきった空の彼方からヘリコプターの音が聞こえてきました。ヘリは町のどこかの店から垂直に上昇し、ハゲワシのように空に静止して、それから轟音をたてながら私たちの方にやってきたのです。乳母車の中で赤ん坊たちがギャーギャー泣き叫びました。二百フィート上空から、回転するナイフのようなプロペラの下で、サンタクロースが地上を見下《お》ろしたときには、何百人もの人間がぽかんと口をあけている姿が見えたにちがいありません。ヘリは上空を旋回し、サンタが袋の紐をほどくと、空から輝く小さな物体がいっぱい降ってきました。サンタの贈物は乳母車やカウボーイハットの中に落下し、あちこちに転がって、ハイヒールや子供のカウボーイブーツのそばに落ちました。中身は毎日スーパーの外で配られているのとまったく同じで、ガムや紙帽子でしたが、それでもこんなふうに空から雨あられと降ってくると、当然ながら見栄えがするものです。それからヘリは、最初はこちらそしてまたあちらと機体を少し揺らしながら、ロープで仕切ってある大きなラバーマットの敷かれた場所の中央へと、ゆっくり垂直に降りたちました。プロペラが停止するまで子供たちを近づけないように、拡声器が保護者に注意を呼びかけていました。

間違いだったのは、誰もサンタクロースに注意を呼びかけなかったことです。頭上で回転するプロペラは速度をゆるめており、サンタはタラップを待ちきれずに、大きな袋を肩にかついで地面に飛び降りたのです。頭上で風車のようにまわるプロペラは大きく風を切り、数百人の子供たちはサンタが着地する姿を見て歓喜の声をあげました。おそらく、ヘリコプターの後方からも熱狂的な声が聞こえたのでしょうか。それとも、うしろからはちゃんと見えないので、機体をぐるりとまわってそちらにも晴れ姿を見せてやろうと思ったのでしょうか。残念ながら、最初からわかっていたのかどうか、ヘリコプターには頭上だけではなく後部にもプロペラがついているという事実を、サンタはすっかり忘れていました。そしてそのまっただなかへと、足を踏み出してしまったのです。サンタの身体は刃物のようなプロペラに巻き込まれ、元の位置へと乱暴なダンスを踊るようにはじき飛ばされました。すっぱり斬られた首は白い付け髭もろとも宙を舞い、驚愕の表情で眼は見開かれたまま、胴体から十歩あまり離れた場所に落ちたのですが、まだ胴体の方はしばらく踊りつづけていました。

こうしてトラウマが生まれたのです――この言葉を知ったのは、先生とドッペルドルフ博士のおかげです。妻が多大の時間を費して、幾度も精神安定剤を飲ませながら、死んだのはジェフ・ドルーという老人でサンタクロースじゃないと息子に言って聞かせても無駄でした。新聞各紙は「サンタクロース死亡」といったような、子供にでもわかる見出しを書きたてて、妻の説明に精一杯逆らってくれました。さらに混乱を助長するかのように、数週間たてばまた貧民救済を受けることになっていたこの老人に対して、市当局は盛大な葬儀を執り行ったのです。騎馬警官隊が並び、ヒイラギの花輪が飾られ、色とりどりの灯りに包まれたクリスマスツリーが墓の上に立てられ、生徒たちの葬列もありましたが、私は息子を参列させませんでした。この事件をできるだけ早く忘れてくれればと願ったのです。しかし結果はまさしく正反対でした。そういう事情で、十二歳になった今、息子は同じ年頃のみんなから馬鹿にされているのです。毎年十二月になると息子ははてしない悪戯に悩まされ、それで喧嘩になるのですが、勝てるわけがありません。サンタクロースが本当にいると信じているせいで、いつも一人きりで戦っているのですから。「サンタは実在するさ」と、初期のキリスト教信者みたいに息子は言います。「ぼく、死ぬところを見たんだもの」。サンタが死んでしまったので、もう偶像を破壊することはできないのです。どうかできるだけのことをしてやって下さい、先生……。

一九六三年

庭の下

Under the Garden

木村政則訳

これほど奇想に満ちた短篇も珍しいのではないか。グリーンの文学で一、二を争うほど不可思議な人物が登場するからというだけではない。余命いくばくもない（かもしれない）男が、昔懐かしい田舎の屋敷を再訪する。過去を清算するためだろうか。安直なメロドラマになりそうなお膳立てである。だが、話は「庭の下」をめぐって突拍子もない方向へと進んでいく。少年時代、男は忘れ難い体験をしたらしく、それを一つの冒険物語に仕立てた。そしていま、男はその物語を改訂する。つまり、過去をめぐって複数の物語が共存しているのだ。経験と虚構の力学に深い関心を抱き続けたグリーンの尖鋭な自意識が働いていると言えよう。物語相互の関係性に細かく注意してもらいたい。

それにしても豊饒な短篇である。たとえばスティーヴンスンの『宝島』を読めば、メタフィクションとしての遊戯性が楽しめる。作者自身の経験はいかに虚構化されているのか。その点を確認するために、『グレアム・グリーン伝』（早川書房）を読んでみるのも面白い。（訳者）

第一部

1

「とにかく、喫煙されないのが幸いでした」その遠回しの言葉で、ようやく医師の真意に気がついた。壁にX線の写真が並んでいる。そこに写る渦巻き模様を眺めていたワイルディッチは、はるか上空から撮影した地上の写真を思い出した。戦時中、灰色の芥子粒みたいな発射台を探し出すため、丹念に見ていった記憶があるのだ。

先刻、ケイヴ医師はこう言っていた。「状況の把握を願います」機密情報を伝達するときによく似ている。情報を与えられるのは将校一人だけだった。自分が選ばれたことをうれしく思い、熱意と関心を示したくなったワイルディッチは、身を乗り出し、自分の内部の写真をもっと熱心に眺めた。

「こちらの端から」とケイヴ医師は言った。「よろしいですか。四月、五月、六月。三カ月前は、肺炎の影がはっきり写っています。ここを見てください」

「了解しました《イエス・サー》」とワイルディッチは無意識に答えた。医師が怪訝な顔をする。

「さて、そのあとの写真はすべて飛ばし、昨日の写真に移ります。影はほぼ消え、ごくわずかに……」

「よかった」とワイルディッチは言った。医師の指が古墳のような部分をなぞる。有史以前の農業の痕跡に見えなくもない。

「いえ、きれいに消えているわけではありません。頭から順に見てみましょう。わかりますか。治り方が非常に遅い。ふつう、この段階まで来たら、影はないはずなのです」

「すみません」最前の喜びが消え、申し訳ない気持ちになった。

「最後の一枚だけなら、心配は無用と申し上げるところですが」〝心配〟という言葉が弔鐘のように響いた。結核なのだろうか。

「ただ、ほかの写真と合わせてみた場合、遅いというのが……何か閉塞の可能性も考えられます」

「閉塞？」

「何でもないかもしれません。まったく、です。ただ、このまま精密検査なしでということになると、私の気持ちが晴れないと言いますか」ケイヴ医師は写真から離れ、デスクの向こう側に座った。しばらく沈黙が続く。ワイルディッチには、友人の誼《よしみ》で頼むと言われているような気がした。

「もちろん」とワイルディッチは言った。「それで先生の気が済むのでしたら……」あの意味深長な言葉が飛び出したのはこのときである。「とにかく、喫煙されないのが幸いでした」

「なるほど」

「ナイジェル・サンプソン先生に検査をお願いしてみましょう。何か見つかった場合、最適な方ですから……執刀医として」

ワイルディッチは、ウィンポール・ストリートからキャヴェンディッシュ・スクエアに出て、タクシーを探した。子供の頃には覚えのない夏の日だった。空は曇り、雨が降っている。大きな肝臓色のビルが並び、その前にタクシーが来て、そしてすぐ停まるのは、軒を連ねた歯医者から患者が出てくるたび、守衛が捕まえるからだった。まだ冷たい七月の強風のせいで横殴りになった雨が、虚ろげな東洋風の眼差しをしたエプスタイン作の聖母像に吹きつけ、偉大な息子の体に滴っている。背後から、「だって痛かったんだもん」という子供の声が聞こえ、母親か家庭教師らしき声が、「大げさに騒いで」と答えた。

2

一週間後に受けた検査は、こんな一言で済むものではなかったが、ワイルディッチはまったく騒がなかった。ただ、平静さを生命力の欠如と見なした医師たちには、病状の悪化を疑われたようだった。一般人が入院や入隊をすると、似たような状態になる。安堵感と無気力が生じるのだ。否が応でもベルトコンベアに乗せられてしまえば、以降は一切の責任を負うことがない。ワイルディッチは、自分が何かの組織に守られている気がした。外では、駐車された車の屋根を、夏の雨が濡らしている。戦争が終わって、これほどの自由を感じたことはなかった。

検査が終わった。気管支鏡の挿入である。それは、まるで悪夢のように、麻酔で朦朧とした中も消えることはなく、大きな棒が喉から胸の奥へと押し込まれ、ゆっくり引き抜かれていく記憶として残った。翌朝、目が覚めてみると、ひりひりと傷が痛むような感じで、排便にも苦労したが、看護婦には、「一日か二日で治まります。服を着て、お帰りください」と言われた。いきなり突き放され、ワイルディッチは落胆した。ベルトコンベアから降ろされて、選択の世界に逆戻りするのだ。

「大丈夫でしたか?」と尋ねたワイルディッチは、看護婦の表情を見て、はしたない質問だと思った。

「わたくしからは申し上げられません。もうすぐナイジェル先生がいらっしゃいます」

ベッドの端に腰掛けてネクタイを結んでいると、ナイジェル医師が入ってきた。意識して見るのは初めてである。麻酔をかけられたとき、どこからともなく丁寧に問いかけてきた声の記憶しかない。これから週末ということもあり、田舎に行くのか、古いツイードのジャケットを着ている。ぼさっとした白髪頭で、ワイルディッチに放心したような目を向けた。川の真ん中でぷかぷか浮かぶうきを眺めているようだ。

「おや、だいぶよくなりましたな」とナイジェル医師が決めつけるように言った。

「だといいのですが」

「たしかに愉快とは言えません。ただ、あのまま検査なしで終わりというわけには」

「何か見つかりましたか？」

ナイジェル医師の表情が、いきなりもっと静かな下流へ移動し、ふたたび釣り糸を投げるような感じになった。

「とにかく服を着てください」何気なく室内を見回し、背もたれがまっすぐの椅子を選ぶと、草山にでも座る感じでそろそろと腰を下ろした。そして、ジャケットの大きなポケットに手を突っ込み、何やら探りはじめた。サンドウィッチだろうか。

「どうだったのでしょうか？」

「すぐケイヴ先生が来ます。やたらとお喋りな患者に捕まったものらしい」ポケットから大きな銀時計が出てきた。なぜか紐が絡まっている。「妻とリヴァプール・ストリート駅で待ち合わせをしておりまして。ご結婚は？」

「いえ」

「さようですか。それなら心配も少ない。子供がいると、責任も大きくなります」

「子供なら一人。遠く離れたところに娘が」

「遠く？　なるほど」

「あまり会っていません」

「イギリスが好きではないと？」

「肌の問題です」と答えた瞬間、子供じみた物言いだと思った。うまくいくわけもないのに、場違いな告白をして注目を引こうとしているようではないか。

「ああ、なるほど。ご兄弟、ご姉妹は？　その、ご自分に」

「兄が一人。なぜです？」

「そう言えば、書類に全部ありましたな」釣り糸をたぐり寄せるように言ったナイジェル医師は、椅子を立ち、ドアに向かった。ワイルディッチは、ネクタイを膝に乗せたままベッドに腰掛けている。ドアが開き、「ああ、ケイヴ先生。急がなくてはならんのでね。ワイルディッチさんに、もう一度来ていただくように言っていたところです。あとのことは、よろしく」と言って、ナイジェル医師は姿を消した。

「なぜまた来る必要が？」ワイルディッチは、ケイヴ医師の表情を見て、馬鹿な質問をしたことに気がついた。「ああ、何か見つかりましたか」

「じつに運がよかったです。もし間に合えば……」

「希望がある？」

「どんなときでも希望はあります」

つまり、またベルトコンベアに乗せられるわけだ。乗ると決めればだが。

ポケットから手帳を取り出したケイヴ医師は、てきぱきとした口調で、「ナイジェル先生から予定日を挙げてもらいました。十日は外来が難しい。十五日でしたら。それ以降は避けるようにとのことです」

「釣りがお上手な方ですか？」

「釣り？　ナイジェル先生が？　わかりません」誤りのあるカルテを見せられたかのように、ケイヴ医師の顔が曇った。「十五日でよろしいですか？」

「週末のあとなら、わかるかもしれません。そこまでイギリスに残るつもりがなかったので」

「重大なことなのがわかってらっしゃらない。まことに重大なのが。唯一の希望なのです。繰り返しますが、唯一の希望は」電文を読み上げるような口調だった。「閉塞部を一刻も早く除去するしかありません」

「そうすれば、あと数年は生きられるかもしれない」

「保証はできません……ですが、完治した例もあります」

「お言葉を返すようですが、まずは自分の気持ちを確認しなければなりません。この人生を引き延ばすのかどうか」

「こうするしかないのですよ」

「先生は、神の存在など信じていらっしゃらないでしょう。いえ、誤解しないでください。私だって信じてはいません。未来に関心などありませんから」

3

過去は別だった。ワイルディッチの脳裏に、ある男の話が思い浮かぶ。清教徒革命のとき、決着がつかなかった戦いで瀕死の重傷を負った指揮官がいた。彼は馬に乗って、自分の生まれた家、夫婦で過ごした家を訪れ、数人の人間に挨拶をした。だが、誰も彼の傷には気づかず、馬上のくたびれた男としか見なかった。最後――ワイルディッチは伝記の結末を思い出せなかった。ナイジェル医師と同じようにリヴァプール・ストリート駅から列車に乗ったときも、目に浮かぶのは、力尽きた人物が鞍にどさりと倒れ込む姿だけだった。コルチェスターでウィントンに続く支線に乗り換える。いきなり夏が始まった。ウィントンの日常風景としていつも記憶している夏である。あの頃と比べると、毎日がやたらと短くなってしまった。もはや、眠る世界をよそに、朝の六時から一日が始まることなどない。

子供の頃、ウィントン・ホールには伯父が住んでいた。独身だった伯父は、夏になるたび、母親に屋敷を貸してくれた。六月の下旬から学校が始まる九月の上旬まで、屋敷は文字どおりワイルディッチのものとなった。思い出してみると、母と兄の姿は後景にあって、影が薄い。むしろ印象に残っているのは、臨時駅のプラットフォームに置かれていたチョコレートの販売機である。フライ社のチョコが一ペニーで買えた。それから、楢の木もある。赤い煉瓦の壁の前にある草原で大きく枝葉を広げていた。まだ子供の頃、木陰で休む兵隊たちにリンゴを配った覚えがある。一九一四年、八月の暑い日だった。あとは、ウィントン・ホールの芝生にあった白樺の木立。ひびが入った噴水は、ぬるぬるの緑に覆われていた。記憶の中では、自分以外、屋敷に住む者はない。一人占めだった。

だが、屋敷は兄に残された。自分ではない。伯父が亡くなったとき、国を離れて遠くにいたのだ。そのうえ、あれから屋敷に戻ったこともなかった。兄は結婚し、子供もいる（子供たちのために噴水は修復された）。菜園と果樹園の奥にあった放牧地では、よくロバに乗って遊んだものだが、（兄の手紙によれば）それも公共住宅の建設地として売却されてしまった。ただ、細かいところまで記憶に残る屋敷と庭だけは何も変わっていない。

いまさら他人の場所を見に戻ってどうなろう。死期が迫った人間は、すべてを捨てたくなるものなのか。もし金を貯め込んでいたら、今頃、ばらまく気になっていただろう。男が馬に乗って田舎に戻ったのは、伝記作家の想像とは違い、最愛のものに別れを告げるためではなかったのかもしれない。死ぬ前に曇りのない目ですべてを見直し、幻想を振り払おうとしていたのだ。そうすれば、零になって死ねる。体の傷ひとつでその瞬間を迎えられる。

今回の訪問を兄は意外に思うだろう。ウィントンには来ないものだと思っていたのだ。妻を亡くして一人で暮らしていた兄のジョージは、たまの再会となると、会員になっているロンドンのクラブを利用した。人に弟のことを話すときはいつも、田舎暮らしに飽き足らず、見知らぬ土地と見知らぬ人間を求める男だと言い、自分が屋敷を継いでよかったという口ぶりになった。きっとワイルディッチだったら、屋敷を売り払い、旅の資金にしてしまったのではないか。忙《せわ》しない男で、一カ所にじっとしていられず、妻も子もない。ただ、噂ではアフリカだかアジアだか……。自分がどう言われているのか、ワイルディッチにはよくわかっていた。兄の自慢と言えば、芝生、金魚の池、修復した噴水、子供のときに「暗い散歩道」と呼んでいた月桂樹の小道、池、島……。ワイルディッチは車窓の外に目を向け、イースト・アングリアの硬く平板な風景を眺めた。貧相な生垣と荒れた草原。いつも不毛に見えるのは、ここでデーン人が血を流し、塩分が溶け込んでいるからだろう。あれからずっと、兄はウィントンにいる。だが、庭の下に何があるのかは知らない。

4

ウィントン駅にチョコの販売機はなかった。国有化にさいし、臨時駅も常設駅へと格上げされていた。セメント工場が立ち、煙突から煙をたなびかせている。線路から垂直に、三棟の公団住宅が並んでいた。

駅の出口でジョージが待っていた。ハンバー社製の車に乗っている。待合室にいつも漂っていた炭塵とニスの臭いがない。切符を回収したのは、猫背で白髪の赤帽などではなく、ふつうの若者だった。子供のときは、だいたい誰もが年上なのだ。

「やあ、兄さん」別人となった運転席の兄に軽く声をかける。

「元気だったか？」車が軋んだ音を立てながら進んでいく。きちんと運転できないところは、いかにも田舎の人間らしい。

その昔、ウラル山脈の手前でいちばん高い山と聞かされたのは、ただの小さな丘だった。灰白色の長い坂道が、でこぼこした生垣に挟まれながら村に続いている。左手に、廃棄された白亜の採掘場があった。四十年前も同じで、宝を探しまわったことがある。宝に見立てた茶色い黄鉄鉱の塊を割ると、きらきらする銀色が見えたものだ。

「宝探しをしたな。覚えているか？」

「宝探し？」とジョージが答える。「ああ、あの鉄のことか」

そんなふうにして長い夏の午後を白亜の採掘場で過ごしたから、本物の宝を発見する夢――あるいは鮮やかな想像――が生まれたのだろうか。もし夢だとしたら、当時の夢で覚えているのはあれしかない。もし夜の寝床で紡いだ物語だとするなら、あれは詩的な想像力の営みとしてはおそらく最後のものだろう。その後、そういう想像力はきつい枷をはめられてしまった。これまで多様な仕事で世界各地を飛びまわったが、ふつう想像力は封印すべき代物だったのだ。（輸入関連および輸出関連の）一般企業、新聞社、官庁企業には事実を提供することが求められる。想像は支障となった。あの夢見がちだった子供が、大人の自分と一緒に病で死のうとしている。自分から遠く離れた存在が生き延びて別の運命をたどらないのかと思うと、不思議な気がした。

ジョージは言った。「いろいろ変わったよ。浴室を増築したとき、噴水に続く水道管は外すことになった。圧力の関係らしい。まあ、噴水で遊ぶ子供はもういないが」

「昔も水は出なかった」

「戦中、テニスコートを掘り返したが、元通りにはしていない。意味がないと思ってな」

「テニスコートがあること自体、忘れていた」

「覚えていないのか？　金魚の水槽と池のあいだにあっただろ」

「池？　ああ、島のある湖のことか」

「湖とは大げさな。軽い助走で飛び移れる」

「もっと広いと思っていた」

すべての寸法が変わっていた。世界が同じままに見えるのは小人だけだろう。庭と村とを隔てる赤い煉瓦の壁も記憶より低く、五フィートしかない。当時、壁の向こうを見ようと思ったら、蔦が絡まり、埃だらけの蜘蛛の巣が張っているのも気にせず、古い切り株によじ登るしかなかった。車が敷地に入ると、そういうものが跡形もなく消えていた。どこもかしこも整然としており、子供のときに壊してしまった木戸も、立派な鉄門に代わっていた。

「手入れが行き届いている」とワイルディッチは言った。

「菜園の野菜が市場で売れるから、何とか。それで庭師の賃金も経費になる。有能な税理士のおかげだ」

　ワイルディッチが通されたのは母親の部屋だった。芝生と白樺が見える。ジョージは伯父の部屋だったところで寝ていた。隣の小部屋はもともとワイルディッチの部屋で、いまはタイル張りの浴室になっている。景色だけが変わっていない。月桂樹の茂みもある。その先が暗い散歩道だ。ただ、昔と比べ、月桂樹が小さい。馬に乗った瀕死の男は、ここまで多くの変化を目にしたのだろうか。

　その夜、ワイルディッチは兄とコーヒーやブランデーを飲みながら、話の間が長く空くたび、昔のことを考えた。自分はそんなに秘密主義だったのだろうか。あの夢というのか遊びというのか、とにかく何でもかまわないが、いっさい口にしなかったのだ。記憶によれば、冒険は何日間か続いた。屋敷にたどり着いたのは、早朝のことである。家族はまだ眠っていた。ジョーという名前の犬が勢いよく走ってきて、露でじっとり濡れた芝生に押し倒されたものだ。いまも記憶にあるのだから、確かな事実があったのだろう。家出をしたのかもしれない。外で一夜を過ごしたのかもしれない。湖の島にいたのか。暗い散歩道に隠れていたのか。とにかく、その間に話をまるごと作り上げたのだ。

　ブランデーが二杯目になったところで、ワイルディッチはためらいがちに言った。

「子供のとき、よくここで夏を過ごしたな。覚えているか？」漠然とした質問なのはわかっている。こういう関係なさそうな話題から攻めるのが、戦時中の尋問のやり方だった。

「あまり好きな場所ではなかった」驚くべき答えが返ってくる。「おまえは秘密主義だったし」

「秘密主義？」

「協調性もなくて。こちらが兄らしく振舞おうとしても気づかない。おまえが学校に上がる一、二年前のことだ。クリケットの基本を教えてやろうとしたが、関心なしときた。いったい何に興味があったのやら」

「探検だったか」と探りを入れてみる。われながら巧妙だ。

「十四エーカーでは探検するほどの広さもない。ここを受け継ぐことになったとき、いろいろ計画を立てた。テニスコートはプールにするつもりだった。だが、それもいまは大半が芋畑。池の水を抜く予定もあった。蚊がたかるからな。結局、浴室をふたつ増築して、台所を新しくしただけだ。放牧地を四エーカーも使った。裏に行ってみろ。公団住宅の子供がぎゃあぎゃあ騒いでいる。どれもこれも期待外れだな」

「湖がそのままというのはうれしい」

「おいおい、まだ湖とか言っているのか。朝にでも見に行ってみろ。ばかばかしくなるぞ。深さは二フィートない」ジョージはそう言って、話を続けた。「ここも俺の代までだな。子供たちは関心がないようだし、工場がこちらに向かってきている。土地代で相当な額になるだろう。それくらいか、子供たちに残してやれるのは」そこでコーヒーに砂糖を足す。「もっとも、俺が死んで、おまえが継ぐというなら話は別だが」

「そんな金はない。それに、こちらが先に死ぬかもしれん」

「母さんは、俺が継ぐのに反対していた。ここが好きではなかったからな」

「夏に来るのを楽しみにしていたはずだ」記憶の差が激しく、ワイルディッチは愕然とした。同じ場所、同じ人間の話をしているとは思えない。

「すこぶる不便なうえ、庭師に泣かされていた。アーネストだ。覚えているか？　母さんが言ったものさ。野菜を巻き上げるしかないわね。（そのアーネストだが、まだ生きているぞ。さすがに仕事はしていない。朝、会いに行ってみるといい。きっと喜ぶ。あいかわらず我が物顔さ。）それに、だ。子供は海辺で過ごすべし、というのが母さんの変わらぬ考えだった。バケツ、シャベル、海水浴と、子供の楽しみを奪っている気でいたのではないか。かわいそうに。でも、ヘンリー伯父さんの申し出を無下にはできなかった。父さんを怨んでいただろう。休暇を海辺で過ごせる金も残してくれなかったから」

「当時、そんな話を母さんとしたのか？」

「いや、その頃はしていない。親の沽券というものがある。ただ、ここを継ぐことになったとき――おまえがアフリカにいたときだが――メアリーと俺は、苦労を覚悟しなさいと言われたよ。母さんは、神秘的なものには一貫して反対していた。庭を嫌った理由もそこにある。植え込みが多すぎると言うのだ。とにかく曖昧がいけない。若い頃、フェビアン主義になじんだせいだろう」

「どうも知らないことばかりだ」

「かくれんぼばかりしていたからな。母さんはこれもいやがった。やはり秘密めいている。何だか不気味に思えたのだろう。一度、おまえが見つからないことがあった。何時間も出てこない」

「何時間？　一晩ではなく？」

「俺はまったく覚えていない。母さんの話だ」二人は無言でブランデーを飲み、しばらくしてジョージが言った。「母さんは、あの暗い散歩道をなくしてくれとヘンリー伯父さんに頼んでいた。蜘蛛の巣だらけで不衛生だと思ったからだ。だが、何もしてもらえなかった」

「兄さんもしていないから驚いた」

「するつもりだったが、順番というものがある。それに、これ以上の変更に意味があるとも思えない」あくびをして、伸びをする。「早く寝る癖がついた。先に失礼する。朝食は八時半でいいか？」

「いつも通りにしてくれ」

「ひとつ言うのを忘れていた。浴室の水が流れにくい」

ジョージが先に立って二階へ上がった。「近所の水道屋が適当にやったせいだ。これを引くと水が止まらなくなるから、もう一度引く。こんな感じで、強く」

ワイルディッチは窓辺に立ち、外を眺めた。暗い散歩道と湖近辺の先に目をやると、公団住宅の明かりがちらほら見え、月桂樹の茂みの隙間からは、街灯の光さえ漏れていた。テレビの音がうっすら聞こえる。いろいろな番組の音が混じり合い、まるで群衆のざわめきのようだ。

ワイルディッチは言った。「これを見たら、母さんもきっと喜ぶ。ほとんど神秘はない」

「俺も、このほうがいい。とくに冬の夕方は」とジョージは言った。「仲間がいる気になる。年を取って、沈みゆく船に一人取り残されるのはたまらない。教会に通うわけでもないから……」最後の言葉が、まるで横倒しにされた胴体《トルソー》みたいに聞こえた。

「少なくとも、その点では兄弟ともに親孝行だ」

「ときどき、あの暗い散歩道のことでも喜ばせてやればよかったと思う。あと、あの池のことも。嫌っていたからな」

「なぜ？」

「おまえがあそこの島によく隠れたからだろう。これもまた、謎と神秘。おまえ、あの島のことをたしか書いたことがあったな。物語だったか」

「俺が？　物語？　まさか」

「細かいことは覚えていない。たしか、学校の雑誌だったかな。そうだ、間違いない。母さんが大激怒して、青い鉛筆で批判を書き込んだ。どこかで見たのだが。母さんもかわいそうに」

先週、ジョージはワイルディッチを寝室に案内した。「すまん。枕元にスタンドがない。先週、壊してしまった。まだ町に行っていない」

「いいさ。ベッドで本は読まない」

「読みたければ、下に面白い探偵ものがある」

「謎解きなのにいいのか？」

「ああ、母さんもそれは認めた。パズルということで。答えがあるからだろう」

ベッドの横に小さな本箱があった。ジョージが言う。「母さんが亡くなって、蔵書の一部を置いた。母さんが好きで、本屋が持っていかないものだけある」一冊、題名が読めた。ビアトリス・ウェッブの『私の修業時代』だ。「感傷かもしれん。だが、母さんの好きな本を捨てるのは忍びなくてな。では、おやすみ」と言って、ふたたび、「スタンドはすまない」

「大丈夫だ」

ジョージは戸口で逡巡している。「来てくれてうれしいよ。ここを避けているのかと思うこともあった」

「なぜ避ける？」

「そういうこともあるからだ。俺はもうハロッズには行かない。メアリーが亡くなる数日前、一緒に行った」

「ここで亡くなった人間はいない。おそらくヘンリー伯父さん以外は」

「たしかに。それにしても、なぜいきなり来ようと思った？」

「気まぐれさ」

「また外国に行くつもりか？」

「かもしれない」

「そうか。では、おやすみ」ジョージはドアを閉めた。

服を脱いだはいいが、当分は眠れそうにないと思ったワイルディッチは、ベッドに腰を下ろし、天井の薄暗い電灯を頼りに、本箱に並ぶ古びた本を眺めた。ビアトリス・ウェッブの本を手に取り、労働組合会議について記した個所を開き、また元に戻した。（現在の福祉国家の礎が退屈至極に築かれようとしていた。）フェビアン協会のパンフレットも何冊かあった。ジョージが言うように、青鉛筆でぎっしりと書き込みがしてある。一ヵ所、輸入農産物に関する統計値の小数点が直されていた。よほど真剣に見なければ気づくものではない。自分の人生が終わりに近づいていたせいなのか、ワイルディッチが思ったのは、ありえそうにない現実が訪れたとき、母はそこまでひたむきでいられたのかということである。そういう場合、フェビアン協会の図表などより、おとぎ話のほうがよほど有益だろう。だが、母はおとぎ話を認めていなかった。本箱にある唯一の児童書は、イギリスの歴史書なのだ。アジンコートの戦いを説明する迫力の文章に対して、乱暴な筆致でこう記している。

それでどんな幸せが？

とピーターキン少年は言った。

母が詩を引用したのだから驚きである。

ロンドンに置き去られていた嵐が、ワイルディッチを追って東に移動し、ついにここまでやってきた。突風をともなう雨が、部屋の窓ガラスを叩いている。あの島も今夜は荒れるだろう。ワイルディッチはなぜかそんなことを考えた。ともに世界を旅してまわった夢が、もとは自分が作った物語でしかなかった。学校の雑誌に書いておきながら、忘れていたのだ。ジョージにそう聞かされたときの失望感が蘇る。その瞬間、本箱の《ウォーベリアン》という雑誌が目に留まった。

母はなぜこんなものを取っておいたのだろう。そう思いながら雑誌を取り出してみると、折り返したページがあった。ランシング校とのクリケットの試合を解説した部分で、余白にこんなことが書いてある――「ワイルディッチ兄が守備で活躍」ほかにも、「討論部」という見出しの一節が載ったページには「ワイルディッチ兄が動議に関して短く演説」とあった。「当学寮は政府の政策を信用しない」というのがその動議である。当時、ジョージもフェビアン支持者だったのだ。

今度は、でたらめにページを開いてみる。すると、一通の手紙が落ちた。「ディーン学寮」という印刷文字の下に、こう書いてある――「ワイルディッチ夫人様。三日付のお手紙を拝見いたしました。《ウォーベリアン》に掲載されたご子息の創作がお気に召さないとのこと、遺憾に存じます。十三歳の少年が書いた物語としては大変に優れている。小生はそのように愚考いたします。奥様におかれましては、思いのほか極端な見方をされているのではないでしょうか。今学期に読んだ『黄金時代』の影響は歴然です。なるほど奇想に満ちてはおりますが、イングランド銀行総裁の作品であることに変わりはありません」（余白に青で複数の「！」が記されている。同銀行への見解だろうか。）「先学期に読んだ『宝島』の影響もあるかもしれません。ウォーベリー校が一貫して目指しているのは想像力の涵養です。想像力のことを〝馬鹿げた夢想〟と記されていますが、不当な軽視というものではないでしょうか。奥様の信念は承知のうえ、当校は誠実に目的を果たしております。ご子息に宗教教育を〝強制〟などはしておりません。この手紙を書くにあたり再読いたしましたが、率直に申し上げて、どのような宗教観も見出すことはできませんでした。それどころか、ここに出てくる宝とは、愚見によれば、物質的な存在にしかすぎません。〝押し入り盗む〟者の自由になるものなのです」

ワイルディッチは、手紙の日付を頼りに、元の場所を探してみた。すると、あった——W・W作「島の宝物」

ワイルディッチは読みはじめた。

5

「庭の真ん中には大きな湖があり、湖の真ん中には、木のたくさん茂る島があった。湖の存在を知る者はほとんどいなかった。なぜなら、そこに行くには、暗くて長い道を行かねばならず、最後までたどり着けるほど勇気のある者は多くなかったからである。あの恐ろしい場所なら誰にも邪魔されることはないと思ったトムは、その場所で、古い荷箱を利用していかだを作った。そして、あるさびしい雨の日、みんなが家に閉じこもっているすきに、いかだを湖まで引っ張っていくと、漕いで島へ渡った。彼の知るかぎり、この数百年間、ほかに上陸した人間はいなかった。

島には草木が生い茂っていたが、地図をたよりに歩いて測った。その地図は、屋根裏にあった古い船乗りの荷物箱で見つけたものである。真ん中にある傘みたいな高い松の木から、北に三歩、それから右に二歩。やぶしかなかったが、つるはしとシャベルを持っていたので、超人的とも言える力をふるうと、草地に埋まった鉄の輪が見つかった。最初、動かすのは無理かと思ったが、つるはしの先端を輪に差しこみ、てこの原理を利用すると、鉄のふたみたいなものが持ちあがった。その下には、暗がりに向かう長細い通路があった。

トムには人並以上の勇気があったが、その彼でも、父親が亡くなったあとの家計の危機がなかったら、一歩も踏みだせなかっただろう。兄はオックスフォード大学への進学を希望していたが、その金もないため、船乗りになるしか道はなく、母が愛する屋敷もぎりぎりまで抵当に入れて、金融街のサイラス・デッダム氏から金を借りていた。「死《デッド》を連想させる名前どおりの男だった」

ワイルディッチは途中で読むのをやめそうになった。この他愛もない話が、自分の記憶する夢と結びつかなかったからだ。唯一、「さびしい雨の日」という部分だけが真実に思える。いまも外では、濡れた茂みがざわめき、樺の木立が揺れている。かねてから、作家は経験に秩序と膨らみを与えるものだと思っていた。だが、そうすると、この少年には明らかに文学の才能がない。読み進めるうちにいらいらしてきて、十三歳の自分に向かって何度も言ってやりたくなった。「なぜあれがない？　なぜここを変えた?」

「道の先には巨大な洞窟《ケイヴ》があった。床から天井まで、金の延べ棒や、スペイン銀貨であふれんばかりの収納箱がぎっしり積まれている。宝石が散りばめられた十字架は」――〝十字架〟という言葉に青線が引かれている――「その昔、スペイン帆船の礼拝室を飾ったものである。大理石のテーブルには、貴金属製の酒杯《ゴブレット》が並んでいた」

とあるが、記憶では、あったのは食器棚であり、銀貨も十字架もなく、スペインの帆船となると……

「トムは慈悲深き神に感謝した。まずは屋根裏の地図」(地図などなかった。青で訂正する母親をまねて、ページごとに直していきたくなる)「次にこの貴重な埋蔵品へと導いてくれたのだから」(〝慈悲深き神〟の部分に、「どのような宗教観も見出すことはできません!」と記してある)。「トムはポケットに銀貨を詰めこみ、両脇に延べ棒を抱え、道を戻っていった。この発見のことは秘密にして、宝物を毎日少しずつ部屋の戸棚に移していき、休暇が終わったところで、いきなり母に見せて驚かせるつもりだった。誰に見られることなく無事に家へ戻ると、その夜は寝ながら新たな財産を数えた。外では雨がざあざあ降っている。いままでトムはこんな嵐を経験したことがない。まるで大昔の海賊だった先祖の邪霊がトムに怒りをぶちまけているようだった」（ワイルディッチ夫人は「永遠の天罰なんでしょうね！」と書いている）「実際、翌日に島へ戻ると、木が根元から倒され、通路の入口をふさいでいた。しかも地滑りまで起き、洞窟は湖水の下に永遠に姿を隠してしまった。だが」四十年前にワイルディッチ少年は一言つけ加えている。「取り戻した宝物のおかげで家族は救われ、兄はオックスフォードに行くことができたのだった」

服を脱いでベッドに入ったワイルディッチは、仰向けのまま嵐の音に耳を傾けていた。何ともありきたりでお粗末な話ではないか。W・Wは、いったい何をもとにして、こんな話を作ったのだろう。屋根裏などなかった。おそらくは筏も。しかし、こんなのは瑣末なことでしかない。問題は、あの冒険自体をなぜここまで歪めたのかということである。あごひげの男はどこに行ったのか。そして、ぐわあと声を出す老婆は。もちろん、あれはすべて夢だった。夢以外にはありえまい。とはいえ、夢もまたひとつの経験であり、夢の形象にはそれなりの論理がある。こんな嘘八百を並べられては、仕事上、怒りがわく。フェビアン協会の統計値に誤りを見つけて怒りを覚えた母親と同じだった。

だが、ベッドに横たわりながら、この物語を厳しい目で見た母のことを考えているうちに、歪めた別の理由が思い浮かんだ。こちらのほうが正しいかもしれない。たしか、一九四〇年以後、占領下のフランスにパラシュートで降下した諜報員たちは、拷問に備え、裏付け調査用に真実も混ぜた架空の話を前もって覚え込まされたのではなかったか。四十年前、同じように話したいという重圧を感じたW・Wは、仕方なく空想に慰めを見出したのだろう。そう言えば、占領地に降下した諜報員は、拘束後の時間稼ぎをつねに命じられていた。「決められた時間内は沈黙か嘘で敵に抵抗すること。あとは何を喋ってもよい」ワイルディッチの場合、時間の猶予はとうの昔に過ぎている。母親が傷つく可能性はもうないのだ。ようやく、心おきなく回想に耽ることができた。

ベッドを出て、机の引き出しを探ると、税金対策のためなのだろうか、「有限会社ウィントン不動産」と印刷された用紙が出てきた。ワイルディッチは、ウィントン・ホールの庭の下で実際に発見した――もしくは夢の中で発見した――ことについて書きはじめた。窓の外では、雨に濡れた夏の夜が過ぎていく。五十年前の夜もそうだった。だが、書き進めるにつれて、夜はだんだんと白んでいき、庭の樹木が浮かび上がってきた。数時間後、ふと目を上げれば、壊れた噴水と暗い散歩道の月桂樹らしき形が見えた。それは、風雨を避けて背を丸める老人の姿に似ていた。

第二部

1

　どうやって湖の島に着いたのかは問うまい。兄が言うように、実際の水深がわずか二フィートの浅い池なのかどうかも問うまい（二フィートの深さがあれば筏はおそらく浮かぶ。それに、いつも湖までは暗い散歩道を通ったはずだから、そこで筏を作った可能性はある）。時間も問うまい。ただ、日は暮れていたと思う。記憶によれば、私は散歩道に身を隠していた。ジョージが怖がって、そこまで探しに来られないからである。夕方に入ると、ちょうどいまみたいな雨になり、おそらくジョージは家に入るように言われ、弟が見つからないと告げたことだろう。それを聞いた母は二階に上がり、窓という窓から私の名を呼んだに相違ない。ジョージが言っていたのは、このときのことかもしれないが、このあたりの事情はよくわからない。ありえそうなことではある。これから何を書くかはまだ見えていない。ただ、それから数日、兄にも母にも会えなくなることとならわかっている。ジョージが何と言おうと、地下で過ごしたのが三日三晩より少ないはずはない。そんな不思議な体験をジョージは本当に忘れてしまったのだろうか。

ここまでしか来ていないのに、この話が実際の出来事であるかのように考えている。ジョージの記憶と夢の出来事に何の関連があろう。

夢で湖を渡った。夢を見た……これだけが確かな事実である。夢を見たという事実から離れてはならない。あの出来事を一瞬でも現実だと思ってしまったのを母が知ったら、どれほど悲しむことか……だが、もちろん、私がいま考えていることを母が知る可能性はない。そんなことがありうるとしたら、可能性が無限に広がるだけだ。当時、夢の中で湖を渡った（七歳にして泳げたから、泳いだのか。それとも、ジョージが言うように狭い湖だとしたなら、歩いたのか。それとも、筏を漕いだのか）。島に着くと、斜面を這い上がった。たしか記憶では、草むら、茂み、木立があり、最後に林があった。「森」と書かないのは、庭の壁を見たとき、歳月がすべてを縮小させてしまうことに気づいたからだ。W・Wが書いていた傘のような松には覚えがない。きっと、『宝島』に出てくる遠見《とおみ》の木を借用したのだろう。ただ、林に入ると、こちらの姿は屋敷から見えなくなり、樹木が密集していて雨に濡れなかったことは間違いない。しばらくして道に迷ったが、どうして迷ったのだろう。湖が池と変わらぬ広さなら、島も食卓ほどの大きさしかないはずではないか。

またしても記憶を事実のようにあつかう自分がいる。夢に大きさは関係がない。水たまりには大陸が浮かび、木立は眠っているうちに世界の端まで広がる。あれは夢なのであり、その夢の中で道に迷い、やがて夜になったのだ。怖くはなかった。七歳なのに、自分が旅慣れている気がした。のちの過酷な旅がすべて、このときもう私の中に存在していたのであり、筋肉みたいに成長だけを待っていたのである。私は木の根と根の隙間に体をもぐり込ませ、そして眠った。目が覚めても、梢にぱたぱた当たる雨の音と、近くでぶうんと唸る虫の音が聞こえた。あらゆる音が、ウィンポール・ストリートで耳にした音と同じくらい鮮やかに蘇る。診療所の外の車列を雨が叩く音。昨日の音楽だ。

月が出て、周囲が判別しやすくなった。朝が訪れる前に探索を進めておこうと思った。朝になったら、きっと捜索隊が来る。ジョージが読んでくれた冒険ものによると、道に迷った人間は同じところをぐるぐる歩き、最終的には渇きや飢えで死ぬ恐れがあるらしいので、木の幹に十字の印を刻んでいった（ナイフを持っていた。数種類の刃、小さな鋸歯、馬蹄から小石を取り除く道具が付いている)。将来のことを考えて、眠った場所を「希望の地」と呼ぶことにした。飢える心配はない。左右のポケットにリンゴが入っている。喉が渇いても、ひたすらまっすぐ歩けば、いずれは淡水の湖に着く。悪くても、少ししょっぱいくらいだろう。W・Wが省略した詳細を記すのは、自分の記憶を試すためである。こうすると、記憶が及ぶ範囲と深度が思い出せた。W・Wは単純に忘れていただけなのか。それとも、思い出すのを恐れていたのか。

三百ヤードを少し過ぎたところまで歩いた。歩測して、百歩ほど進んでは木に刻み目を入れた。地図の作成を考えていたが、測量に適した道具がなかったのだから仕方あるまい。その場所に、見事な楢の大木があった。見たところ樹齢は桁外れで、何本もの根が地面からうねうねと這い出していた。(一度、アフリカでこれを思い出した。木の根を聖廟の代わりとし、物神を祀っていたのだ。それは人型の坐像で、瓢簞、椰子の葉、雨で腐って正体不明の野菜、大きな竹の男根でできていた。それを見た瞬間、私は怖くなった。それとも蘇生された記憶のほうに怯えたのか。)浮いた根の下を見ると、一カ所、地面が荒らされていた。焦げた煙草の葉がこんもりと残るのは、誰かがパイプを吸ったものか。スパンコールがひとつ、濡れた月明かりを受け、カタツムリのように光っている。マッチを擦り、もっとよく地面を調べていくと、土がゆるくなった部分に、ひとつの足跡があった。数インチ離れたところにあり、つま先が楢の木のほうを向いている。それだけがぽつんと残っている。ロビンソン・クルーソーが孤島の砂浜で見つけたのもそうだった。片足の男が、茂みから木に向かって跳躍したとでもいうのだろうか。

「海賊だった先祖」とは、W・Wも馬鹿なことを書いたものだ。足跡のことを考えると怖くてたまらないから、『宝島』の情け深い海賊ロング・ジョン・シルバーと義足のことを思い浮かべて安心したかったのだろうか。

私は足跡をまたいで立ち、木を見上げた。片足の男が禿鷹みたいに座っているのでは、となかば期待した。耳をすませても、昨夜の雨が葉から葉へぽたぽた落ちる音しか聞こえてこない。そして、なぜか膝をつき、根元をのぞき込んだ。鉄の輪はなかったが、一本の根が二フィート以上の弧を描き、洞穴《ケィヴ》の入り口みたいになっていた。頭を突っ込み、マッチを擦る。洞穴の奥は見えない。

あのときは七歳だったということをつい忘れてしまう。年齢というのは、本人にとって変わるものではないからだ。最初、洞穴に入るのが怖かった。どんな大人も、私が同志と見なした探検家たちも、同じ気持ちになっただろう。ひと月前のこと、兄が『オーストラリア探検記』という本を読んでくれた。それを読むほどの国語力はなかったが、記憶はいつまでも鮮明に残るほうで、頭の中には、あらゆる映像と意味ありげな言葉が渦巻いていた。先住民、六分儀、マランビジー川、ストーニー砂漠、大文字でESEとかNNWとか記された羅針盤など、いまだに心をときめかす映像や文字が、待ち遠しい時間を指し示す時計盤の数字のように思えた。スタートのような人物でもときには怖気づき、バークの虚勢にはよく恐怖心が隠されていたのだと考え、私は自分を慰めた。洞穴の前で膝をついていると、私のもう一人の英雄ジョージ・グレイのことが頭に思い浮かんだ。ある洞窟で行き当たった人物画は、高さが十フィートもあり、顎から足首まで赤い衣服をまとっていたという。理由はわからないが、そのときの私には、バークを殺した先住民よりも壁画のほうが恐ろしく思え、衣服から飛び出した手足の出来が悪いという点に、さらなる恐怖を覚えた。足に見えれば人間の足となるものを、画家の不手際で、連想が果てしなく広がったからだ――内反足、凹足、芋虫みたいな鳥の爪。眼前の不思議な足跡に、不気味な壁画のことを思い出した。私は長いことためらったのち、意を決して根をくぐり、洞穴に足を踏み入れた。その前に、足跡にちなんで、この場所を「フライデーの洞窟」と名づけることを忘れてはいない。

2

数ヤードは膝で立つことさえかなわず、髪が天井に擦れた。そんな体勢では、マッチに火を点けることもできない。芋虫みたいにじりじり進み、地面に表意文字みたいな跡を残していく。暗闇のあいだしばらくは、這っているのが長い下り坂だと気づかなかった。ただ、両側には木の根があり、ごつごつ肩に当たるのはわかる。階段の手すりみたいだ。ここはモグラの世界で、自分は地底の森を這いずっているのだった。しばらくして難関は終わった。向こう側に出たらしい。土の壁にまた頭をぶつけ、気づけば膝で立てた。だが、地面の傾斜度がわからず、またしても転びそうになった。この場所は大人の背丈よりも地下にあり、マッチの火をかざしてみたら、まだ下り坂は延々と続いていた。そのまま膝立ちで降りていった自分が頼もしく思えてならない。もっとも、夢の中の勇気だから、本物かどうかはわからないのだが。

またしても行く手を阻まれた。曲がり角である。マッチの火を点けると、立てる高さなのがわかった。平坦な道がまっすぐ走っている。キャベツを調理しているとでもいうのか、何ともいやな臭いがして、引き返したくなった。たしか、坑夫というのは鳥籠のカナリアで空気の新鮮さを測るのだと思い、ウィントン・ホールまで連れてきたカナリアを持ってくれればよかったと後悔した。暗い地下道だから、囀りが心の慰めになっただろう。そう言えば、坑内には蒸気みたいな有毒ガスがあり、爆発を引き起こすのではなかったか。たしかに、ここもなかなか湿っぽい。きっと湖の下あたりなのだろう。もし爆発したら、湖の水が一気に流れ込み、溺れてしまうに違いない。

咄嗟にマッチを吹き消した。だが、それでも前進したのは、意外と楽に出口が見つかるのではないかと思ったからである。わざわざ地底の森を這って戻ることもない。

突然、前方から口笛みたいな音が聞こえてきた。いや、何かが擦れる音と言うべきか。ヤカンが沸騰するとこんな音を出す。蛇の大群を想像した。この地下道に大蛇の巣があるのだろうか。ブラックマンバとかいう猛毒の蛇がいて……私はぴたりと動きを止め、息を殺した。しゅうという音が続き、やがて静かにやんだ。何でもいいから、ベッドに戻りたかった。隣の部屋には母がいて、枕元には電灯のスイッチがあり、足先にはベッドの硬い縁が当たる。そう思ったところで、がちゃんという変な音と、アヒルみたいなぐわっという声がした。闇に耐えきれなくなった私は、爆発のことも忘れて、マッチを擦った。光の中に、古新聞の束がぽつんと浮かび上がる。おかしい。前に誰か来ている。大きな声で「おーい」と呼びかけてみた。その声が、長い通路を反響しながら遠ざかっていく。返事がないので、新聞をひとつ手にしてみたが、いまここに人がいるという証拠にはならなかった。それは《イースト・アングリアン・オブザーバー》で、一八八五年四月五日付だったのだ——「《コルチェスター・ガーディアン》と合併」とある。日付ばかりか、ヴィクトリア風のゴシック体まで頭に残っているのだから不思議なものだ。その新聞から、かすかに魚の臭いがした。はるか昔、有史以前の鱈でも包んでいたというのか。マッチが指を燃やして、消えた。何十年ものあいだ、誰も来たことはないのだろう。ただ、この新聞の束を持ち込んだ人間が、どこかで死体……

そのとき、ある考えを思いついた。手にした新聞でたいまつを作り、あとのことも考えて、残りの新聞を脇に抱える。明るさが増し、通路を進む足取りがいっそう大胆になった。ジョージが読んでくれた話によれば、野生の生き物は火を怖がるというではないか。たぶん蛇もそうだろう。何か暗闇にいるかもしれないという恐怖感が勝り、爆発の心配など吹き飛んでいた。だが、次の角を曲がったとき目に映ったのは、蛇とか豹とか虎とか、そういう洞窟に棲息する生き物ではなかった。左手の壁に、古代人らしき単純さというのか、鑿《のみ》のような鋭い道具を使ってぞんざいに、巨大魚の形が描かれていたのだ。たいまつを上のほうに掲げると、消えかかった文字が見えた。それとも、自分の知らない言語だろうか。

判読しようとしたときだった。どこからともなく、「マリア、マリア」としわがれ声が聞こえてきた。

私は立ちすくみ、たいまつが燃え尽きた。「マリア、おまえか？」と声が言う。だいぶ怒っているようだ。「何をふざけている？　いま何時だ？　粥の時間だろう」すると、またしても奇妙なぐわっという声が聞こえた。ひそひそする声がしばらく続き、やがて静かになった。

3

この先にいるのは人間であり、野生の生き物ではない。そう思って安心した記憶がある。だが、いったいどんな人間なのか。いるとすれば、法を逃れる犯罪者か、子供をさらうというジプシーだろう。秘密を知った相手はどうなるのかと考えて怖くなった。もちろん、先住民の隠れ家を発見したとも考えられる……その場から動けなかった。進むべきか、引き返すべきか、判断に迷ったのだ。この点では、オーストラリアの探検家も助けにならない。彼らの場合も、先住民が魚をくれる友好的な民族であったり（壁の魚を考えた）、槍で攻めてくる敵であったりしたからだ。とにかく、犯罪者にしろ、ジプシーにしろ、先住民にしろ、身を守る武器は折りたたみナイフしかない。とにかく怖かった。にもかかわらず、生きて帰れたら、いつか地図を描くのだと思い、この場所を「迷いの地」と名づけた。これぞまさしく探検家の心意気であろう。

迷いは自然に解消された。一人の老婆がいきなり音もなく角から姿を現わしたのだ。青いよれよれのドレスを着ていた。長さは足首まであり、スパンコールが散りばめられている。白髪がほつれ、頭頂部が禿げつつあった。私も驚いたが、彼女も負けず劣らず驚いていた。その場に棒立ちとなり、唖然とした顔でこちらを見つめていたかと思うと、口を開けて、ぐわあと唸った。あとになって、彼女の口の中には口蓋がなく、おそらく「誰？」と発していたのだと判明したが、そのときは、外国の言葉か、もしかしたら先住民の言葉ではないかと思い、安心させるために「イギリス人です」と答えた。

どこからともなく、例のしわがれ声が言った。「そいつを連れてくるんだ、マリア」

老婆がこちらに足を踏み出したが、その手に触れられると思うだけでぞっとした。老いぼれて、鳥の趾《あしゆび》みたいに湾曲しており、茶色の斑点——庭師アーネストの言う「死斑」——だらけだったのだ。爪がやたらと長く、垢がたまっていた。ドレスも泥だらけである。外で見たスパンコールを思い出し、木の根元を這うようにして戻ってくる彼女の姿を想像した。私は壁を背にしながら、どうにか彼女の体をかわした。ぐわっという声が後ろから聞こえたが、私はかまわず逃げた。二番目だか三番目だかの角を曲がると、高さ八フィートほどの広い空間に出た。玉座らしきもの——のちにわかったが、古い便器——に、大きな体をした老人が鎮座していた。白いあごひげを生やしている。根元のあたりが黄ばんでいたのは、いま思えば、煙草の脂のせいだろう。足はと言えば、一本はふつうにあるが、右足のほうは、ズボンの裾を縫い合わせ、中に何か詰めているのか、長枕のようだった。こんなにもよく見えたのは、台所机があり、その上に石油ランプ——その横に、包丁と二玉のキャベツ——が乗っていたからである。先日、ダーウィンが伝書鳩について書いた文章を読んでいるとき、老人の顔が鮮やかに蘇ったものだ。「引き延ばしたような瞼、とても大きな鼻腔、大きく開く嘴」

老人は言った。「おまえは誰だ？ ここで何をしておる？ なぜわしの新聞を燃やす？」

老婆がぐわあといいながら角を曲がってきて、私の後ろでぴたりと立ち止った。これでは戻ることができない。

私は答えた。「僕の名前はウィリアム・ワイルディッチです。ウィントン・ホールから来ました」

「ウィントン・ホールというのはどこにある？」便器から立ち上がる様子はまるでない。

「この上です」洞窟の天井を指差す。

「それでは答えにならん。すべて上にある。中国もアメリカも、そしてサンドイッチ諸島も」

「そうですね」老人の言うことは、だいたいが理にかなっていた。その点はあとで気づくことになる。

「だが、ここにはわしらしかおらん。マリアとわしの二人だけだ」

最前よりも老人のことが怖くなくなっていた。英語を話している。同胞人なのだ。

「出口を教えていただけたら、一人で帰ります」と私は言った。「それも新聞か？」

「何を脇に抱えている？」老人は尖った声を出した。

「途中で見つけ……」

「ここでは、見つけたからといって自分のものにはならん。中国はどうか知らんがな。いずれわかる。おい、それはマリアが持ってきた最新の分だろう。くすねられたら、わしらの読むものがなくなってしまう」

「そんなつもりは……」

「字は読めるのか？」こちらの言い分には耳を貸さない。

「短い単語なら」

「マリアは読める。ただ、わしと同じで目が悪い。それに、発音がいまひとつだ」

マリアが背後でぐわ、ぐわといったので、私は飛び上がった。いま思えば、ウシガエルの鳴き声に似ている。こんな声で読まれたら、一文字も理解できないだろう。老人は言った。「何か読んでみろ」

「どういう意味ですか？」

「簡単な英語もわからんのか？　ここでは、働かん者に夕飯はやらん」

「まだ夕食の時間ではありません。朝になったばかりです」

「いま何時だ、マリア」

「ぐわ」

「六時か。それなら夕飯の時間だ」

「夜の六時ではなく、朝の六時です」

「なぜそう言える？　太陽の光はどこだ？　ここには朝も夜もない」

「では、どうやって目を覚ますのですか？」と私は言った。老人があごのひげを震わせて笑い、「はしこい小僧だ」と声を張り上げた。「マリア、聞いたか？　どうやって目を覚ますのですか、ときた。まあ、いずれわかる。ここの生活がビールや玉ころがしみたいな息抜きばかりでないことが。それに、おまえのジョーおじさんが何者なのかもな。おまえが利口なら、わかる。だが、もしそうでないなら……」と、むっつり考え込む。「ここは深い。秘密を埋めるのに掘られたどんな墓よりもだ。地中のことも、地上のことも、大事なことはすべてここにある」そして、怒った声で続けた。

「読めと言ったのに、なぜ読まん。ここにいたければ、さっさとやることだ」

「いたくありません」

「覗き見だけして帰れると思ったのか？　そうなのか？　たわけたことを。だが、よかろう。見るだけ見たら、読むのだ」

気に障る口調だったが、結局、言われたとおりにした。チョコレート色の古い整理ダンス、背の高い食器棚、切り抜きやシールが貼られた衝立があった。木箱もある。マリアが椅子にしているのだろうか。それよりも大きな木箱は机らしい。調理用のストーヴもあり、まだ湯気の立つヤカンが脇に寄せてあった。途中で耳にしたしゅうという音の正体はこれだろう。ベッドは見当たらなかった。壁際に積まれたジャガイモ袋の山が代わりなのかもしれない。地面にはパン屑がぼろぼろ落ちており、数本の骨が片隅に掃き寄せてある。埋められるのを待っているかのようだ。

「それでは」と老人は言った。「腕前を見せてもらおう。置けるかどうかは、それ次第だ」

「置いてもらうつもりはありません。本当です。そろそろ家に帰らないと」

「家とは寝る場所のことであり、以後、ここがおまえの寝場所となる。さあ、どのページでもいいから読むのだ。新しい情報を知りたい」

「でも、五十年くらい前の新聞です。新しい情報はありません」

「いかに古かろうと、情報は情報である」だんだんわかってきた。一般論を述べるときは、説教師とか予言者みたいな話し方になるのだ。会話するよりも、信条を語ることに関心があるらしい。それも妙に馬鹿げた信条を。しかし、誤りを指摘してやり込めることはなぜかできなかった。「猫は死んでも猫だ。ただ、臭うから捨てる。情報は、どれほど前のものでも、臭わん。情報はもつ。そして、予期せぬときに訪れる。雷みたいにな」

私は新聞を適当に開いて、読んだ。「ロング・ウィルソンの園遊会。困窮する婦人救済を目的に、(イゾベル)モンゴメリー令夫人により宴《フエイト》が催された」次から次へと長い単語が出てきて苦労したが、及第点というところだろう。便器の主は、うなだれる感じで聞き入っている。「不用品の露店《ホワイト・エレファント・ストール》では、牧師みずからが采配を振った」

老人は満足そうに言った。「白い象《ホワイト・エレファント》は国王の動物であるからな」

「本物の象ではありません」

「畜舎《ストール》というのは動物を入れるところだろう。本物の象でないのなら、どうして畜舎がいる？　続きを頼む。縁《フエイト》というのは、良縁だったのか？　それとも悪縁だったのか？」

「その縁ではありません」

「縁と言えば縁しかない。わしに読むのがおまえの縁。蛙みたいに喋るのがマリアの縁。わしは目が悪いから、聞くのが縁。こちらには、わしらが出会う地下の縁があり、あちらには、庭園の縁がある。だが、すべては同じ縁となる」言い争っても無駄なので、私は先を続けた。「折悪しく激しい風雨となり、急遽、催しはすべて取りやめになった」

マリアがぐわと声を上げた。意地悪な笑いだろうか。「ほら、みろ」自分の正しさが証明されたといわんばかりである。「おまえもそうなる縁にある」

「舞踏会や宝探しなど、夕方の行事は屋内に変更された」

「宝探し？」と、老人は語気鋭く言った。

「そう書いてあります」

「図々しいことだ。まったく図々しい。マリア、聞いたか？」

ぐわ。今度は怒っているらしい。

「粥の時間だ」その沈鬱な声が「死の時間だ」に聞こえた。

「昔のときの話ですから」と、私はなだめるつもりで言った。

「時か」老人はいきなり大きな声を出し、「時なんてものは——できる」と、耳慣れない単語を挟んで言った。なぜかはわからないが、家に戻って使ったら無事では済まない言葉なのだと思った。マリアは衝立の向こうに姿を消していた。そちらにも戸棚の類があるに違いない。扉を開けたり閉めたりする音、鍋の類をがちゃがちゃやる音が聞こえてきた。

私は急いで老人にささやいた。「あの人は恋人ですか？」

「妹、妻、母、娘。何の違いがある。好きなのを選ぶがいい。女、ではいかんのか？」便器に座って考え込む姿が、玉座の王様に見える。「性別には二つある。あれこれ定義して、数を増やそうとしてはいかん」その言葉が胸にしみた。のちに学校で、二等辺三角形の辺に関するユークリッドの原則を学んだときも、数学の絶対的な正しさに同じく感銘を受けたものである。それから、しばらく沈黙が続いた。

「そろそろ行かないと」私は体を上下に揺らしながら言った。マリアが戻ってきた。忠犬《ファイドー》と記された深皿を手にしている。熱そうな粥が入っていた。彼女の夫だか兄だか何だかは、その皿をしばらく膝に乗せ、それから食べはじめた。また考えごとをしているようなので、邪魔がしづらい。だが、少し経ってから言ってみた。

「みんなが家で待っています」

「家？」

「はい」

「この場所を超える家などあるまい。いずれ、わかる。少しすれば、そう、一、二年すれば、十分に慣れる」

失礼にならないように頑張った。「本当にすてきなところですけど……」

「焦っても無駄だ。わしが呼んだわけではない。来たからには、いてもらう。マリアはキャベツ料理がうまい。辛い目には遭わさん」

「でも、無理なんです。母さんが……」

「母も父も忘れよ。上で必要なものがあるなら、マリアが代わりに取ってくる」

「でも、ここにいるのは無理です」

「無理という言葉は、わしのような人間に使ってはならん」

「でも、僕を引き留めておく権利は……」

「おまえこそ、何の権利があって泥棒みたいなまねをした。わしの粥を作っているマリアの邪魔をしくさって」

「ご一緒できません。あまり――衛生的ではないから」よくその言葉が出てきたと思う。「きっと死んで……」

「地中にいて、死ぬも何もなかろう。ここで死んだ者は誰もおらん。この先も誰かが死ぬわけはない。わしとマリアは死んではいない。長いこと生きてきた。わかっとらんようだが、おまえはじつに運がいい。ここには、アジア一帯の富を超える宝がある。マリアの邪魔をしなくなったら、見せてやろう。百万長者というのは知っておるな?」私は肯いた。「その四倍以上だ。しかも、連中は死ぬ。では、その財産はどうなる? ロックフェラーは消え、フレッドもコロンブスも消えた。わしはここに座って、他人が死ぬ話を読むばかり。最大の気晴らしだ。どの新聞を見ても、訃報欄というものがある。キャロライン・ウィンターボトムとかいう夫人の記事には、わしもマリアも大笑いさせられた。向こうは冬《ウィンター》の尻《ボトム》、こちらは夏の尻、とわしは言ったものだ。年中、ストーヴのそばに座っているのだからな」

マリアが背後でぐわといい、私は泣き出した。恐怖からではない。話を中断させるつもりだった。

驚くべきことに、あれから何十年も経つのに、老人と老人の言葉が鮮やかに蘇る。もしいま、あの島にある木の根元を掘ったら、老人が古い便器に座っているのではあるまいか。配管も排水路もないのだから、使いものになるとは思えないあの便器に。もっとも、実在していたのだとしても、生きていた時代は大昔のはずだ。老人には、君主を思わせるところがあった。また、前にも言ったように、予言者めいたところもあった。母が嫌った庭師にも似ており、隣村の警官だったとしてもおかしくはない。喋り方はよく粗野な田舎者みたいになったが、その奥では知恵がうごめいている感じで、堆肥の下層に広がる根を想像させた。ここに何時間も座っていれば、その言葉はすべて思い出せるだろう。ただ、言葉全体の意味がまだわかっていない。記憶にしまい込まれたその言葉の群れは、いわばひとつの暗号なのであり、鍵か霊感を待って解読されるものなのだ。

老人から鋭い声が飛んできた。「ここでは塩の必要がない。ありすぎるからだ。土をなめてみれば、塩の味がする。わしらは塩の中に住んでいる。塩漬けされているとも言えよう。マリアの手を見よ。ひびに塩が見える」

私はぴたっと泣くのをやめ(見当違いの話には、いつも気をそらされるのだ)、目をやった。指の付け根に、幾筋も白っぽい線が見える。

「おまえもじきに塩辛くなる」と励ますように言い、派手な音を立てて粥をすすった。

私は言った。「でも、本当に行かないと。お名前……」

「ジャヴィットと呼ぶがいい。わしの本当の名前ではないからな。まさか、本当の名前を教えるとは思うまい。マリアもマリアではない。そう呼べば、返事をするからにすぎん。ジュピターがそうだ。わかるか?」

「いいえ」

「犬の名前がジュピターだからといって、本当にジュピターだとは思うまい」

「うちの犬はジョーです」

「同じことだ」と答えて、粥をすする。これまで生きてきて交わしたどんな会話も、面白さの点では、老人の頓狂な受け答えにはかなわないと思うときがある。あの庭の下では、数日間(正確な数字はわからない)、話を聞いた。もちろん、当日は家に戻っていない。ジャヴィットの狙いどおりになった。

うまく言いくるめられたということかもしれない。ただ、もしあのとき帰ると言い張って、マリアに邪魔されたとしても、あのかび臭いドレスを突破しようなどとは思いもしなかったはずだ。不思議なことに、あのときの私は、気持ちが右に左にと揺れていた。悪夢から抜け出せずにいるような恐怖を感じる一方、彼の奇妙な話や珍奇な考えを楽しみ、気ままに笑っていたいとも思っていたのだ。あの数時間だか数日間、人生の重大事は笑いと恐怖のふたつしかないように思われた。(女性を知りはじめたときも、こんな気持ちだったかもしれない。)つねに優越感を隠し持った笑いというものがある。だが、悪意よりも、平等や喜びの印である笑いのほうが多い。それを教えてくれたのがジャヴィットだった。便器に座りながら、こう言ったものだ。「毎日、わしが糞にして出しているものは死んでいる。そう思っているなら、違う」（私はもう笑っていた。猥褻な言葉だとは知っていたが、人が口にするのを聞いた例がなかったからだ。）「いいか、わしの体から出てくるものはすべて生きているのだ。黴菌やら細菌やらが、そのへんでうごめき、子宮のような地面に潜り込んだあと、どこからともなく姿を現わす。いわば、わしの娘がそうだったように。娘のことはまだ話していなかったな」

「ここにいるんですか？」私はカーテンに目をやった。どんな化け物が登場するのか。

「いや、おらん。大昔に上へと出ていった」

「言付けがあるなら、伝えてもいいですけど」と悪知恵を働かせる。

軽蔑の眼差しを向けられた。「おまえごときが、あの娘にどんな言付けを伝えられるというのだ」こちらの下心を見透かしたものらしく、話は私の幽閉へと戻った。「わしも闇雲なことはしない。収穫の時期に雹を降らせるものか。おまえは向こうに戻ったら、わしやマリア、わしらの宝の話をするだろう。そして、連中が掘り出しにやってくる」

「絶対に喋りません。誓います」（これまで数十年間、ほかの約束は破っても、この約束だけは守っている。)

「寝言で喋るかもしれん。子供は一人になることがない。おまえにも兄か弟がいよう。それに、じき学校へ通うようになれば、何かとちらつかせて、自分を偉く見せようとするはずだ。誓いを守りながら破る方法なら、いくらだってある。そのとき、わしはどうするか。連中が探しに来たら。もっと奥に潜る」

マリアがぐわぐわと賛同した。カーテンの背後で話を聞いていたのだ。

「どういう意味ですか?」

「立つから、手を貸してくれ」と言うと、私の肩にぐいと手をかけ、まるで山が隆起するみたいに立ち上がった。便器を見ると、何かの穴をきっちり隠す形で置かれていたのがわかった。穴はずっとずっと下まで続き、底は見えない。「宝の半分は、この下にある。だが、連中の好きにはさせない。ちょっとした仕掛けがあって、底が沈むようになっている。二度と太陽を拝めないという寸法だ」

「でも、下へ行ったら、食料はどうするんですか?」

「百年、二百年は缶詰がある。マリアがしまい込んだ。見たら驚くぞ。ここでは食わん。いつでも粥とキャベツがあるからな。そのほうが健康にもよいし、壊血病にもならない。だが、二人とも、これ以上は抜ける歯がなく、歯茎もだめになっているから、缶詰に頼るしかなくなったら、そうするだろう。あるのは、ハム、鶏肉、イクラ、バター、腎臓詰めのパイ、キャビア、鹿肉、髄のついた骨。魚を忘れていた。タラコ、白ワインに浸けたシタビラメ、イセエビ、イワシ、燻製のニシン、トマトソースに浸けたニシン。果物もいろいろある。リンゴ、ナシ、イチゴ、イチジク、ラズベリー、スモモ、セイヨウスモモ、パッションフルーツ、マンゴー、グレープフルーツ、ローガンベリー、サクランボ、クワの実、それと、日本の甘いもの。野菜は言うまでもあるまい。トウモロコシ、ジャガイモ、セイヨウゴボウ、ホウレンソウ、エンダイブというやつ、アスパラガス、エンドウマメ、タケノコ。旧友のトマトを抜かしていた」そこまで言うと、倒れ込むようにして便器に座り込んだ。下の大きな穴が塞がれる。

「一生が倍になっても足りますね」

「もっと手に入れる方法がある」と怖い声で言われ、この地中に蟻の巣みたいな通路があちこち走っているのを想像し、外で見たスパンコールと足跡を思い出した。

食料の話で自分の仕事を思い出したのだろうか、土で汚れたカーテンの向こうから、マリアがぐわっといいながら出てきた。粥の深皿をふたつ持っている。ひとつは私の分で、中くらいの大きさ、もうひとつは自分用で、ゆで卵を立てる容器ほどの大きさだ。私は遠慮して小さいほうを取ろうとしたが、マリアにひったくられた。

「マリアのことは心配いらん。何年も食べているのに、おまえの数週間分にも満たない。自分の食欲がわかっている」

「料理の燃料は何ですか？」

「プロパンガスだ」

この冒険というのか夢は、こういう点が奇妙だった。突飛なくせに、単純な事実で日常生活に戻っていくのだ。よく考えれば、あの老人が何十年も地中で生きていけたはずはない。ところが、どうやら私の記憶では、料理にはガスボンベを使っているのだった。

粥は意外にうまく、食べきった。食べ終えた私は、腰掛け代わりの木箱でもぞもぞしはじめた。自然の欲求というやつに襲われたのだが、恥ずかしくて言い出せなかったのだ。

「どうした？　座り心地が悪いのか？」

「いえ、快適です」

「横になって眠りたいのか？」

「いいえ」

「いいものを見せてやろう。きっと夢に出てくる。娘の写真だ」

「おしっこがしたいんです」と、私は口を滑らせた。

「そんなことか」ジャヴィットはそう言うと、カーテンの向こうでかちゃかちゃやっているマリアに声をかけた。「小僧が小便だそうだ。黄金のおまるを頼む」私の目に好奇の色が浮かんだのだろう。喜ぶのは早いとでもいうように手を振って、「たいした宝ではない」と言った。

それでも、私の目には立派に映った。いまでも覚えているが、紛れもない黄金の室内用便器だった。フランスの幼き皇太子でさえ、国王の父とヴァレンヌから戻る長い道中、銀杯しかなかったのだ。ジャヴィット老人の面前でもさして恥ずかしがらずに用を足せたのは、それだけ感銘を受けていたからだろう。毎日の出来事に儀式のような重みが加わり、まるで秘蹟のひとつかと思わせた。おまるから聞こえた遠い鐘を思わせる高らかな音が、いまも耳朶を打つ。ふつうの金属や瀬戸物の場合と比べ、金は響きまで違うのか。

老人が、古新聞を積んだ背後の棚に手を伸ばし、一部を引き抜いた。「これを見て、どう思う?」

雑誌みたいな見たことのない新聞で、いまならセミヌードと呼ぶだろう女性の写真が満載だった。これより以前に、裸の女性を見た記憶はない。肌に密着する黒い衣装を着ていたから、正確には、裸に近いと言うべきだろうが、当時の私にとって、たいした違いはなかった。まるまる一ページ、あらゆる角度から撮ったミス・ラムズゲートなる女性で占められていた。ミス・イングランドという大会の人気候補で、もし栄冠を手にしたら、次はミス・ヨーロッパ、ミス・ワールド、さらにはミス・ユニバースと進むのだろう。私は彼女の写真をじっと見つめた。永遠に忘れまいとするかのように。そして、実際そうなった。

「わしらの娘だ」

「それで……」

「上へ飛び立った」誇らしげでありながら謎めいた言い方だった。何度も失敗を重ね、ようやく発射台から宇宙へ向けて舞い上がった月ロケットの話をしているようだった。

私は、彼女の写真を見つめた。賢そうな目、言葉では表現できない体つき。いかにも子供らしく、年齢や世代の差を無視して、この女《ひと》としか結婚しないと誓った。マリアがカーテンの隙間から手を伸ばし、ぐわっといったので、彼女が自分の義母になるのかと思ったが、まったく気にならなかった。写真の彼女が妻になれば、どんなことでも受け入れられる。学校も、成長も、人生も。彼女をうまく見つけさえしていたら、すべてを受け入れることができたのかもしれない。

またしても記憶が遮られた。いま思い出しているのが、ひとつの鮮烈な夢だとするなら（夢というのは、細部が思いのほか長く残るものなのだ）、どうしてあの年齢で美人コンテストみたいな馬鹿げた存在のことを知っていたのだろうか。夢の中に出てくるのは、自分が経験したことか、ユングを十分に信用してよいなら、私たちの祖先が経験したことのはずだ。プロパンガスやミス・ラムズゲートという美の女王が、祖先の記憶のわけはあるまい。七歳の子供の記憶でもない。母は、私たち兄弟が乏しい小遣い――たしか週に六ペンス――をその手の新聞に使うのを許さなかった。それなのに、彼女の姿が夢の中に現われ、決して消えることがないのだ。目の表情ばかりではない。体つきもである。こんもりとした胸。砂を軽くしゃくったみたいな臍。小さく締まった尻――双丘の真ん中には、鉛筆をすうっと引いたような一本の線。七歳の子供が肉体に生涯の恋をすることなどありうるのか。加えて、当時は思いつかなかった別の疑問が浮かぶ。ジャヴィットとマリアくらい年を取った老人同士に、あのような若い娘がいることなどありうるのか。しかも、美人コンテストが流行していた時代に。

「美人だ」とジャヴィットは言った。「上の世界にこれほどの娘はおるまい。地中は成長の仕方が違う。たとえばモグラの皮膚がそうだ。いくら柔らかくても、あれより柔らかいものはなかろう」娘の肌のことなのか、モグラの皮膚のことなのか、はっきりしない。

私は黄金のおまるに座って写真を眺めながら、ジャヴィットの話に耳を傾けていた。あのとき自分に父親がいたら、そんなふうに話を聞いたことだろう。老人の話は、写真と同じく、しっかり記憶に刻み込まれている。いまなら下品に思える内容もあったが、あのときはそう思わなかった。壁の落書きさえもが無邪気に見えた年頃なのだ。老人は、「坊主」とか「悪餓鬼」といった言葉で呼びかけるときを抜かせば、私の年齢を気にしてはいないらしかった。私を対等に見ていたわけではない。遠方からの人間だと思っていたのだ。古い便器から黄金のおまるを見下ろし、距離がありすぎて、私の年齢がわかっていなかったのか、それとも、自分の年齢が上すぎて、百歳以下の人間は誰もが同じに見えたものか。いま書いていることは、そのとき口にされたものではない。連日連夜——下では昼夜の区別がつかなかったが——話をしたのだ。いま私は、母の机に向かって、あのときの会話を浚い出している。想起するまま、順番はでたらめ。あれから何十年も経つ。

4

「おまえは、わしとマリアのことを笑っている。醜いと思っている。言っておくが、マリアは偉大な芸術家たちのモデルにもなれたのだ。三つ目の女たちを描いた画家もいた。きっとマリアを気に入ったことだろう。だが、わしと同じで、出たり入ったり、マリアは地下に潜る術を心得ていた。二人がここに来て、ずいぶん時間が経つ。上の世界は昔と比べ、四六時中――おまえが時の話をするから言うが――危険になっている。だが、昔は違ったなどと思ってはならん。思い出すのは……」何を思い出したのかは、覚えていない。ただ、最後の言葉と寂寥感だけは覚えている。「そういう宮殿や塔を見たら、子供が作った砂の城だと思ったことだろう。

初めに、ひとつの名前がある。母親から引っ張り出した者だけが知るものだ。次に、種族が使った名前。これはさして重要ではない。もっとも、自分が他人に対して使う名前よりは重要だがな。それから、家族――最近の言葉を使えば、パパやママ――の使う名前がある。自分から他人に使う名前は、何の力も持たん。だから、わしはおまえにジャヴィットと名乗った。それでも、わしを引っ張り出した男が知っていた名前――秘密であるがゆえに、やつを生涯の友とせねばならず、知ったときの責任を考え、やつのほうでも言おうとしなかった名前――を人前でつい口にしてしまう可能性もないとは言えん。地上では、名前の力が忘れられてきているからな。おまえの名前がひとつだとしても驚くにはあたらん。誰もが知る名前など、何だというのだ。このわしも、宝などがあるからといって安心してはいられない。何せ、偶然、よりにもよってすべてのものの最初の名前を知ってしまったのだからな。やつが死ぬ間際に漏らしおった。手で口をふさごうにも間に合わずだ。わし以外、その最初の名前を知る者はこの世におるまい。大声で言いたい衝動に駆られる。会話中、口を滑らせることがあるかもしれん。神々やキリストの名をうっかり口に出してしまうことがあろう。それと同じだ。あるいは、誰も聞いていないと思ってつぶやく恐れもある。

わしが生まれた頃は、時の歩みがいまとは違っていた。いまなら、壁から壁は二十歩で歩き、町から町は、たとえば、二十マイルとなるだろう。だが、わしの若い頃は、悠然とした足取りだった。もう行かないと、とか、長居しました、などと言って困らせるのはよしてくれ。時間を基準に話しても無駄なのだからな。だいたい、互いの時間が違う。ジャヴィットという名前も、ふだん人前では使っていない。ふと思いついたおまえ専用の名前だ。したがって、おまえは何の力も持ちえん。逃げ出してみろ。すぐ名前を変える。いまのうちに言っておくぞ。

どこかの娘と愛を交わすとき、わしの言うことの意味がわかるだろう。そういう時間は時計では計れん。速くなったり、遅くなったり、一瞬ぴたりと止まりもする。同じ一分が一分ごとに異なるのだ。愛し合っている最中は、ある部分の脈動が時間を計測し、自分があふれ出す瞬間、時は消える。そうやって時は行ったり来たりするもので、拡大鏡を目に当てて作った目覚まし時計に従うのではない。上の連中が、そろそろ――もいいとき、と言うのを聞いたことがあろう」またしても、例の言葉が出た。きっと彼の名前と同じように禁じられているのだろう。やはり力を持つ言葉だからなのかもしれない。

わしとマリアからあのような美女が生まれたのを不思議に思っていよう。そんなふうに思うのは、人間が美に幻想を抱いているからだ。美は美から生まれるのではない。美など、せいぜい魅力しか生み出さん。地上の世界を見回してみるがいい。魅力的な娘を持った美女がどれほどいるというのか。美はひたすら減る。収穫逓減の法則だな。零に戻り、醜悪の極みに達して初めて、ふたたび自由自在に始められる。いわゆる醜いものを描く画家には、それがわかっているわけだ。いまも目に浮かぶ。小さな金髪頭がマリアの股座から姿を現わし、マリアが息むのと同時に飛び出してきたときのことが（ここには、娘に名前を与えて力を奪ってしまうような医者も産婆もいなかった。

その赤子が、おまえや地上の連中が言うミス・ラムズゲートだ)。美醜は、戦争にも見られる。家屋が崩壊し、空を背に立つ二本の柱だけが残されると、また新たに美が始まる。その昔、同じ家が建設業者に取り壊される前もそうなった。今度、わしとマリアが上に行ったら、一面平らな世界に柱ばかりとなっているかもしれん。そろそろやってもいいときだと言わんばかりにな」(その言葉にもう慣れてしまい、衝撃力は失われていた。)

いいか、坊主。宇宙の地図なんてものを作っても、それは六十億年前の姿にしかすぎん。これほどの時代遅れがあろうか。向こうに、昨日こっちを撮った写真があるとする。きっと、氷だらけの世界が写っていよう。連中の写真のほうが、少しばかり時代が新しいとするならばだ。人間がまったく写っていない可能性もある。その場合、未来を写した一枚だとしてもおかしくはない。命ある星を撮ろうと思ったら、駿馬に飛びつけるくらい機敏でなければいかん。

わしとマリアのことをまだ少し怖がっているな。わしらのような存在を見たことがないからだ。娘を見ても怖がるのだろう。たしかに、どの国に行っても、あんな娘はいない。だが、男のほうが怖がってどうする。変異植物というのを聞いたことがあるか? 青い目をした白猫は耳が聞こえないのを知っておるか? 苗木を育てる人間は、苗の見回りを欠かさず、異常なものがあれば、雑草みたいに取り除く。いわゆる変異種というやつだ。青い目の白猫が珍しい理由もこれと変わらない。ところが、ふつうとは違うものを欲しがる輩がいたりする。正の符号に飽きて、零を探し、そういう異種で繁殖を始めるのだ。わしとマリアはともに変異種であり、何代もの変異種から生まれた。この足だが、事故で失ったと思うか？　生まれつきこうなのだ。マリアのぐわあも一緒。わしらは、世代を追うごとに醜さが増し、突如、マリアからあの娘が生まれた。いわゆるミス・ラムズゲートが。わしは眠っているときでも、娘の名前は言わん。アカライチョウと同じ、わしらは特異な存在なのだ。アカライチョウはどこから来たのか。誰にでも尋ねてみるがいい。

わしらが特異な理由を考えているのだろう。それは、何代ものあいだ、淘汰されることがなかったからなのだ。人間は、要らなければ殺したり、捨てたりする。ギリシアに昔、まともでないほうの子を手元に残し、まともなほうの子を捨てた者がいた。これで、少なくとも変異種が一人は残ったわけで、あとは、同じのがもう一人いればいい。フエゴ諸島では、飢餓になると老婆を殺して食す。犬のほうが貴重だからだ。この世で、変異種の残存ほど難しいことはない。わしらは何百年と地下で生きてきた。だが、そのうち、こちらの笑う番が来る。覚悟を決めて地上に出れば、世界は死と化しているのだ。そのときでも、ミス・ラムズゲートはどこかで生きている。黄金のおまるを賭けてもいい。彼女の美も変異種だからな。わしらジャヴィットは——と、おまえ向けの言葉で言うが——長命であり、この醜さをずっと保持してきた。彼女もきっと美を保持していくことだろう。猫のようにな。猫は最初から最後まで美しい。しかも、その唾を失うことがない。そこが犬とは違う。

ミス・ラムズゲートと聞くたびに目を輝かせ、これだけ言ってもまだ、わしとマリアにあの娘がいるのを訝しんでいる。象は、九十になっても繁殖できるではないか。ジャヴィット（本名ではない）のような変異種が、装具を着けて薪を運ばせられる馬鹿な動物より長生きできるわけはない。そう思っているのか？　象との共通点はほかにもあるぞ。死ぬのを見た者がない。

どんな異性を好むかは、人間の女よりも鳥の雌のほうがわかりやすい。鳥の雌は、いちばん美しい雄しか目に入らない。おまえが孔雀に見惚れたら、雌の孔雀と好みが同じということになる。ところが、人間の女はもっと複雑だ。美女と野獣の話は聞いたことがあろう。つまり、女には変異種を好むところがある。わしを見よ。この足を見よ。ミス・ラムズゲートを見つけるのに世界中を探しまわるのもけっこう。だが、美女の気を惹こうと、孔雀の雄みたいにめかし込んではいかん。相手はわしらの娘。

やはり変異種を好む。晩餐会に美人の妻を同伴して虚栄心を満たそうとする男には向かない。寝室で理解を示し、学校へ通っていた頃に慣れていたのと同じ回数——一日に何回、一週間に何回——と相手をしてくれる妻にもなるまい。娘は出ていった。わしらの娘は、自分に見合う欲望を求めるように、出ていってしまった。それは、長さで計れるような欲望でも、一週間の回数で計れるような欲求でもない。北方の国では、健康のために愛を交わすという。ならば、北で探しても無駄だ。アフリカや中国まで行くはめになるかもしれん。中国と言えば……」

5

ときどき、教師たちよりもジャヴィット——あの実在などしなかった老人——のほうから多くを学んだと思うことがある。おまるに座っているとき、ジャガイモの袋に寝転がっているとき、話をしてくれた。そんなことをしてくれた人は、後にも先にもない。母がフェビアン協会のパンフレットから目を上げて、こんなことを言っただろうか。「人間は猿に似ているな。季節に関係なく発情するではないか。そう言えば、猿は死の不安に駆られることがない。説教壇から不死を説き、そのあと死の話で脅かすのが人間だ。わしは人間よりも猿に近い。猿にとって、死は偶然である。ゴリラが死んだ仲間を棺に入れ、花で飾ることがあろうか。いつか自分もこうなるのだから、派手にしておいてやろうなどと思ったりはしない。仲間が死んでも、それは偶発的な出来事であり、放置しておく。わしの考えも変わらん。ただ、そういう偶然に遭ったことはない。辻馬車にも汽車にも近づかず、地下には馬も野良犬も機械の類もないからな。わしは人生を愛している。だから、死ぬのはごめんだ。地上では自然死の話が出ているが、自然死は自然ではない。寿命が千年だとしよう――そうでない理由はなかろう。衝突事故に爆弾事故、自分の左足に躓くこともある。すべて自然死である。生き残りたければ、ちょいと努力をすればいい。だが、自然は行く手に罠を仕掛ける。

修道士は独房に頭蓋骨を置く。瞑想のためだと思うか？　とんでもない。連中はわしと同じで、死を信じてなどおらん。あんなもの、大使館に飾る女王の肖像画と同じだ。必要な家具というのでしかない。ダイヤの飾りを頭に載せ、虚ろな笑みを浮かべたあの顔を、大使がいちいち見るだろうか。

不実であれ。それが人類に対するおまえの使命だ。人類は残らなければならない。気苦労や銃弾や過労で真っ先に斃《たお》れるのは、忠実な人間と決まっておる。いいか、食い扶持を稼ぐために忠誠を求められたら、二重スパイになるのだ。どちらの側にも本名を明かしてはならん。同じことは、女や神にも言える。そっぽを向く相手は大事にして、支払い額を増やしていく。たしか、キリストもそんな話をしていたな。放蕩息子は忠実だったか？　消えた銀貨や迷える羊は？　従順な羊たちは羊飼いを喜ばせず、忠実な息子は父親に見向きもされなかった。

スズランを家に入れるのはいやがられる。不吉ということらしい。本当は、性の臭いが鼻をつき、性を恐れているからなのだ。となると、当然、魚を恐れない理由を知りたくなろう。魚の場合は、臭いを嗅ぐと、先の休日を思い浮かべ、しばし繁殖行為とはお別れ、と思うのだ」

ジャヴィットの言葉と比べ、時間の経過はおぼろげな記憶しか残っていない。たしか、ジャガイモ袋の寝床で、最低でも二回は寝たはずだ。ところが、ジャヴィットが眠るところは最後の最後まで見なかった気がする。馬や神みたいに、まっすぐ座ったまま寝ていたものか。それから、あの粥。時計は見当たらなかったが、私の見るところでは、規則正しく出されていた。一度だったか、貯えの中からイワシの缶詰を開けてもらったことがある（いかにもヴィクトリア時代というラベルが貼ってあり、ひげを生やした二人の水夫とアザラシが描かれていたが、味はよかった）。

私がいて、ジャヴィットはうれしかったのだと思う。長年、あそこまでたっぷり話したことはなかったはずだ。何せ、相手のマリアはぐわっとしか返事をしない。何度か新聞の記事を読むようにも言われた。探してみたが、最新の記事は、ボーア戦争時の現地報告だった。マフェキングの町が解放され、祝賀の会が開かれたという（ジャヴィットいわく、「暴動があっても、たちまち通じがつく」）。

一度、石油ランプを持って散歩についてこいと言われた。足が一本しかないのに、驚くほど敏捷だった。まっすぐ立つと、木の幹を使った荒削りの彫像に見える。足を二本にしてもらえなかったのか、それとも、あの洞窟の壁画みたいに、「出来が稚拙」ということなのか。両側の壁にそれぞれ手をかけ、大きくぴょんぴょんと跳ねていく。喋ろうとして立ち止まると（老人はだいたいそうだが、動きながらは喋れないものらしい）、梁のように太い腕が通路全体を支えるかに見えた。ある地点で、「湖の真下だ」と言った。「上に何トンの水があると思う？」と質問が飛んでくる。それまで、水量といえば単位はガロンであり、トンで考えたことはなかった。すぐに正確な数値を教えてくれたが、その値をいまは思い出せない。次に、上り坂の手前で足を止め、「聞こえるか？」と言った。何かがごろごろ頭上を通ったかと思うと、ぼたっぼたっと音がした。まわりで土くれが落ちたのだ。「車だ」と言った。きっとそんな口調で、探検家なら「象だ」と言ったことだろう。

地上がそんなに近いなら、出口があるのではないか。この直截な質問にも、漠然とした一般論が返ってきた。「賢者の居宅は戸口がひとつ」まるで諺だ。

大人には退屈な老人と思えただろう。だが、子供は知識を貪欲に求め、退屈至極な教師の話にも耳を傾ける。当時の私は、ジャヴィットから世界と宇宙について学んでいるつもりでいた。子供にそんな細かいことが捏造できるものだろうか。それがいまなお不思議でならない。それとも、一年ずつ蓄積したのだろうか。珊瑚みたいに、無意識という海の中で。その中心にあるのが、最初の夢なのだ。

ときどき老人は不機嫌になった。何となくというのか、とにかく理不尽だった。たとえば、会話にも思考にも枷をはめないくせに、細かい規則があり、従わなければ激しい雷が落ちた。空《から》になった粥の深皿にどうやってスプーンを置くか。読み終わった新聞をどうやって畳むか。ジャガイモの袋でどうやって手足を伸ばすか。

「切り刻んでやるぞ」と怒鳴られたときには、同じように片足が切断されるところを想像したものだ。「食い物はなしだ。戒めとして、ろうそくみたいに燃やしてやる。おまえには王国を与えてきたではないか。ここには地上のあらゆる宝がある。地上のあらゆる果物が一缶一缶に詰まっている。おまえを葬り去ろうと時間が忍び込むこともない。昼も夜もない。それを、このわしに歯向かい、皿の長い辺に沿ってスプーンを置くとは。近頃の若い者ときたら、恩知らずなものだ」振り回した両腕がランプに照らされ、背後の壁に狼のような影を作る。マリアは、ガスボンベの後ろで、怯えたように膝を抱えている。

「その素晴らしい宝をまだ見せてもらっていません」と、私はわずかに抵抗してみせた。

「見せてやるものか。おまえみたいな掟破りに。昨日の夜も、仰向けになって豚みたいに唸っていたが、どやしつけやしなかった。ジャヴィットは辛抱を知っているからな。許し、幾度も許す。それを、おまえときたら、スプーンをそんなふうに……」波が引くかのように、大きくため息をつく。「それも許してやろう。頑固な年寄りは質《たち》が悪い。しかも、わしはめったにない年寄りときた。亀も鸚鵡も象もかなうまい。いつか、宝は見せてやる。だが、いまはだめだ。そんな気分ではない。時を待つのだ。時が解決してくれる」

だが、上機嫌にする方法を早い段階で見つけていた。娘の話をすればいい。それなら簡単だった。いつのまにか私は彼女に激しく恋していたからだ。こんなことはおそらく、与えるばかりで、もらうことなど思いもしない年齢でしかありえないだろう。

私は尋ねてみた。自分を置いて――彼の好きな言葉を使えば、「上に」――行かれたときは悲しかったのかどうか。

「それは覚悟していた。そう生まれついたのだからな。いつか戻ってこよう。それからは三人一緒だ」

「そのとき、僕も彼女に会えるかもしれませんね」

「おまえは、その日まで生きてはおるまい」私のほうが年寄りであるかのような言い草だ。

「結婚していると思いますか？」と、私は恐る恐る尋ねた。

「結婚するような女ではない。わしらと同じ変異種だと言わなかったか？　娘の根っ子はここにある。そんな相手と結婚する者はおらん」

「でも、お二人は結婚していると思っていました」と、私は恐る恐る言った。

はじけるような笑い声が上がった。くるみ割りを閉じたみたいだ。「地下で結婚して何になる。立会人もおらん。結婚は公共のものだ。わしとマリアは、互いにのめり込んだというだけの話。その後、マリアが芽を吹いた」

私はしばらく黙り、その植物の姿を想像した。そして、できるだけ力を込めて言った。「ここを出たら、彼女を探しに行きます」

「ここを出たとしても、長い年月と長い旅が必要になる」

「覚悟はしています」

からかうような目を向けられた。「アフリカに行かねばならん。アジアもな。そして、アメリカも。南北の両方だぞ。あと、オーストラリアもある。北極と南極は省いてもよかろう。いつも温暖が好きな娘だった」振り返ってみれば、これらの大半に行った経験がある。例外はオーストラリアで、二回だけ、飛行機の乗り換えで降りたことしかない。

「行きます、全部。そして、彼女を見つけます」いきなり人生の目的が目の前に現われたかのようだった。いずれ探検家になるような人間も、地図を見て、大陸の真ん中にある白い点に初めて気づき、よくそんな経験をしたことだろう。

「金がかかるぞ」と、ジャヴィットは嘲るように言った。

「船で働きながら旅します」この決意があって、少年作家のW・Wは、危うく船乗りになりそうだった長兄を、結局オックスフォードへ行かせることにしたのかもしれない。船仕事とは、私に捧げられた聖職なのであり、ジョージなどがするものではなかった。

「それでも時間はかかる」と、ジャヴィットは警告した。

「まだ若いですから」

理由はわからないが、あのときの会話を思い出すと、医師の言葉が蘇ってくる。希望のない声で、「どんなときにも希望はあります」と言われた。あるのかもしれない。だが、どんな定めを果たすにしても、いまはあのときほどの時間がない。

その夜、ジャガイモ袋で横になっているとき、ふと思った。ジャヴィットは僕のことを好きになりかけている。一度、夜中に目を覚ますと、例の玉座に座り、じっとこちらを見ているのが目に映った。片目をつぶってみせたのが、消えゆく星に見えた。

翌朝、私が粥を食べ終わるやいなや、高らかに言った。

「今日、おまえに宝を見せてやる」

6

その日の昼は、何かの縁が近づきそうな雰囲気にあふれていた。昼、と言ったが、考えてみれば夜だったかもしれない。時間がゆっくりと流れる。あえてのちの経験と比べれば、初めて寝そうな女と会う前に似ている。導火線に火が点いた。爆発の規模はどれくらいだろう。コップが二つ、三つ壊れる程度か。それとも、家が一軒、吹き飛ぶのか。

ジャヴィットはその件に何時間も触れなかった。だが、二杯目の粥のあと（イワシの缶詰だったかもしれない）、衝立の向こうに姿を消したマリアが、帽子をかぶって出てきた。何年も前の昔は、さぞかし立派な帽子だったのだろう。競馬場にかぶっていく帽子、大きな黒い麦わら帽子である。それがいまや、水切りみたいに穴だらけで、深紅の花飾りはしおれ、幾度も縫いつけた形跡があった。その姿を見て、これから三人で「上に」行くのだと思った。だが、出かけるかわりに、マリアはストーヴにヤカンを乗せ、温めたポットにスプーン二杯分の茶葉を入れた。マリアとジャヴィットは腰を下ろし、ヤカンを見つめている。まるで一組の卜者が、子山羊の温かな臓物の上に屈み込み、啓示を待っているかのようだ。しゅんしゅん音が鳴ると、ジャヴィットは肯き、茶が出された。彼一人がカップを手に取り、私に視線を向けながら、ゆっくりとする。例の約束について考えているといわんばかりだ。もしかして、考え直しているのだろうか。

カップの縁に、たしか茶殻がひとつ付着していた。彼はそれを爪の先ではがし、私の手の甲に置いた。意味なら承知している。硬い茎なら男との出会い、柔らかい葉なら女との出会い。これは、柔らかい葉だった。私は、その葉をもう一方の手で叩きながら、「一、二、三」と数えた。ぺたんと手に貼りつく。「四、五」と続けると、今度は指にくっついたので、高らかに「五日後」と言った。上の世界にいるジャヴィットの娘を思い浮かべていた。

ジャヴィットが首を横に振る。「ここでは、そんなふうに数えん。五十年だ」私は訂正を受け入れた。自分の国のことは彼がいちばんよく知っているはずだからだ。改めて考えてみる。あそこでの一日が十年に当たるのだとしたら、こちらの世界で、ジャヴィットは何歳になるのだろう。

ジャヴィットが占いからどんな結論を導き出したのかはわからない。とにかく満足はしているようだった。片足で立ち、両側の壁に手をついた姿が、巨大な十字架を思わせる。その十字架が、前日に歩いた道を大きくぴょんぴょん跳ねていく。後ろからマリアに小突かれ、私はあとを追った。マリアの手にするランプが、前方に長い影を作る。

まず、湖の下に着いた。何トンもの水が凍った滝みたいに頭上を覆っているのだろうか。前日に立ち止まった場所では、やはり上から車の地響きが聞こえてきた。ただ、今回は素通りする。計算では、ウィントン駅に向かう道を渡りきったはずだった。たぶん上には、庭師の叔父がやっている酒場の「三鍵亭」がある。その先は、おそらくロング・ミードだろう。ハウエルという農場主が所有する牧草地で、北の境には、魚が泳ぐ小川が流れている。私は、逃げ出すのを諦めていたわけではなく、たどった道順と距離には注意していた。別の入り口に続きそうな脇道でもあるかと期待したが、どうやら何もなく、しかも残念なことに、酒場の手前で急な下り坂になった。酒場の地下貯蔵室を避けるためかもしれない。実際、一瞬、ぎしぎし、がたがた、音がした。庭師の叔父が新しいビールの樽を受け取っているのだろうか。

半マイルほど進んだところで、卵型の広場に突き当たった。目の前に、白木の食器棚がある。これとすごく似たやつに、母がジャムや干しブドウなどをしまっていた。

「開けるんだ、マリア」そう言われたマリアが、私の横をすり抜けていく。鍵の束をじゃらじゃらいわせ、ぐわっと期待の声を上げる。手にしたランプが、吊り香炉のようにぶらんぶらん揺れた。

「舞い上がっているな」とジャヴィットは言った。「最後に宝を見てから何日も経つ」どちらの時間で言っていたのかはわからない。ただ、彼女の興奮から察するに、その何日は何十年だったのだろう。正しい鍵もわからなくなっており、全部を試して失敗し、また試し、ようやく鍵が回った。

戸棚の中を見て、私はがっかりした。金塊が山と積まれ、銀貨がざざあっと床にこぼれ落ちるのを想像していたのに、上段にはぼろぼろの段ボール箱が並び、下段は空っぽだったのだ。私の落胆ぶりを見て、ジャヴィットは傷ついたようだった。「言ったであろう。万一を考え、ほとんどはもっと地下にある」だが、私の失望は長続きしなかった。ジャヴィットが最上段から大きな箱を下ろし、これならどうだとばかり、私の足元にざざあっと中身を空けたのだ。

光り輝く宝石の山だった。これほどのものは見たことがなかった。虹の色で形容したいところだが、そんな他愛もない単純でぼんやりした色ではない。濃淡はさまざまである。肝臓のような深い赤色、嵐の青色、波の内側を思わせる緑色、夕陽の黄色、雪上の影のごとき灰色。最高の輝きを放つ無色の石もある。本当に、まるで見たことがなかった。疑り深い中年になったいまの私なら、あの宝の山と比較するのに、イタリアの観光地で売られている模造の宝石を持ち出すところだ。

またしても、気づけば夢に難癖をつけている。こういうことは、彩色ガラスの輸出額に関する調査員の報告書にすべきものだろう。あれが夢だったのなら、宝石は本物だったのだ。絶対的な真実というのは、夢の世界にあるもので、人生にあるのではない。不世出の金細工師が何を作ろうと、純度は夢の金に劣る。夢の中にガラスのダイヤモンドはない。そう見えれば、そうなのである。「いちばん王に見える者が王である」というわけだ。

私は膝をつき、宝石に両手をくぐらせた。ジャヴィットが段ボールを次から次へと開け、中身を地面にぶちまけていく。子供にがめつさはない。そのときの私にとって、宝の価値はどうでもよかった。ただの宝というにすぎなかった。宝は、それ自体に価値がある。何が買えるかなど問題ではない。それから数年後、この宝で家運を盛り返せると書いたのは、読書や勉強で知識を蓄えたW・Wである。夢の中の私は、宝石が好きな烏にむしろ近く、燦然たる輝きしか目に入っていなかったのだ。

「下に隠したやつとは比べものにならん」と、ジャヴィットは得意そうに言った。

ネックレスにブレスレット、ロケットにバングル、ピンにリングにペンダントにボタン。娘たちがブレスレットにつけたがる小さな金色のアクセサリーもある。たとえば、ヴァンドーム広場の円柱、エッフェル塔、サンマルコ寺院の獅子、シャンパンのボトルがあり、小さな本には金色の葉が付いていて、パリ、ブライトン、ローマ、アッシジ、モートン・イン・マーシュの地名が刻まれている。恋人たちにとって大切な場所なのだろう。金貨もあった。ローマ皇帝の頭部に加え、ヴィクトリア女王やジョージ四世やフリードリヒ赤髭王の姿が描かれている。貴石で作った鳥は、目がダイヤモンドだ。それから、靴やベルトのバックル、ルビーを薔薇に見立てた髪留め、気付け薬入れ。金の爪楊枝、マドラー、やはり金製の耳かき、ダイヤモンドを埋め込んだシガレット・ホルダー、嗅ぎ煙草や香錠を入れる金の小箱、狩猟家がネクタイに付ける馬蹄、女性の狩猟家が襟に付けるエメラルドの猟犬。魚もあれば、幸運を呼ぶルビーの小さなニンジン、将軍や大臣の胸を飾ったのであろうダイヤモンドの星、エメラルドの頭文字が付いた金のキーリング、真珠が美しい貝殻。踊り子の肖像は金とエナメルで、ルビーらしきものにハイディーと刻まれている。

「もうよかろう」とジャヴィットが言ったので、当時の私には世界の財宝と見えた品々に別れを告げ、味わい尽くす喜びから身を引くしかなかった。本来ならマリアがすべてを段ボールに戻すところを、ジャヴィットが威厳たっぷりに「そのままでよろしい」と言ったので、来た道を黙って引き返すことになった。影を先頭に、三人の順番は変わらない。宝を見たことで、私はぐったりしていた。粥を待つこともなく、ジャガイモの袋に横たわり、すぐ眠ってしまった。夢の中で見た夢の中で、誰かが笑い、泣いた。

7

すでに述べたことだが、庭の下で過ごしたのが幾日なのか、幾夜なのかは思い出せない。眠った回数が助けにならないのは、眠くなれば眠り、ジャヴィットから横になれと言われれば眠ってしまったせいだ。光と闇はランプが決めた。ただ、ほぼ確実に言えることがある。貪るように眠り、そして目覚めた瞬間、何が何でも家に帰ろうと思ったことだ。それまでは、幽閉の身をほとんど黙って受け入れていた。粥に飽きたのだろうか。いや、それはあるまい。やはり似たようなまずい食事を、アフリカでもっと食べ続けた経験があるからだ。ということは、宝の場面がひとつの山場で、自分の物語にもう関心がなくなったからなのだろうか。それとも——こちらが最大の理由だと思うのだが——ミス・ラムズゲートを探しに行きたくなったからなのだろうか。

動機はどうあれ、深い眠りに落ちたときと同じように一瞬で目が覚め、腹は決まっていた。ランプの火は弱く、ジャヴィットの顔はぼんやりしている。マリアはカーテンの向こうに姿を消していた。驚くべきことに、ジャヴィットの両目が閉じられていた。この目に眠りが訪れるとは。とにかく音は立てず、ジャヴィットに目を向けたまま、すっと靴を脱いだ。やるならいましかない。ネズミよりもこっそりと靴を脱いだ瞬間、ある考えが思い浮かび、靴紐を抜いた。いまでも覚えているが、先端の金具が黄金のおまるにかちんと当たった。余計なことをするからだ。ジャヴィットがもぞもぞしている。だが、動きはやんだ。私は即席の寝床をさっと離れ、便器に座るジャヴィットのほうへ這い寄った。地下道のことは詳しくないので、ジャヴィットに追われたら敵わないと思い、足首を縛ろうと思ったのだ。だが、片足しかないのを縛ったところで意味がないことに気づき、愕然とした。

ただし、片足の場合、両手が使えなければ移動できまい。いい具合に、両手が彫刻の手みたいに膝の上で重ねられていた。兄に教わったものに引き解け結びというのがあったので、二本の靴紐で作り、そろそろとジャヴィットの手首にかけ、最後にぐいと引いた。

目を覚まして怒声を上げるものと覚悟していた。ただ、怖いと思う反面、何となく得意な気分にもなっていた。ジャックが豆の木で巨人を出し抜いたときも、こんな気分だったのではないか。ランプを手に、いつでも逃げ出せるようにしておく。だが、こう静かだと逆に立ち去りがたい。ジャヴィットが片目を開けた。やはり目配せされた気になる。手を動かそうとしたが、紐に気づき、諦めたようだ。予想に反して、マリアを呼ぶようなこともせず、開いた目でじっとこちらを見つめている。

私は急に恥ずかしくなって、「ごめんなさい」と言った。

「いやはや。我が放蕩息子よ。迷える羊よ。おまえは覚えが早い」

「誰にも言いません」

「話したところで、誰も信じはせん」

「そろそろ行きます」私は名残惜しそうに小声で言い、馬鹿みたいにじっとしていた。体の半分が去りがたく思っているのだろうか。

「行くがよい。マリアがどう思うかは知らんぞ」と言って、両手を動かす。「うまく結んだものだ」

「お嬢さんを探します。どう思われてもかまいません」

「いや、幸運を祈る。長い旅になろう。教師の話など聞いてはいかん。駆け引きには嘘も使え。義理には縛られるな。ここと同じことだ。はたして、おまえにできるかな。まあ、もしかしたら、ということもある」

ランプを取ろうと思い、後ろを向くと、彼はふたたび口を開いた。「記念に黄金のおまるを持っていくがよい。古い戸棚で見つけたとでも言えばよかろう。探すなら、証拠になるようなものが必要だからな」

「わかりました。そうします。いろいろありがとうございました」私は帰る客みたいにそろそろと手を差し出した。相手の手は縛られているのだから、馬鹿みたいな話だ。それから、おまるを持とうと前屈みになった。その瞬間、話し声で目を覚ましたのだろう、マリアがカーテンの向こうから姿を現わした。瞬時に状況を察知し、私に向かってぐわあと——意味はわからないが——叫ぶと、鳥みたいな手で襲いかかってきた。

私は即座に逃げた。ランプのおかげで、「迷いの地」に着いたときは数フィート先を行っていたが、通路を風が吹き、芯も燃え尽き、火が消えてしまった。ランプを地面に置き、暗闇を手探りで進んだ。かさかさ、しゅるしゅる、スパンコールのドレスが音を立てる。ランプを蹴飛ばす音が聞こえたときには、心臓が飛び出しそうになった。あとのことはあまり覚えていない。いつの間にか坂を這い上っていた。四つん這いならドレスよりも速い。それから少しして、灰色の光が見えた。木の根元だ。外に出たのは、洞穴に入ったときと同じような早朝だった。地面の下から、ぐわ、ぐわ、ぐわと声が聞こえてきた。あれは悪態だったのか、それとも威嚇だったのか。たんなる別れの言葉だったのかもしれない。ただ、その後は幾晩となく、ベッドで怯えた。屋敷が寝静まった頃、部屋のドアが開き、マリアが捕まえに来るのではないかと思ったのだ。その一方で、不思議なことに、ジャヴィットを怖いとは思わなかった。そのときも、そのあとも。

おそらく――と言っても、記憶はないのだが――黄金のおまるは、マリアの怒りを鎮めるため、地下道を出るときに手放してしまったのだろう。とにかく、なかった。湖を筏で渡るときも、家から飛び出してきた犬のジョーに壊れた緑の噴水近くで飛びかかられ、濡れた芝生にひっくり返ったときも、持っていなかった。

第三部

1

ワイルディッチは書く手を止め、顔を上げた。すでに夜は明け、雨も、じっとりした風もやんでいる。窓の外に目をやれば、雲間に幾筋もの細い青空が見え、斜めに差し込む日差しが、万年筆のキャップを淡く照らした。ワイルディッチは、書き終えた結びの部分を読み返してみた。やはり最後になっても、あの冒険が現実の出来事であったかのように記してある。あれは、無聊《むりょう》の夜に思い浮かべた夢ではなかったのか。数年して学校の雑誌に書いた物語ではなかったのか。そんなことを考えていると、まだ朝は早いというのに、噴水の奥にある砂利道から、手押し車を押すざくっざくっという音が聞こえてきた。この音も、夢と同じ、子供時代のものである。

ワイルディッチは階下に行き、表玄関を開けた。壊れた噴水も、暗い散歩道に続く小道も、変わらずそこにある。だから、伯父の庭師が手押し車を押してきても、さして驚きはしなかった。あの夢を見た日々には青年だったはずのアーネストも、いまは老人であるが、子供の目には二十代も中年も同じようなものなので、ほとんど記憶している姿と変わっていない。どことなくジャヴィットに似ている。もっとも、生やしているのは大きな口ひげで、あごひげではない。暗い顔でじっと見つめ、一家言ありそうな雰囲気が漂っている。これだけのことで、野菜をもらいに行った母は腹を立てたのだろうか。

「やあ、アーネスト」とワイルディッチは声をかけた。「引退したと思ったが」

アーネストは手押し車の把手を地面に下ろし、遠慮がちな目を向けた。

「ウィリアムの坊ちゃん？」

「ああ。ジョージの話だと――」

「ジョージ坊ちゃんの言うとおりなんですが、やはり私がいませんと。この庭には、他人様《ひとさま》の知らないことがいろいろありまして」もしかすると、彼がジャヴィットの原型なのかもしれない。何となく曖昧な物言いが似ている。

「というと……？」

「誰もが白亜の土でアスパラガスを育てられるわけじゃありません」個別の事柄から

一般論を導き出すところも、ジャヴィットと変わらない。「長らくお留守でしたな」

「あちこち旅をしていた」

「聞けば、アフリカやら中国のどこだかにいらしたとか。坊ちゃんは、黒い肌がお好みなんで?」

「黒い肌が好き、か。そんなこともあった」

「まさか美人コンテストで優勝するとは」

「ラムズゲートを知っているのか?」

「庭師の一日は遠くまで及ぶもんです」手押し車が昨夜の嵐で落ちた葉であふれている。「やはり中国人は黄色ですか?」

「いや」

ここが違う。ジャヴィットは、ものを尋ねることがなかった。つねに教える側だった。水の重量、地球の年齢、猿の性的習慣。「庭に大きく変わったところはあるかい?」とワイルディッチは尋ねた。「僕がここにいた頃と比べて」

「放牧地を売ったことはお聞きに?」

「ああ。朝食の前に散歩でもと思っていたところだ。暗い散歩道を通って、何なら、湖と島まで」

「なるほど」

「湖の下に地下道があるというような話を聞いたことは？」

「地下道なんかありゃしません。いったい何のため？」

「いや、知らない。きっと夢でも見たのだろう」

「坊ちゃんはあの島が大好きで、よく奥様から隠れてらした」

「一度、家を逃げ出したことがある。その覚えは？」

「年中でしたからな。いつも奥様に探索を命じられました。そんなときは、いまみたいに、はっきり言ったもんです。お求めのジャガイモを掘るので手一杯ですと。あそこまでジャガイモを欲しがる女《ひと》も珍しい。まるで本人が食べてるみたいで。贅沢なものを食べなくても、ジャガイモで生きていけたでしょうな」

「宝探しをしていたのだろうか？　男子はよくやる」

「何かを探してらした。同じことを、この辺の連中に言ったもんです。坊ちゃんが野蛮な地域へ行くたびに。そう言えば、先代の葬儀にも帰られなかった。そのときも連中に言ってやりましたよ。いいか、あの方は変わってない。昔から、何かを探してる。探し物をご存じないようだがな。次の便りには、オーストラリアで頑張ってると書いてあるさ」

ワイルディッチは残念そうに言った。「なぜかあそこは行っていない」そして、声に出して言ってしまったことに驚く。「そう言えば、三鍵亭だが、あれはまだあるかい？」

「ええ、ありますとも。叔父が死んで、ビール会社が買い取ってからは、決まった種類しか置きませんが」

「ずいぶん変わった？」

「管やら筒やらで、同じ酒場とは思えません。圧縮機とかいうやつを入れたせいで、泡の入った本物のビールも飲めやしない。叔父は地下の貯蔵室まで樽を取りに行くのが好きだったのに、いまじゃ何もかも機械です」

「そういう改装をしたとき、貯蔵室の下に地下道があるというような話は聞かなかった？」

「また地下道ですか。どうして地下道の話ばかり。バガムにある汽車の隧道しか知りません。五マイル先の」

「なるほど。散歩に行ってくる。朝食前に庭を見ておこう」

「また外国でしょうな。今度はどちらに？　オーストラリア？」

「もうオーストラリアは無理だ」

アーネストは、承服しかねるというようにごま塩の頭を振ってみせ、「私が生まれた頃は、時の歩みが近頃とは違ってました」と言うと、手押し車の把手をつかみ、新しい鉄門のほうへ歩いていった。しばらくして、ワイルディッチは思い出した。同じようなことをジャヴィットが言っていたではないか。あの世界は、自分の知る世界にほかならなかったのだ。

2

暗い散歩道は狭く、たいして暗くもなかった。年を追うに従い、月桂樹が疎らになったのだろうか。ただ、子供のときみたいに蜘蛛の巣は張っていて、通るとき顔にかかった。突き当たりに、草原へ通じる木戸がある。当時はいつも鍵が掛かっていた。なぜここから庭の外へと出てはいけないのか。その理由はわからなかったが、銅貨の縁で鍵を開ける方法なら知っていた。いまポケットに銅貨はない。

湖を見ると、ジョージの言うとおり、たんなる小さな池だった。水際から数フィート先に島はあるが、広さは昨夜二人が食事をした部屋くらいのものだろう。なるほど茂みがあり、数本の木も生え、一本だけが太くて高い。だが、W・Wの物語に出てくる遠見の松でも、記憶にある楢の大木でもないことは確かだった。ワイルディッチは水際から数歩下がり、飛んだ。

島には届かなかったが、着地したところは、水深がわずか数インチだった。いったいどこに筏を浮かべられるのか。じゃぼじゃぼ歩いても、水が靴の中に入りさえしない。この小さな島に「希望の地」と「フライデーの洞窟」があったわけだ。淡い期待を抱いて島に来た。そんな自分をあざ笑うだけの気持ちがあれば。ワイルディッチはそんなことを思った。

茂みは腰の高さまでしかなく、大木まで楽々かき分けていけた。いくら小さな子供でも、ここで迷子になるとは思えない。ジョージが毎日のように見回っている珍しくもない庭なのだ。一分ほどだろうか、茂みをかき分けていくワイルディッチは、無駄な一生だったという思いに捉われた。女に裏切られた男が、ともに過ごした楽しい時間さえ忘れ去ってしまうのに似ている。地下道、あごひげの老人、隠された宝。あの夢さえなかったら、ジョージみたいに、結婚、子供、家と、もう少し安定した生活が送れたのではないか。いや、夢を過大視している。ワイルディッチはそう思おうとした。おそらく自分の運命は、その数カ月前、ジョージが『オーストラリア探検記』を読んでくれたときに決まっていたのだ。子供時代の経験が現実に将来を形成するのだとしたら、自分の人生は、ジャヴィットではなく、グレイとバークによって形作られたのである。たしかに、どの職にも本気で打ち込んだことはない。それが彼の誇りだった。誰にも忠誠を尽くすことはなかった。アフリカの女にさえそうだった（ジャヴィットなら、こういう不実な振る舞いを認めてくれたことだろう）。いま、そばに貧相な木が立っている。洞穴の入り口となるくらい盛り上がった根はない。ワイルディッチは屋敷のほうを振り返った。距離が近く、ジョージの姿が見える。寝室の窓辺で、ひげ剃り用の泡を顔に塗っていた。もうすぐ朝食を告げる鐘が鳴り、兄弟で差し向かいに座って、朝の雑談を交わすことになる。ロンドンに戻るなら、いい具合に十時二十五分発の列車があった。こんなに疲れているのは病気のせいだろう。眠くはない。ただ、疲れて、体の節々が痛む。まるで、長い旅が終わったかのようだった。

茂みをさらに数フィートかき分けていくと、楢の黒ずんだ切り株にぶつかった。おそらく落雷で裂け、その後、丸太用に根元あたりから鋸を引いたのだ。これが夢の起源だとしてもおかしくはない。ワイルディッチは、草に隠れた古い根を軽く踏み、それからしゃがみ込んで、地面に耳を近づけた。はるか下から何か聞こえてくるのではないか。そんな馬鹿なことを考えたのだ。口蓋のない口から発せられる、ぐわ、ぐわという声。そして、ジャヴィットが野太い声で「おまえもわしも、髪の毛がない」と言い、こちらに向かってあごひげを揺すり、「サイも象もジュゴンもそうだ。おそらくジュゴンが何か知るまい。わしら毛のないものが、最後まで生き残る」

だが、もちろん何も聞こえなかった。誰もいない家で電話が鳴るときの虚ろな響きだけがある。そのとき、何かが耳に触れた。何十年も落ちたままになっていたスパンコールではないかと半ば期待したが、ただの蟻だった。何かを背負って、よろよろ巣に帰ろうとしていた。

ワイルディッチは立ち上がった。地面に手をついて身を起こそうとしたとき、何かの尖った部分が手にかすった。地面に金属製の物体が埋まっていたのだ。蹴って掘り出してみる。ブリキで作られた古い室内用の便器だった。土に埋まっていたせいで、すっかり色が剝げている。ただ、持ち手の内側に、ペンキが少しだけ黄色くこびりついていた。

3

どれくらいの時間、膝に便器を抱えたまま座っていたのか。ワイルディッチにはわからない。屋敷が見えなかった。体が当時と同じ大きさになり、茂みの向こうまで目が届かないからだ。ジャヴィットがいた時間に戻っていた。ワイルディッチは、便器を何度も何度もひっくり返してみた。たしかに黄金のおまるではない。だが、それが何だというのだろう。子供なら、黄色く塗ったばかりのものを金と間違える可能性がある。では、これを逃げるときに落としたのだろうか。だとするなら、いまもこの下のどこかで、ジャヴィットが便器に座り、マリアがガスボンベの近くでぐわっと……。確証はない。もしかしたら、何十年も前、まだペンキが新しかった頃、今日みたいにこの便器を見つけ、そこから伝説の午後をでっち上げたのかもしれない。だとしたら、なぜW・Wはこのことを物語に書き込まなかったのか。

おまるに付いた柔らかい土を振るい落とすとき、小石がかちんと音を立てた。五十年前も、靴紐の金具が同じ音を立てた。改めて決断すべきことがあるのではないか。ワイルディッチはそんな気がした。好奇心が増殖する癌みたいに膨れ上がってくる。池の向こうから、朝食を告げる鐘の音が聞こえてきた。「かわいそうな母さん。怖がるのも無理はなかった」ワイルディッチはそう思いながら、膝に乗せたブリキの便器をひっくり返した。

本書はグレアム・グリーンの四短篇集『二十一の短篇』（*Twenty-One Stories*, The Viking Press, 1962／ハヤカワepi文庫）、『現実的感覚』（*A Sense of Reality*, The Viking Press, 1963／グレアム・グリーン全集18）、『旦那さまを拝借』（*May We Borrow Your Husband?*, The Viking Press, 1967／グレアム・グリーン全集20）、『最後の言葉』（*The Last Word and Other Stories*, Reinhardt Books, 1991／ハヤカワ・ノヴェルズ）とその他の四篇を収めた*Complete Short Stories*（Penguin Books, 2005）を底本とする日本オリジナル短篇集です。同書収録の全五十三篇のうち、『二十一の短篇』収録作と重複しない三十二篇を、本書および次巻に収録します。

「祝福」、「戦う教会」、「拝啓ファルケンハイム博士」の三篇は*Complete Short Stories*に追加収録された作品で、「祝福」と「戦う教会」は本邦初訳。

「拝啓ファルケンハイム博士」は、《ミステリマガジン》一九八五年一月号掲載、後に『〈新パイラスの舟〉と21の短篇』（小鷹信光編著、論創社、二〇〇八年）に収録されました。

「庭の下」は『現実的感覚』収録、その他の十二篇は『旦那さまを拝借』に収録されていた作品です。

「拝啓ファルケンハイム博士」を除く十五篇はすべて新訳です。

本書には、今日では差別的として好ましくない表現が使用されています。

しかし作品が書かれた時代背景、著者が差別助長を意図していないことを考慮し、当時の表現のまま収録いたしました。その点をご理解いただけますよう、お願い申し上げます。

（編集部）

訳者紹介（敬称略，アイウエオ順）

越前敏弥
英米文学翻訳家
訳書『ダ・ヴィンチ・コード』ダン・ブラウン，『夜の真義を』マイケル・コックス，『解錠師』スティーヴ・ハミルトン（ハヤカワ・ミステリ文庫）

加賀山卓朗
英米文学翻訳家
訳書『夜に生きる』デニス・ルヘイン（ハヤカワ・ミステリ），『ヒューマン・ファクター［新訳版］』グレアム・グリーン（ハヤカワ epi 文庫），『ナイロビの蜂』ジョン・ル・カレ

木村政則
英米文学翻訳家
著書『20世紀末イギリス小説　アポカリプスに向かって』，訳書『マウントドレイゴ卿／パーティの前に』モーム

鴻巣友季子
英語圏文学翻訳家
訳書『昏き目の暗殺者』マーガレット・アトウッド，『遅い男』J・M・クッツェー（以上早川書房），『嵐が丘』エミリー・ブロンテ

高橋和久
東京大学教授
著書『エトリックの羊飼い、或いは、羊飼いのレトリック』，訳書『哀れなるものたち』アラスター・グレイ（早川書房），『一九八四年［新訳版］』ジョージ・オーウェル（ハヤカワ epi 文庫）

田口俊樹
英米文学翻訳家
訳書『卵をめぐる祖父の戦争』デイヴィッド・ベニオフ（ハヤカワ文庫NV），『八百万の死にざま』ローレンス・ブロック（ハヤカワ・ミステリ文庫），『音もなく少女は』ボストン・テラン

永富友海
上智大学教授
論文「精神的姦通と結婚法」（『トマス・ハーディ全貌』），「*The Return of the Native* にみる近親性の変容――filiation から affiliation へ」（『英国小説研究』24），訳書『売春とヴィクトリア朝社会――女性、階級、国家』ジュディス・R・ウォーコウィッツ

古屋美登里
英米文学翻訳家
訳書『観光』ラッタウット・ラープチャルーンサップ（ハヤカワ epi 文庫），『ネザーランド』ジョセフ・オニール，『森の奥へ』ベンジャミン・パーシー（以上早川書房）

桃尾美佳
成蹊大学准教授
訳書『プラハ　都市の肖像』ジョン・バンヴィル（共訳）

若島正
京都大学教授
著書『乱視読者の英米短篇講義』，訳書『告発者』ジョン・モーティマー（ハヤカワ・ミステリ），『ローラのオリジナル』ウラジーミル・ナボコフ

悪童日記

Le Grand Cahier

アゴタ・クリストフ
堀 茂樹訳

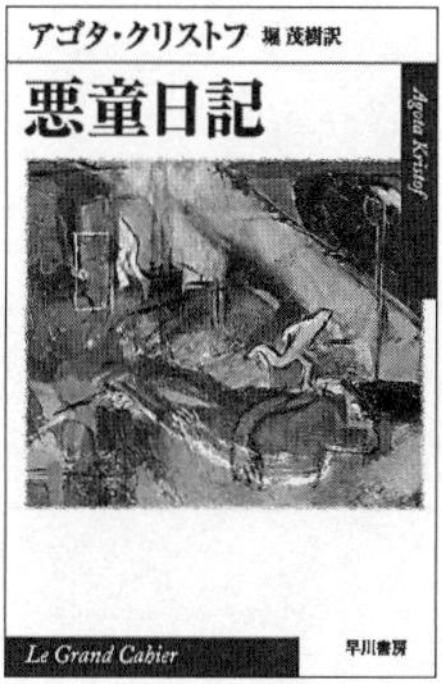

戦争が激しさを増し、ふたごの「ぼくら」は、小さな町に住むおばあちゃんのもとへ疎開した。その日から、ぼくらの過酷な生活が始まる。人間の醜さや哀しさ、世の不条理——非情な現実を目にするたび、ぼくらはそれを克明に日記に記す。戦争が暗い影を落とす中、ぼくらはしたたかに生き抜いていく。圧倒的筆力で人間の内面を描き読書界に旋風を巻き起こしたデビュー作。

ハヤカワepi文庫

ハヤカワ epi 文庫は、すぐれた文芸の発信源（epicentre）です。

〈グレアム・グリーン・セレクション〉

見《み》えない日本《にほん》の紳士《しんし》たち

〈epi 73〉

二〇一三年四月二十日　印刷
二〇一三年四月二十五日　発行

（定価はカバーに表示してあります）

著　者　グレアム・グリーン

訳　者　高《たか》橋《はし》和《かず》久《ひさ》・他

発行者　早川　浩

発行所　株式会社早川書房

郵便番号　一〇一‐〇〇四六
東京都千代田区神田多町二ノ二
電話　〇三‐三二五二‐三一一一（大代表）
振替　〇〇一六〇‐三‐四七七九九
http://www.hayakawa-online.co.jp

乱丁・落丁本は小社制作部宛お送り下さい。
送料小社負担にてお取りかえいたします。

印刷・株式会社精興社　製本・株式会社明光社
Printed and bound in Japan
ISBN978-4-15-120073-1 C0197

本書は活字が大きく読みやすい〈トールサイズ〉です。